光秀の定理

垣根涼介

角川文庫
20106

最も強き者、最も賢い者が生き残るわけではない。
唯一生き残る者、
それは、変化できる者である。

チャールズ・ダーウィン

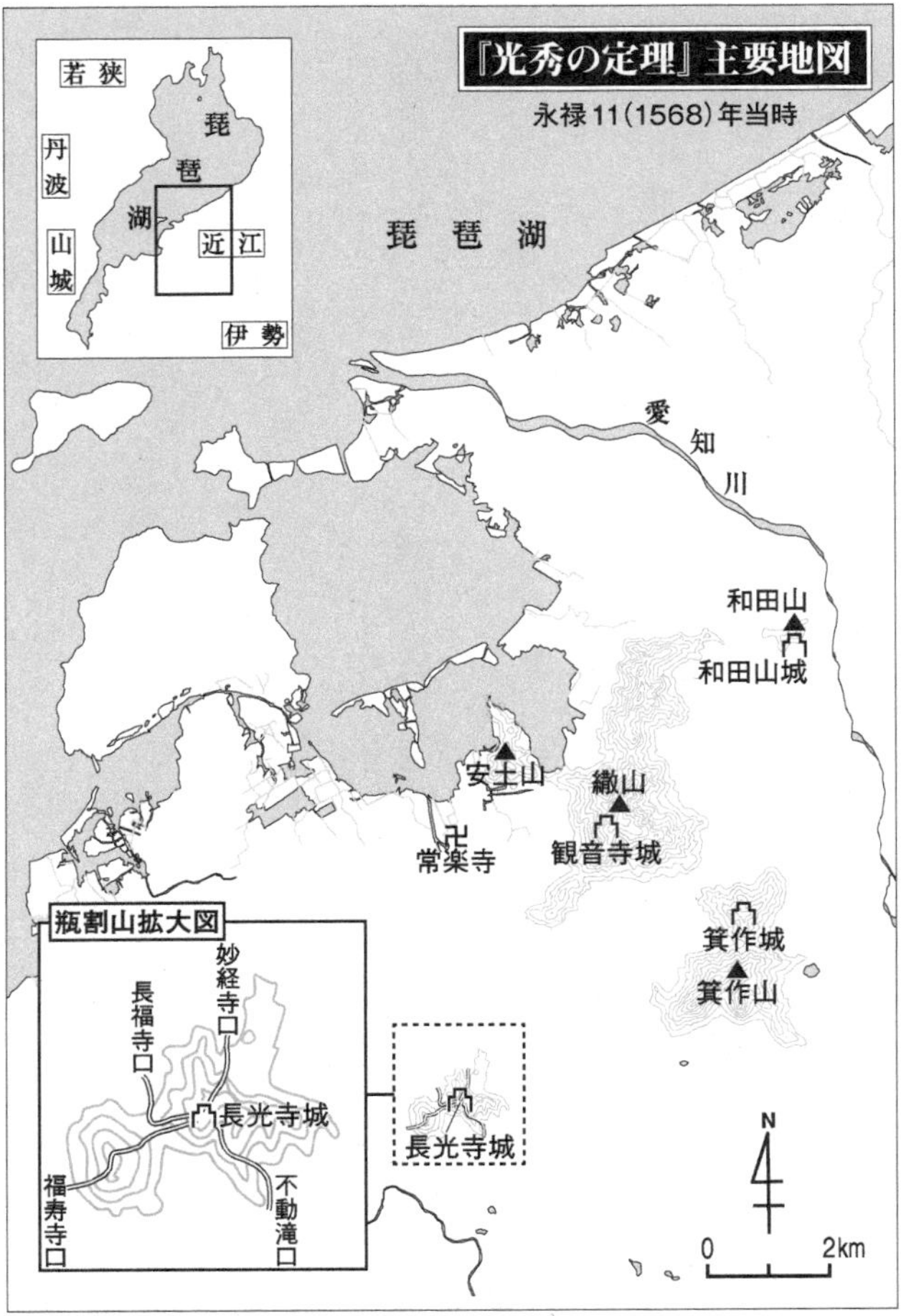

『光秀の定理』主要地図
永禄11(1568)年当時
若狭
丹波
山城
琵琶湖
近江
伊勢
琵琶湖
愛知川
和田山
和田山城
安土山
繖山
観音寺城
常楽寺
箕作城
箕作山
瓶割山拡大図
妙経寺口
長福寺口
長光寺城
福寿寺口
不動滝口
長光寺城
N
0
2km

目次

第一章　春宵

1

夜風が泳いでいる。

山の端《は》に、更け待ちの月がかかり始めた。

男は鴨川《かもがわ》沿いの松林の中に寝転んだまま、もう少し月が昇るのを待つ。

半刻《はんとき》ほどが経ち、月が東天にぽっかりと浮いた。

春霞《がすみ》に、ぼんやりと月輪が浮き上がる。幾筋もたなびいている糸のような細雲《ささくも》……その上部を、鈍く照らし出している。思ったとおりの朧月夜《おぼろづきよ》だ。

永禄《えいろく》三（一五六〇）年の春――。

月を眺めながらも無聊《ぶりょう》にまかせ、物思いにふける。

洛中《らくちゅう》の辻々《つじつじ》で小耳に挟んだ。放下師《ほうかし》や桂女《かつらめ》、油売りからも聞かされた。

阿波《あわ》の三好長慶《みよしながよし》。本来は細川《ほそかわ》家の家老に過ぎなかったこの武将が、鳴門《なると》の海峡を越え、近年この京まで出張って来ている。さらにはその家老――つまりは足利《あしかが》家から見れば陪々臣に過ぎない松永久秀《まつながひさひで》という男が、この二月、御門《みかど》から弾正少弼《だんじょうしょうひつ》に任ぜられたという。

官位は従四位下《じゅうしいのげ》。いわば京の警視総監のような職務だ。位もその名目上の職務も、宮内全体の位階からしてみれば、まったくたいしたことはない。

しかしその男が、氏素性も定かでない地下人《じげにん》の出自だとなれば、評価はおのずと別らしい。

世も末じゃ、世も末じゃ、とみなみな口角を唾《つば》で濡《ぬ》らし、言い騒いでいた。

ふん――。

それがどうした、と男は嗤《わら》う。それが、おのれらに何の関係がある――。

自らには何ら関わりもない人物の噂に一喜一憂する。それが浮世の習いだとすれば、所詮《しょせん》この世など、退屈しのぎの一時の狂言の場に過ぎない。愚人どもの一夜の夢だ。

それに、と思う。

そんな例が、過去になかったわけではない。

関東《あずま》の大社で、棒振り修行に明け暮れたこの男は、意外にそれらの故事に詳しい。禰《ね》宜《ぎ》や神官から聞いたことがある……。

月光を眺めている男の頬を、生温かい夜風がなぶっていく。

やがて東山の山麓《さんろく》にある慈照寺《じしょうじ》の鴟尾《しび》が、鈍い月光の照り返しを受け始めた。

それをしおに、男は立ち上がった。

松林の間を抜け、鴨川を渡り、一条大路《いちじょうおおじ》へと足を踏み入れる。そのまま上京《かみぎょう》の方角へと進んだ。

男の影が、その行く手に長く尾を引いている。大路の土の上に、くっきりと浮かび上がっている。両側には、荒れ果てた築地《ついじ》や崩れ落ちた土塀が目に付く。当然、その内部の屋敷も廃屋になったまま、住む人もいない。いたとしても、追い剝《は》ぎやかどわかし、印地《いんじ》のたぐいなどが根城にしているくらいなものだろう。

下賀茂の神人《じにん》が言っていた。

もう百年も前から京はこのような状態じゃよ、と。ちょうど、先ほどの慈照寺が出来た頃からだ。

慈照寺。俗称は銀閣寺《ぎんかくじ》。

この建物が、異常に発達した耽美眼《たんびがん》のみを持つ無能将軍によって造られた頃、地下人どころか印地上がりの無頼漢が、判官《ほうがん》に叙任されたことがある。名を、骨皮道賢《ほねかわどうけん》という。おそらくはまともな名さえ持たぬ出自だったので、そんなおどろおどろしい名乗りを自ら思いついたのだろう。宮廷への工作をしたのは、当時の三管領《さんかんれい》の一人、細川氏嫡流の京兆家《けいちょうけ》当主・勝元《かつもと》だった。応仁《おうにん》の乱の、東軍の首領でもある。

さらに遡《さかのぼ》れば、源《げん》ノ九郎義経《くろうよしつね》も、木曽《きそ》の義仲《よしなか》もそうだ。いかに源氏の流れを汲《く》むとはいえ、嫡流ではなく、無位無官の、都人から見れば地下人同様の男たちが、この京での栄華を夢見てせっせと血汗を流し、束の間の虚位に踊り狂い、挙げ句その足を掬《すく》われ、虫けら同然に死んでいった。

馬鹿なやつらだ。

男自身、こんな抹香臭い盆地で、そんな栄華を極めたいとも思わない。

だが——、

『和光同塵《わこうどうじん》』などという額を作って悦に入っていた無気力極まりない男より、はるかに好ましい。

ふと、東《あずま》で有名な古歌を思い出す。

討つものも　討たるるものも　土器《かわらけ》よ
砕けてあとは　もとの土くれ

ごく自然に口ずさみ、男は少し笑った。この歌が気に入っている。

特に今夜のような場合は、そうだ。

詠み手は、三浦道寸《みうらどうすん》。

男の生まれ故郷に近い半島に、かつて存在した武将だ。今から五十年ほど前、迫り来る伊勢宗瑞《いせそうずい》——後の北条早雲《ほうじょうそううん》の大軍を相手に討ち死にした。辞世の句だ。

その乾ききった感覚と、血しぶきにまみれて死んだ当人との落差が、気に入っている。

生死の間に横たわっている諦観《ていかん》とは、本来そうしたものではないか……。

そんなことを考えつつ歩いていると、いつもの辻までやってきた。歩いてきた一条大路と、南北に走る東洞院《ひがしのとういん》大路が交差する。

これより先は、人が住む。上京の中心部になる。いわゆる惣町《そうまち》だ。商人、公家、寺社や武家などの都人たちが自衛のために造った。簡単な城郭都市と思えばいい。上京の周りを堀と土塀がぐるりと取り巻き、南は土御門《つちみかど》大路から、西は油小路《あぶらのこうじ》から大宮大路の先まで延び、そして北は紫野《むらさきの》から相国寺《しょうこくじ》までを覆っている。

だが、男が面している東部分だけは、相国寺の南端から門徒衆の惣町である新在家《しんざいけ》までの間の、距離にして五町ほどが、鴨川に向かってぱっくりとその口を開けている。

そこが、男の狙い目だった。

東からの月光を避けようと、太刀を抱くようにして東洞院大路の陰に身を潜めようとした。そのときだった。

不意に、すぐ近くから大笑が沸いた。

男はぎょっとして太刀の鞘《さや》を払いかけ、破れ築地の陰になった部分を振り返る。

その影は、さらに明るく笑った。

「毎夜毎夜、ご苦労なことだ」

丸いイガグリ頭が、月夜に浮かび上がる。

男は思わず顔をしかめた。声に何度も聞き覚えがある。その頭部の特徴もそうだ。抜きかけた太刀を、静かに鞘に戻す。

「御坊、もう、いいかげんにせぬか」

つい、うんざりした声音で呼びかけた。たまには感情が激して、この糞《くそ》坊主、売僧《まいす》、などと罵《ののし》ることもある。

陰の中から人形《ひとがた》が立ち上がる。黒袈裟《げさ》の男が姿を現す。ゆっくりとこちらに向かって歩を進めてくる。

肉付きのいい顔に、白い歯並びが浮く。

「まあ、そう邪険にするものではないわ」坊主は言った。「知らぬ仲でもあるまいに」

「知らん」

「知っとるだろう」坊主はなおも笑み崩れながら、男の足元にどっかりと腰を下ろした。

「おぬしは、新九郎《しんくろう》。玉縄《たまなわ》新九郎時実《ときざね》。わしは、愚息《ぐそく》」

「それが、どうした」

「つい先日、名乗り合ったばかりではないか。どうせ名乗りだけがまことで、家名も諱《いみな》も怪しいものだが」

「……ふん」

図星だった。

鼻を鳴らしつつ、仕方なく愚息の脇にしゃがみ込む。

この坊主は懐から竹筒を取り出し、早くも口元に当てている。つん、と安酒の匂いが周囲に漂う。

それにしても忌々《いまいま》しいのは、いつもながらこの坊主の気配にまったく気がつかなかったということだ。新九郎は歯嚙《はが》みするような思いで、おのれの迂闊《うかつ》さを呪う。この坊主だけだ。この男だけが、おれに気配を悟らせない……。

ややあって、愚息は顔から竹筒を離し、こちらを向いた。

「呑《の》むかね」

「要らん」

言い捨て、それからふと新九郎は首をかしげた。

「御坊、しかしまた、あんたはなんでおれなんぞに付きまとう」

愚息は闇夜の中で笑み崩れた。

「おい、おい。初めに近づいてきたのは、おまえさんのほうじゃろ」

新九郎は言葉に詰まる。

たしかにそうだ。

一月ほど前、思うところがあって新九郎は関東の在所を飛び出してきた。

彼岸のころだ。過ぎ行く相模《さがみ》の野原一面が、菜の花で黄色く染まっていた。

十日ばかり前に京に辿《たど》り着いたときには路銀も底を尽き、青銭《あおせん》一枚持たぬ身となっていた。腹も減っていた。しかしこの京には、縁者はおろか頼るべき筋もない。

金を得るためのある手段が、ふと脳裏をよぎった。

……ふむ。気が進まぬが、背に腹はかえられぬ。

当座の銭を得るために、適当な辻《つじ》を求めて京の町をほっつき歩いた。そしてこの大路が交差する辻に見当をつけた。さすがに惣町に接しているだけあって、上京の昼は往来が激しい。

そのときに、この坊主を見つけた。筵《むしろ》を敷いたその前に、足軽らしき男どもが数人群れていた。

見たところ、その坊主は足軽どもを相手に一風変わった賭《か》け事をしているようだった。

坊主の前に、伏せた四つの椀《わん》があった。

「はて、どれに石が入っとるか」坊主は言った。「あんたらで話し合いなされ。賭ける椀は一つ」

足軽どもは互いにひとしきり言い合っていたが、やがて一つの椀の前に、それぞれの懐から明銭《みんせん》を出してきた。

すると坊主は、四つの椀のうち、二つを開けた。空だった。残る二つのうち、一方の椀の前には明銭が二十枚ほど散らばっている。

「さて、どっちかのう」唄《うた》うように坊主は言う。「どちらかには入っとる。このままで行くか、もう一つに鞍替《くらが》えするか。二つに一つ。さ、もうひとたび、思案しなされ」

足軽たちはふたたび騒ぎ出した。彼らは結局、明銭を同じ位置にしたまま勝負に出た。

坊主は残る二つの椀を同時に開けた。石ころは、銭のないほうから出てきた。

坊主の勝ちだった。

そんなふうにして賭け事はつづいた。

足軽たちは四つの椀から一つを選ぶ。すると坊主は、賭けられていない残りの三つの椀から、空の二つを開ける。残り二つの椀を、足軽たちがもう一度選び直す。

新九郎は無聊《ぶりよう》にまかせ、彼らの勝負を突っ立ったまま眺めていた。足軽が勝ち、あるいは坊主が勝ちして、そのたびに銭のやり取りが発生した。

が、時が経つにつれ、徐々に坊主が勝ち始めていることが明らかになってきた。

しかし、と新九郎は不思議に思う。

最終的な二つの椀のうち、一つを選ぶのは足軽たちだ。だから理《ことわり》としては、勝ち負けは当然、半々になるはずだった。

だが、現実として坊主は着実に勝ってきている。何故そうなるのか。頭を捻《ひね》ってもさっぱり分からない。

そして新九郎の見るところ、坊主はまやかしも使ってはいない。足軽たちが背を向けている間に、四つの椀のうちの一つに石ころを入れる。そして、その四つの椀をすべて伏せた上で、足軽たちに自分のほうを向かせ、それら椀のうちの一つを指定させる。

そして最終的に石ころは、坊主が最初に入れた椀からしか出てこない。

つまり坊主は、まやかしはしていない。

しかし半刻も経った頃だろうか、あまりにも負けが込んできたせいだろう、ついに足軽たちが怒り出した。

「おい坊主。うぬはまさか、偽《まがい》を使っておるのではあるまいの」

何を虚仮《こけ》な、と坊主は明るく笑った。「こんな素《す》な賭けに、まやかしなどあってたまるかよ」

そう言い放ちながらも顔を上げ、周囲の行商人や博労など野次馬の顔を見渡した。

と、その坊主の視線が、新九郎の顔を見て止まった。

「そこなお方」

わしか、とつい新九郎は返事をした。関東から出てきたばかりの田舎者の悲しさだ。京者のように擦れていない。

「そう。さきほどから見ておじゃったな」坊主はなおも笑みながら語りかけてくる。「あんた、わしがまやかしを使っておると思うか」

いや、と新九郎は首を振った。「そうは思わん」

この一言に、さっそく足軽の一人が嚙み付いた。

「何故じゃ。ならなんで、この売僧ばかりが勝ちこむ」

「分からん」新九郎は無愛想に答えた。「だが、偽などない」

「だから、何故じゃ」

新九郎は一瞬間を置き、足軽たちに向き直った。

「うぬらが後ろを向いている間、御坊は椀に石ころを入れて伏せる。他の三つもだ。で、あんたらがどの椀に賭けようが、初めに入れた椀からしか、石ころは出てない」

だから、と新九郎は言葉をつづけた。「まやかしなどしておらん」

途端、そうじゃ、そうじゃ、という声が周りからも湧いた。

「坊さんが入れた椀からしか、石は出んじゃった」

「同じ椀じゃ」

みな口々に同じ意味のことを言い騒いでいる。

これには足軽たちも一様に顔をしかめた。

坊主はもう一度にんまりと笑った。

「そうじゃ、わしはまやかしなどしとらん」と、威張った声音で新九郎の言葉を繰り返す。「だが、どうじゃよ御奉公衆。それでもご不満なら、あんたらが親になって、わしのほうが賭けても良いぞよ」

結局、その提案に足軽たち四人は乗った。坊主が後ろを向いている間、足軽たちは石ころを四つのうちの一つに入れる。四つの椀すべてを伏せた。坊主が向き直り、迷った素振りも見せず、一摑《つか》みの明銭を一つの椀の前に置く。

外れだ、と新九郎は思う。足軽たちが石を入れたのは、その隣の椀だ。

だが、無理もない。四つのうちの一つ。普通に考えても、外す目が大きい。

足軽たちは、坊主がやったとおり、二つの空の椀を開ける。当然、坊主が賭けなかった隣の椀に石ころは入っている。新九郎たち野次馬には、それが分かっている。

……ん？

束の間、何かひらめいたような気がした。

——が、おれたちには分かっていても、坊主にはそれが分からないはずだ。だから坊主から見た場合、やはり当たり外れは半々のはず……。

また、わけが分からなくなった。

「さあ、どうする」足軽の一人が黄色い歯を剝《む》き出して笑う。「坊主、変えるか。そのままで行くか」

「変えよう」

あっさりと坊主は言い、銭をその隣の椀の前に移した。足軽たちの顔色が変わった。

坊主の勝ちだった。

二度目。

坊主はまた外れの椀の前に銭を置く。だが、二択で椀を変えなかった。坊主の負け……。三度目。坊主は当たり椀の前に青銭を置いたが、二択で椀を変えた。坊主の負けだった。

四度目。外れの椀の前に銭を置き、二択で椀を変える。坊主の勝ち。

新九郎はまた何かを感じる。だが、上手《うま》く言葉にならない。その理が、脳裏ではっきりとしない。

八度、九度と賭《か》けを重ねていくうちに、また坊主が次第に勝ち始めた。

ついに懐が底を尽き始めたのだろう、足軽たちは悲鳴を上げた。

「坊主、もうやめだ。勘弁せい」

　ほう、と銭を懐にしまい込みながらも、坊主は頓狂《とんきょう》な声を上げた。

「なら聞くが、御奉公衆」

「なんじゃな」

　さもうんざりしたように足軽の一人が吠《ほ》える。

が、坊主はいたって平然としたものだ。いったん新九郎らの野次馬をさも得意げに見回し、あらためて足軽どもに向き直る。

「これでも、まだわしがまやかしをしたと、言いがかりをつけるか」

　たいした役者だ、と新九郎は内心で苦笑する。

　坊主は、明らかに新九郎たち大向こうを意識している。その上で、相手に対して嵩《かさ》にかかっている。

　足軽たちは無言だ。

　のう、と坊主はさらに繰り返す。「どうなんじゃ。わしは、まやかしをやったか」

　わかった、わかった、と足軽たちは捨て鉢に喚きはじめた。

「たしかに、しとらんわい」

「御坊、今日はあんたの日だ」

「わしらにはつきがなかった。それだけよ」

　坊主は得たりとばかりに、ゆっくりとうなずいた。

「じゃろう。わしは今日、ついていた。だから勝った」

嘘だ——新九郎には分かる。

その目配り、口ぶりから、はっきりと感じる。

たしかにこの坊主、まやかしはしていない。してはいないが、それでも確信を持って勝負に出ていた。そう、新九郎の勘が囁《ささや》いている。

十三のときから八年間、兵法修行に明け暮れた。流派から課せられた日々の修練は、峻烈《しゅんれつ》を極めた。ある時は血尿を垂れ流しながら、ある時には手のひらの皮が剝けても木剣を振り続けた。

十八歳からは、兵法自慢の手練《てだれ》の流れ者との、真剣での勝負を課せられた。その数も、両手の指では足らない。全か無か。それが流派の鉄則だった。未《いま》だ五体満足でいる自分……つまり、それら相手のすべてを斬り殺してきたということだ。

それら修羅場で培った、いわば兵法者としての直感が新九郎にはある。

相手と対峙《たいじ》した瞬間に、その目配り、挙動、雰囲気から、一瞬で実力を測る。見切りだ。彼我の、どちらが立ち勝るのか。

そもそも新九郎が学んだ流派では、激しい修練を積んだ上で、この見切りの目を養う事が第一の要諦《ようてい》とされた。

いざ見切った上で相手の実力が己《おのれ》より勝ると思えば、その場から逃げ出してもいい、とさえ教えられた。

師匠はこう言って笑った。

言いたいやつには、言わせておけばよい、と。

「臆病者《おくびょう》と嘲《あざけ》られようが卑怯者《ひきょう》と罵《ののし》られようが、わざわざ殺されに挑みかかるより、はるかにましではないか。死んだら、それまでだ。それ以上の腕になることも叶《かな》わぬ」

そういう意味では、個の美意識を徹底して排除した、合理的な流派と言うこともできる。

「勝負に絶対などない。が、見切った上で勝つと思えた相手なら、まず九分で勝ちを収めることができよう」

その見切りの目を養うために、我らの修練はあるのだ、と師匠は語った。

今、その要諦で、あらためて坊主を見る。

そしてやはり勘が囁く。その目配り。その表情。こいつは先ほどまで、明らかに確信を持って勝負に出ていた。

しかし、何故だ。

どう考えても、この坊主が勝つという道理が分からない……。

気がつけば日も傾き始め、足軽たちも辻《つじ》から去り、野次馬たちも大路から消えていた。

目の前に、筵を丸め始めている坊主がいる。この場から去るつもりだ。

束の間ためらったあと、新九郎は坊主へ歩み寄った。

「御坊――」

そう、呼びかけた。

相手はひょいと顔を上げ、新九郎の顔を認めると、

「おう、あんたか」

と、いかにも気楽そうににんまりと笑った。

「先刻は、世話になったな」

いや、そんなことより、と新九郎は口を開いた。「御坊、何故あのとき、わしに問いかけた」

野次馬は他にもいた。何故おれに目をとめた、と聞いたつもりだった。

ああ、そのことか、と坊主はうなずく。「ま、あれだ。万に一つでも、野次馬どもに怪我でも負わせたら、寝覚めが悪いと思うてな」

「ふむ？」

「わしが野次馬の一人に問いかける。当然そやつはわしの肩を持つ。するとあの馬鹿どもが、そやつに憤懣《ふんまん》の矛先を向けぬとも限らん。その点、あんたなら大丈夫だ」

「……どういうことだ」

すると坊主はまた笑った。

「あんたなら、やつらが束になってかかったところで蝿同然だろう。抜く手も見せずに、四人の手首くらいは即座に切り落とす」

こいつ――。

おれが兵法者だということに、野次馬を見渡した一瞬で気がついていた。さらには、

その実力まである程度見切っていた。

が、それはまあいい。ある程度の慧眼《けいがん》を持っていれば、新九郎の腰の据わり具合、目配りの仕方などから、容易に想像がつく人間はいる。

「ところで御坊――」

新九郎は本当に聞きたいことを口にした。

「あんた、さっきのあれは、なんだ」

はて、と坊主は首を捻《ひね》った。「さっきのあれ、とは？」

「とぼけるではない」新九郎は少し笑った。「先ほどの賭けだ。たしかにあんた、まやかしはしなかった。だが、からくりはある」

ほう、と初めて相手が少し驚いた表情を浮かべた。が、直後にはまた笑み崩れた。

「言ったろう。わしは今日、ついておっただけだ。からくりなどない」

やや、うんざりとする。

「またそんなことを……」

「本当じゃ。からくりなどない」

「では何故、御坊だけが勝っ」新九郎は繰り返す。「からくりでなかったとしても、あのやり方に、なんぞの理《ことわり》はあるはずだ」

この答えは、一瞬遅れた。

「どうして、そのようなことを聞く」

そう問われ、初めて自分が何を考えているか分かった。

「おそらくだ。おそらくだが、剣の理にも通じるものがある」新九郎は言った。「だからわしは、それを知りたい」

「何故?」

「おぬしの見たように、わしは兵法者だ。当然だろう」

すると相手は、しげしげと新九郎を見てきた。

「業《ごう》が、深いのう」

「ふむ?」

「兵法など、どのように言葉を飾ったところで人殺しの技に過ぎん。しょせんは畜生道の芸事《げいごと》だ」相手はばっさりと切り捨てた。「その芸を、そこまでして極めたいか」

これには言葉を返せなかった。

そのとおりだ、と感じる。その疑問は、新九郎の中にも厳然としてある。

事実、兵法者が合戦に出て目覚ましい功名を上げたという話も聞かない。集団戦の中で甲冑《かっちゅう》を身に着けた相手をなで斬りに切っていく技など、兵法にはない。ようは、刀術と戦場での槍働《やりばたら》きは、まったく別のものなのだ。

死ぬような思いで研鑽《けんさん》に励んだところで、この世での功名もままならず、栄華を遂げることも出来ない。

いや、新九郎自身、特にそのように栄華を極めようと強く思ったことはない。

だが、己が命を賭けてきた対象が、所詮《しょせん》は虚しいものだと知ったときの人の心を嗤《わら》えるものは、この世にはいないだろう。

ちなみにこの時期より遥《はる》かなる後年、藤原玄信《ふじわらはるのぶ》という不世出の剣豪が現れる。幼名は、弁《べん》の介《すけ》。後世の新免《しんめん》・宮本武蔵《みやもとむさし》だ。

関ヶ原の時には、西軍の宇喜多秀家《うきたひでいえ》の配下であったとも、豊前《ぶぜん》の黒田如水《くろだじょすい》の下で東軍として九州の合戦に参加していたとも言われるが、そのどちらであったにせよ、それらの戦いに参加したことが、武蔵のその後の人生に明らかに利したかと言えば、決してそのようなことはない。むしろ武蔵の名を後世において高からしめたのは、二天《にてん》という彼の別の側面であろう。不世出の剣豪という面と同時に、稀代《きだい》の芸術家という面をも併せ持つ彼の陰影に、当時の世間が信認を与えた。その二面性で初めて武蔵はその名を後世に残すこととなるが、それでも熱望しつづけた仕官を遂げたのは、彼の人生も終わりに差し掛かったころだった。しかも石高ではなく扶持米《ふちまい》で、彼一代限りのお抱えだった。

さらに述べれば、武蔵とほぼ同時代に生き、様々な流派の祖となったあの伊藤一刀斎《いとういっとうさい》でさえ、最後にどう朽ち果てたかは未だに定かではないのだ。

この新九郎の生きた中世から近世初期にかけて、剣客は良くて芸者、悪ければ単なる殺人鬼としてしか見られていなかったことを、それら二つの事実は雄弁に物語っている。

むろん新九郎も同時代の人間として、そのことは感じつづけていた。

兵法とは、いったい何のために存在するのか……。

そう思い悩んだ末、ある目的を持って関東を飛び出してきた。

不意に、ぐぅ、と腹が鳴った。

路銀を使い果たし、もう数日、水しか飲んでいなかった。草鞋《わらじ》もところどころが破け、半袴も垢《あか》光りにてかり、小素襖《こすおう》の袖《そで》口も擦り切れ放題だ。

不覚にも新九郎は、己の情けなさに涙をこぼしそうになった。

これが現実だ、と思う。

栄華どころか、その日の食にも事欠く有様の自分がいる。

口惜しさと虚しさを抱えたまま、新九郎はただ馬鹿のように突っ立っていた。

ちなみにこの時代の人間は、まだ自らの感情を韜晦《とうかい》するということを覚えていない。そういう儒教的な道徳教育が一般に浸透してくるのは、太平の江戸期に入ってからだ。古くは大陸の漢帝国が行ったように、人民飼い馴《な》らし政策の一環というわけだ。徳川という大名は、その先例を真似た。

それはともかく――。

坊主は、そんな新九郎をしばらく眺めていたが、やがて口を開いた。

「先ほどの、礼をしよう」言いながら新九郎の返事も待たず、早くも踵《きびす》を返した。「さいわい銭もだぶついている。どこぞで飯を食おう。さ、ござっしゃい」

有無を言わせぬ口調だった。

しばらくして新九郎は、自分の返事も待たずにすたすたと歩き出した相手の行動が、この坊主の配慮から出ていることを悟った。

この時期、京にはそろそろ茶店というものが出来始めていた。いわゆる専門外食産業の走りだ。上京にあるそのうちの一軒に、足を踏み入れた。

坊主に勧められるまま、麦飯を食い、焼き鮎《あゆ》を齧《かじ》り、菜っ葉類を頬張り、汁物をすすった。

食いながらも、お互いに名を名乗った。

「ぐそく？」

つい新九郎は問い直した。変わった音《おん》の法名《ほうみよう》もあるものだと思った。

そう、と坊主は笑った。

「愚かな息。愚かな息子、陽物《ようもつ》。まあ、その程度の意味じゃ」

「ははぁ……」

妙に感心しつつも思う。それにしても愚息とは、付けも付けたりだ。その響きには、何の風雅も精神の格調も、およそ感じられない。だがこの男は、そんな、まるで道端に落ちた馬糞《ばふん》同様の法名を自分に付けて平然と息をしている。

逆にそこに、新九郎は相手の凄《すご》みのようなものを感じた。

「ところで先刻の話の続きじゃが――」

言いつつも愚息は酒を呑《の》み始めている。

「何の話だ」

「もう、忘れたか」坊主はまた笑う。「からくり、ではない。四つの椀《わん》の、理の話だ」

そう、それ、と思わず新九郎は膝《ひざ》を叩《たた》いた。

人間など、可愛いものだ。飯をたらふく食った。ただそれだけのことで、かなり陽気になっている自分がいる。苦労して励んだ剣術修行もこのざまか、と思わぬでもない。

「その前に、問いたい」愚息は、身を乗り出した新九郎を片手で制した。「これすら分からずば、とうてい先ほどの理など解せぬと思え」

「……何のことだ」

「よいから聞け。すぐに答えよ」坊主は言った。「一から十までを足し上げた、その数は？」

そう問われ、咄嗟《とっさ》に勘定していく。一タス二タス、三タス……ええ、これで六だ。それに、四タス、五タス……。

「はいっ。それまで」

直後に愚息は新九郎の思考を遮断した。

新九郎はつい戸惑った声を上げた。

「御坊、それはいくらなんでも無茶というものだろう」

「何故じゃ」

「まだわしは、五までしか足し上げておらん」

そう泣くように言い募った新九郎を、愚息は哀れむような目で見た。まるで風雨に濡れそぼった野犬でも見遣《みや》るような、そんな目つきだった。

　挙げ句、こう言ってのけた。

「――凡《ぼん》じゃの」

「は？」

「だから、凡よの。おぬしは……まやかしではなく、からくりと聞いてきたからには、多少は何かを拾えたかと期待しとったが、の」

「……」

「いくら腕が立つとはいえ、今後の人生、その程度の知恵の暗さではどうにもなるまい。むしろ、狂人に刃《やいば》とはこのことだ」

　そう繰り返されて、ようやく新九郎にも分かる。

　凡とは、凡夫《ぼんぷ》のことだ。ようは、仏の教えで言うところの、愚かで、取るに足らない人間という意味だ。

　さすがにちくと腹が立った。

「何故じゃ。意味《いい》が分からん」新九郎は口中を酸にして言い返した。「言われたとおりに足し上げていくことの、一体どこが悪い」

「ならおぬし、人から死ねといわれれば、額面どおり、死ぬのか」

　はあっ、と思わず素っ頓狂《とんきょう》な声を上げた。「それとこれと、どう関係がある」

「あるわい」愚息も負けずに言い返す。「おぬしには、己の目に映るこの浮世の、ほんの上っ面しか見えておらん。理解しておらん。この世の底で静かに眠っている理《ことわり》というものが、まったく分かっておらん。この馬鹿たれが」

さすがに新九郎は、飯をおごられたことも忘れ、憤然とした。

「もう、ますますわけが分からん」

＊　＊

愚息は相変わらず新九郎のそばで胡坐《あぐら》をかき、いかにも美味《うま》そうに酒を舐《な》めている。辻《つじ》の陰にじっと座しているうちに、肩口の衣がしっとりと夜露を吸い込んでいく。春とはいえ、亥《い》の刻も半ばを過ぎた。上京はひっそりと静まり返っている。人はおろか、狗《いぬ》一匹さえ通りかからない。

これが、れっきとした一国の都のすがたか、と思わぬこともない。みな、夜盗や追い剝ぎを恐れている。乱世なのだ。今も鴨川の河原をよく見れば、京名物の餓死者がごろごろとしている。

愚息は二本目の竹筒を懐から取り出した。栓を抜き、ふたたびちびりちびりと呑《の》み始める。呑みながら、かつ唄《うた》うように口ずさむ。

何せうぞ　くすんで

一期は夢よ　ただ狂へ

人間、まじめ腐って生きて、それでなんになる。

一生は夢のようなもの。何も気にせず、ただ気楽に遊び狂えばいい。

というほどの意味の歌だ。

むろん、田舎者の新九郎は、この歌が『閑吟集《かんぎんしゅう》』に収録されているほどに高名な歌だ、ということは知らない。

ただ、この京に上ってきてから、遊女、傀儡子《くぐつ》、女盲《にょもう》など、幾人かの口からおりに触れ漏れ出たのを聞き及ぶにつれて、耳に覚えた。自然、その歌の中にある無常の感覚が、本来は朴訥《ぼくとつ》そのものの質を持つ新九郎の精神にも、多少の陰影を投げかける。

「御坊」

つい新九郎は神妙になり、物柔らかに問いかけた。

「なにやら、生とは、そのようなものでもあるか」

すると、愚息はにやりと笑った。いつもの俗物そのものの表情に戻った。

「ほに、ほに」

「は？」

「ま、馬鹿には馬鹿なりの解釈の仕様があろうわい」

先日に散々やり込められたにも拘《かかわ》らず、またむっとする。

「馬鹿とは、わしのことか」

「御意」と、愚息はさらにふざけ散らす。「何の当てものう都まで出てきたはいいが、食い扶持《ぶち》がなくなれば、さっそく闇夜にまぎれて辻斬り同然の真似事を働こうとする。その浅知恵。阿呆《あほう》そのものじゃ」

「今日は、闇夜ではない」

「誰が、天のことを言うた」愚息はなおも愚弄《ぐろう》する。「おまえさんの知恵そのものが闇夜じゃ、無明《むみょう》じゃと、わしは言っとる」

舌打ちしたくなる。

いっそのこと、叩き斬ってやろうかと思わぬこともない。新九郎にすれば造作も無い。抜く手も見せずに鞘《さや》を払い、脳天から一刀両断にすれば、それで事足りる。

が——。

ちっ。忌々《いまいま》しい。

……新九郎にも、よく分かっている。

それを彼にさせぬだけの何かが、この坊主には備わっている。一宿一飯の恩義というだけではない。いわば、この黒袈裟《げさ》の襤褸《ぼろ》をまとった男の中に、新九郎がうかつに手を出せない何者かが眠っている。静かに、息をしている。

さらに癪《しゃく》に障るのは、この坊主がそれらすべてのことを見切った上で、泰然と酒を呑んでいるということだ。

そう。

この男は何故か、おれのやることなすこと、今までのところすべてを見切っている。

現に、この辻で出会うのは、あの最初に出会った日を含め、今夜で四度目だ。

そのたびに、邪魔をされた。三度とも、この坊主が先にこの辻に陣取っていた。

二度目は七日前のこと。

酔った足軽どもが五、六人、通りかかった。

新九郎は静かに鞘を払い、彼らの前に姿を見せた。

命が惜しくば、懐のもの、ならびに腰のものを置いていってもらおう。

そう、冷ややかに告げた。

三度目は、三日前。

今度は印地の徒党だった。十人足らずいた。

同じように新九郎は大路の中央に歩を進め、先日と似たような口上を述べた。

当然、足軽たちも印地たちも自らの数を恃《たの》んで哄笑《こうしょう》し、それぞれに槍《やり》を構え、太刀を抜き、新九郎を遠巻きにした。

そのときも愚息は、路傍に座り込んで酒を呑んでいた。

「殺すなよ」そう、二度とも酔った口調で陽気に呼びかけてきたものだ。「おまえさんは、人殺しになりたくて京に出てきたわけではあるまい」

この糞坊主《くそ》、とこのときも無性に腹が立った。この修羅場寸前で、人の気を乱すようなことを言いおって。

が、確かにそうだ。おれは人殺しになりたくて京に出てきたわけではない。今はただ、食うための銭か品物が手に入れば、それでいいのだ……。

だから、相手がいっせいに突きかかって来たとき、一瞬で目前の手首を切り落とし、返す刀で二人目の向こう脛《ずね》を払い上げ、三人目の腰元を軽く裂くだけに止《とど》めた。

それでもその目にも留まらぬ早業に、残る足軽たちは呆然《ぼうぜん》と立ち尽くした。やがて、血の臭いが濃厚に漂い、痛みに耐えかねた絶叫が起こった。

残りの足軽はまだ仲間への見栄の手前か、新九郎に太刀先を向けたままだ。自らを奮い立たせようとしているのか、口々に意味の分からぬ怒号を上げている。

だが、新九郎は冷静に見切っていた。その剣先。恐怖に震えている。腰も据わっていない。動揺に、浮きに浮いている。つまりは剣先に力が籠《こ》もっていない。あと三人、叩《たた》き伏せるのに造作はない。

そのときだった。

闇から飛んできた竹筒が、一人の男の額に見事に命中し、こーん、という乾いた音が響いた。その男は思わず中腰になり、額を押さえる。

足軽たちはぎょっとしたように辻陰を振り返った。

「ようく聞けよ。飯粒《めしつぶ》ども」

愚息は、むしろ優しげな口調だった。足軽たちに淡々と語りかけた。

「モノさえ差し出せば、命までは取られんのだ。おのれらも極道稼業《ごくどうかぎょう》なら、この男の技量ぐらい見当がつこう」

「……」

「皆殺しになるは必定。金目のものを投げ出して、さっさと去《い》ねっ」

最後には、有無を言わせぬ口調でそう叱り飛ばした。

額を撃った竹筒と、その一喝が、足軽たちに残っていたわずかな片意地を挫《くじ》いた。

男たちは刀剣を放り出し、懐からちびた銭袋を取り出すと、手負いの仲間に肩を貸して、波が引くように大路の闇に消えていった。

三日前の印地たちも、似たようなものだった。最後にはまたもや愚息の一喝で、すごすごと退散した。

——結局のところ、と新九郎は思う。

おれはあの二度とも、自分の技のみであの場を収めたわけではない。たしかに自分の刀術に男たちはかなり怯《ひる》んだ。だが、それでも場を締めくくったのは、二度ともこの男の一喝だった。

足軽たちや印地たちが立ち去ったあと、新九郎は路上に投げ出された刀剣や銭袋をかき集めた。

と、そのかき集めた手元から、愚息がひょい、と銭袋の一つを取り上げた。

「なにをする」

思わず新九郎が問いかけると、

「ま、わしの手間賃じゃ」

愚息は軽く言ってのけ、にんまりと笑ったものだ。

「坊主にこれぐらい施したところで、罰は当たらんと思うぞ」

こいつ、とそのときも呆《あき》れたものだ。

愚息は、今も新九郎の隣で酒を舐《な》めている。

「なあ、あんた」

何気なく、そう問いかける。だが、そのあとの言葉がうまく思いつかない。束の間黙っていると、ようやく愚息が顔を上げた。

「なんじゃ」

相変わらずの極楽顔《ごくらくがお》を月夜に晒《さら》している。その表情を見ると、何を問いかけたいのかようやく自分でもはっきりと悟った。

「あんた、善人か、悪人か」

「また、そういう愚問を」途端に愚息は顔をしかめた。「まったくおぬしは、掛け値なしの阿呆じゃな」

しかし今夜、新九郎は怒らなかった。いつものこの手には乗るまい、と思っていた。

「答えてくれ」新九郎は繰り返した。「あんたは、善人か、悪人か」

「じゃあ、おまえさんは、どうなんじゃ」逆に愚息が問い返してきた。「おまえさんは善人か、それとも悪人か」

思わず答えに詰まる。

自分では、悪い人間ではないと思っている。しかし事実、こうして三度目の追い剝《は》ぎ稼業に身をやつしている自分がいる。傍《はた》から見れば、どう考えても悪人同然の所業ではないか……。

どうなんじゃ。

ややあって、さらに愚息が声をかけてくる。

「分からん」

と、けっきょく新九郎は投げやりに答えた。

ふん、と愚息は鼻で笑った。

「自分のことさえ分かっとらん奴が、賢《さか》しらに人のことを問うな」

しかし、と新九郎は食い下がるようになおも問いかけた。「それでもあんたなりの答えは、あるのだろう」

「答え……まあ、あるがのう」

愚息はやや首をかしげた。

「じゃが、言ったところで、今のおぬしには分からんよ」

「何故だ」

「なら聞くが、棒振りのコツは、人から言われて会得できるものか？」

「棒振り？」

「剣のことじゃよ」愚息は言った。「おぬしが身につけたその技術は、理《ことわり》が分かれば、すぐに修得できるものか」

「できんな」わが身に照らし合わせながらも、新九郎は答えた。「どんなに天稟《てんぴん》のある者でも、血の滲《にじ》むような修練を重ねて、初めて修得できる。しかも、それで終わりではない。上には上がある。ある段階を経ると、今度はさらに次の境地が見えてくる。そこでまた、一からやり直しだ。思うに、永遠に終わりというものがない」

「それと、同じことよ」愚息は言った。「己にとって本当に大事なことは、おぬしの棒振りと同様、人に聞いたぐらいで分かるものではない。懸命に考えて、初めて自分なりのものが見えてくる。それも最初は一歩だけじゃ。それでようやく一歩進んで、次に二歩目がおぼろげに見えてくる。すべてそうしたものだ」

つい新九郎は苦笑した。

「なにやら、深げなことを言う」

「この阿呆《あほう》めが」愚息は顔をしかめた。「ともかくも自分で汗をかいて、必死に実感として分からぬ限り、人様から聞いても何の役にもたたん。人様の考えをなぞらえたような、通り一遍のモノの見方だけでは、なおさら、の」

「……通り一遍の見方しかできん、とはわしのことか」

愚息は、さもつまらなそうにうなずいた。

「一から十を足し上げる話も、四つの椀《わん》の件も、結局はそうではないか。おぬしは、すべてにおいて深く考えるということをせん。その心、棒振り以外で懸命に使ったことはあるまい」

ふむ、と、新九郎は鼻頭を指先で掻《か》いた。ここまで愚弄《ぐろう》されれば、怒る気も湧いてこない。「……これでも、それなりに考えているつもりなのだがのう」

「挙げ句が、この様《ざま》か」愚息は苦笑する。「まったくもって掛け値なしの阿呆ときている」

この様《ざま》とは、辻斬《つじぎ》りまがいの強盗のことを言っているのだろう。

自分のことながら、新九郎も釣られて苦笑した。

「かも知れん」

そんな会話からさらに半刻が経ち、鈍い月がやや南よりの天空にかかった。

微風が流れてきた。

東天からゆったりと流れてきた雲が、月を薄く覆った。周囲がやや暗くなる。

ふと新九郎は耳をそばだてた。

「……」

間違いない。その東風に乗って、かすかに土を踏む音が聞こえてくる。

新九郎は愚息の隣から立ち上がり、静かに鯉口《こいぐち》を切った。

さらに耳をそばだてる。足音は、切れがいい。さく、さく、と土離れの音が心地よく耳に響いてくる。

その時点で、すでに予感はあった。

見えてきた。

一条大路の向こうからやってくる一つの影がある。こちらに向かって近づいてくる。

やはり、と新九郎は思う。

その軽い足取りとは対照的に、微塵《みじん》も上下しない腰を据えた歩きよう……その動き一つとっても、尋常な男ではない。相当に出来る。

「殺すなよ」

ぼそり、と愚息がささやいた。

だが、新九郎は返事をせずに築地《ついじ》の陰から一歩足を踏み出した。そして、二歩、三歩と、さらに大路の中央まで進んでいき、影のほうに向き直った。

影もまた、こちらに気づいて立ち止まる。

ごく自然に両足を開き、左手は太刀の鍔《つば》にかけている。だが、右手は脇に垂らしたままだ。心持ち、首をかしげている。

こんな場合ながら、新九郎が見ても惚《ほ》れ惚《ぼ》れとするような立ち姿だった。余分な力みというものが、体のどこにも感じられない。

「この夜更けに、何用ぞ」

一言、影は爽《さわ》やかな声音を吐いた。

新九郎は親指でさらに鍔元を押し出した。

無体を言うようだが、と前置きをした上で、

「命が惜しくば、懐ならびに腰のものを、置いていってもらおう」

そう言うと、さらりと鞘《さや》を払い、切っ先を相手に向けた。

応じるように、相手もまたゆっくりと太刀を抜き放つ。

じわり、と周囲が明るくなる。両者の間に広がる小石や窪《くぼ》みを、くっきりと照らし出す。月が雲間から出たのだと知る。

その月光に、旅装の武士の姿が浮き上がった。新九郎は改めて軽い驚きを覚える。

男は、ちょっとないほどの秀麗な顔つきをしていた。

ほどよく張り出た額と、高く通った鼻梁《びりょう》が、月夜にもはっきりと見て取れる。涼やかな一重の目元とは対照的に、軽く引き締まった顎《あご》と口元……理知的な顔の造作が、まっすぐに新九郎を見てきている。年のころは三十歳前後であろうか。

ちなみにこの男の肖像画は、大阪府岸和田《きしわだ》市の本徳寺《ほんとくじ》に今も残っている。

世に出た履歴から推察するに、おそらくは五十歳ころの肖像と思われるが、それでもこの年齢の当時でさえ、その顔はなお端整さを失っていない。美丈夫と言っていいほどの男振りである。

じわり、と新九郎は体を右に動かした。

応じるように男も、わずかに左に廻《まわ》る。

ふむ、と新九郎は感じる。

この男、たしかに剣の心得はかなりある。あるが、その柄《つか》を握っている両手の絞りが、心持ち硬い。おそらくは緊張から、右手人差し指一本分だけの握りが必要以上に強くなっている。連動した肩の動きもそうだ。袖《そで》なし羽織の表面に、ごくわずかに筋肉の凝《こ》りが走っている。今の構えでは、並の相手を一刀両断の下、据え切りするには適しているだろう。が、新九郎ほどの剣客を向こうに回しては、瞬時の変化には対応できない。

わしのほうが、一段わざは立ち勝る——。

そう確信した瞬間、一歩踏み出しながら、切っ先をゆるゆると右上段に泳がせた。さらに一歩、相手への距離を詰める。

途端だった。

「やめよう」

相手が静かに口を開いた。と同時に、全身を一気に弛緩《しかん》させた。太刀を鞘に収め、腰元から抜き取る。脇差も合わせて、新九郎に差し出してくる。

「口惜しいが、受け取るがよい」

むしろ、新九郎のほうが両刀を受け取りながらも呆然《ぼうぜん》とした。

つい愚問を発した。

「何故だ。あんた、相当の腕だと見込んでいたが」

言ってから、自分の迂闊《うかつ》さに臍《ほぞ》を噛《か》む。

くそ。おれの馬鹿さ加減だ――。

追い剝ぎの立場なのだ。くれると言うものは、黙ってもらっておけばいい。

が、これまた意に反し、相手は新九郎を見て苦笑を浮かべた。

「おぬしほどの腕だ。やるだけ無駄というもの。なら命一つ、持ち帰ったほうがよい」

相変わらずの爽やかな弁舌だった。その話しぶりからうかがえる人格に、つい引け目のようなものを感じる。

ふと気づく。こいつもまた、おれの腕を見切っていた……。

遠慮がちに新九郎は口を開いた。

「すまぬが、懐のものも呉《く》れぬか」

いや、と相手は顔をしかめた。

「こちらは、勘弁してもらおう。人には渡せぬものが入っておるでのう」

「斬るぞ」

すると相手は、ちらりと皓《しろ》い歯を覗《のぞ》かせた。

「無理だな。おぬしには」そう言葉柔らかく、うっすらと微笑を洩《も》らす。「追い剝《は》ぎの分際ながらも『無体を言うようだが』などと前置きをするような男だ。丸腰の相手は、とうてい斬れまい。自ら無腰になった相手なら、なおさらのことだ」

思わず言葉に詰まった。

たしかにそのとおりだ。対等に剣で渡り合って殺すならともかく、脇差一本帯びていない相手を斬殺するなど、寝覚めが悪いことこの上ないだろう。

突如、馬鹿笑いが周囲に響いた。

いや、お見事っ。

見ると、愚息が築地の陰で腹を抱えて笑っていた。

「新九郎、この勝負、おまえの負けじゃ」

「何を言う」

ついむきになって声を上げた。

「剣の技量ばかりか、人間の中身まで見切られておる間抜けときた」なおも笑いながら愚息は言った。「いっそのこと、いさぎよく大小も返してやったらどうか」

これには相手の侍も驚いたようだ。

馬鹿な、と新九郎はさらに怒った。「命を張って大小をいただいたのはこのわしだ。あんたにどうのこうの言われる筋合いはなかろう」

「つくづくおぬしは、分かりが悪い男よのう」まだ笑みを残しながら、愚息は言う。「よいか、おまえがそこでなんと吠《ほ》えようが、この侍は丸腰のままおぬしの脇を抜け、先に進むことができる。そしてそのこと、勝負の途中から読み切っていた。だからこそ、はじめに懐のものではなく、大小を渡してきた」

「……」

「だから、技では勝っても、結果、おぬしの読み負けなのじゃよ」

すると侍のほうも、つい、といった風情で笑い出した。

「御坊、敏じゃな」

「ほに、ほに」

またしても愚息は意味不明の呟《つぶや》きを洩《も》らす。

ふむ？　と男は首を捻《ひね》った。「それは、念仏の一種か」

「まあ口癖のようなものじゃ。ともかく――」と、愚息は新九郎に向き直った。「おぬし、そこまで見切られたんじゃ。ほれ、大小も返して、あっさりとせい」

新九郎は今度も言葉に詰まる。

なんとも情けない展開になってきた、と内心では泣きたい思いに駆られる。勝負には勝ったおれが、あべこべに理屈で両者にやり込められている。

……だが、ある側面、愚息の言うとおりだ。

技では勝ったが、見切り、という意味での勝負の本質には負けていたのだ。

しかし、癪《しゃく》だ。

ほんの一瞬にせよ、命まで張ったのだ。挙げ句、太刀まですんなりと返すのは、忌々《いまいま》しいことこの上ない。

くそ……。

視界の正面では、男が新九郎の様子を窺《うかが》うようにして静かに立っている。目の隅では、愚息が地べたに座り込んだまま、なおもにたにたと笑っている。

……ふと思い至る。

「ならば、こうしよう」気がつけば口を開いていた。「今からわしの訊《き》くことに、すぐに答えよ。簡単な足し算だ。正しければ、大小は返そう」

これには、さすがに相手も驚いたような表情を浮かべた。

「なんだ、それは」

「いいから聞け」新九郎は繰り返した。「ただし、すぐに答えよ。わしが五たび呼吸をするうちに、正しい数字を言え。それ以上に時がかかるなら、たとえ正しくとも刀はもらう」

おい、と愚息が呼びかけてきた。「まさかおぬし……」

「当然だ。ただで教えてもらうわけではない」

先刻は命を張り、今は刀を賭《か》けている――新九郎はそう思いながらも、武士に向き直った。

「では、訊くぞ。一から十までを足し上げた数字は、いくつになる」

相手はますます驚いたような顔をしたが、新九郎が一つ目の呼吸を終わるころには、そっと目を閉じた。

新九郎は、静かに二つ目の呼吸を終える。

旅装の武士は相変わらずじっと立ったまま、目を瞑《つむ》っている。

三つ目。吸った息を、ゆっくりと吐いた。

四度目の息を吸い、そして吐く。

五回目の息を吸い終わったところで、男は目を開けた。

「五十と、五じゃ」

む、と新九郎はやや動じた。

正解だった。

だが、やはり新九郎には解せないものがある。

この前、愚息に問われたあとで、密《ひそ》かに心の中で、一から十までを自分で足し上げてみた。たしかに今、この旅装の武士が口にしたとおり、五十五だった。

しかし、一つ一つを足し上げていく作業には、一度につき一呼吸はどうしてもかかる。つまりは九呼吸ぶんの時だ。

「刀は、返す」

新九郎は、左手に摑《つか》んでいる大小を男のほうに突き出した。旅装の武士はすんなりと受け取り、それを腰元におさめる。

「すまんな」

そう言って、少し笑みを見せた。

いや、と、新九郎はやや慌てて手を振った。「礼より、ちと訊きたいことがある。おぬし、何故そんなに早く正しい数字を出せたのだ」

そしてさらに問うた。

「どう、考えるのじゃ？」

ふむ、と相手は首を捻った。

そしてもう一度、首を捻って、あらためて新九郎を見つめてきた。

「それは、おぬしにとって今日の糧より大事なことか」

「おそらく」答えつつも、横の愚息を顎《あご》で指し示した。「……つまり、こういうことだ。わしは、どうやら頭が悪いらしい」

相手はふたたび驚いたような目元を見せる。

「そうなのか」

「というより、この糞《くそ》坊主が言いおった。今後の人生、わし程度の知恵の暗さではどうにもなるまい、と。いくら腕が立っても、そんなものはむしろ、狂人に刃《やいば》だ、と」

相手の男の表情が、次第に緩んでくる。

分かる。緊張の頂点にあった空気から一転した、この間抜け極まりない問答に、危うく笑い出しそうになっている。

それでもかまわず新九郎は言葉を続けた。

「わしは、悔しい。だから、この剣技をこれから活《い》かすためにも、多少なりとも頭が良うなりたい」

ついに、相手は笑い出した。

「いや、ようく分かり申した」武士はそう言った。「つまり、おぬしは今の算術の結果ではなく、その考え方が知りたいのじゃな」

「そうじゃ」

「そして、その考え方を知ることで、多少なりとも賢くなり、自分の身を立てたいと、こう考えておる」

「そのとおりだ」

と、深くうなずくと、武士はまた哄笑《こうしょう》した。

新九郎はさすがに顔をしかめた。

「人が真面目に話しているのに、そう笑うものではなかろう」

すると、途端に相手も口元を引き締めた。

「や。これは失礼。じゃが、おぬしを嗤《わら》っているのではない。むしろ、こんなささくれ立った公界《くがい》で、と感心している」

そして、もう一度、首をひねった。

「……うまく、口では説明できん」言うなり、地べたにしゃがみ込み、近くに転がっていた小枝を手に取る。「絵図に書く。おぬしも、そこにしゃがみなされ」

言われたとおり、新九郎も男の横にしゃがみ込んだ。

男は、小枝の先で地面にさらさらと数字を書き込んでいく。

月光を浴びた地面には、二行、こう書かれていた。

一 二 三 四 五 六 七 八 九 十

十 九 八 七 六 五 四 三 二 一

武士はさらに言う。

「二行の数字。それぞれを横に足すと、すべて十一が、十個……それを半分にする。結果、百十の半分」

あっ、と新九郎は思う。

愚息がモノの見方だと言った理由が、ようやく分かる。

それでもつい、築地《ついじ》の愚息のほうを振り返る。

「これが、正解なのか」新九郎は言った。「すまぬが、ちょっと見てくれ」

「見んでも、今のその男の説明で分かるわい」面倒臭そうに愚息は言う。「正解だ」

それでも言った後には、のっそりと腰を上げ、新九郎たちの傍に歩いてくる。

数字の書かれた地面を見て、うむ、とつぶやき、武士を見る。

「おぬし、このやり方を知っていたのか」

いや、と男は首を振った。「なにせ、先刻は必死だった。するとこの二列の数字が、自然に頭の中に浮かんだ」

なるほど、と愚息は感慨深げにうなずいた。

「つまりは、元々それだけの素養があるということじゃの」

いや、と武士は多少照れた。「そのような、たいしたものではない」

「おぬし、名は何という」

この答えは、一瞬遅れた。

「すまぬが、刀を返してもらったこと、感謝はしている。しかしながら、追い剝《は》ぎに名乗るような名はない」

理屈のたくましい男だ、と新九郎は思った。と同時に、この男の矜持《きょうじ》のようなものも感じる。

くすっ、と愚息が笑う。

「なら、もうこの男にはこんな真似はさせんよ」

少し考え、武士は口を開いた。

「今後、一切か」

「一切だ」と、愚息はうなずく。「実際、今までの二度も人を殺《あや》めたことはないでの。ただ、剣技を見せて金品を脅し取ったまでじゃ。こやつが相手を殺さんように、わしがいつも見張っていた」

「しかし、この男は今後、どうやって食っていく」

「わしが、養おう」愚息は、溜息《ためいき》交じりに答えた。「仕方がない。食うに困れば、辻斬《つじぎ》りまでしかねん阿呆《あほう》じゃからの」

うっすらと武士は笑った。

「つまり、そういう意味で、頭が悪い、と」

「そういうことだ」

聞いていて、ふいに新九郎は我が身が情けなくなった。まったく言われたとおりだ。

「わしは、愚息」

案の定。ぐそく？ と相手は怪訝《けげん》そうに聞き返してきた。

愚息は、そのイガグリ頭をつるりと撫《な》で回しながら、笑った。

「法名じゃ。愚かな息、あるいは愚かな息子、陽物のことじゃの。まあ、どちらにとってもらってもいいわい」

「なるほど」

「そしてこれは、玉縄新九郎。出自は知らんが、どうせ名前からして、相模の国あたりの地侍の庶子であろう」

図星だった。思わず新九郎は顔をしかめた。

その顔を見て、武士はちらりと笑みを見せた。

「わしは、姓は明智《あけち》。諱《いみな》は光秀《みつひで》。字《あざな》は十兵衛《じゅうべえ》。明智十兵衛光秀と申す」

その正確極まりない名乗り方に、やはり新九郎は、おのれの出自による矜持のようなものを感じる。しかし、明智という姓は知らない。

だが一方で――。

ほう、と愚息は軽い感嘆を上げた。

「察するに、土岐《とき》源氏の明智一族か」

「左様」

と、十兵衛と名乗った男はさらりとうなずく。

ふむ、と愚息はうなずいた。「四年前の道三《どうさん》崩れでは、気の毒であったな」

「過ぎたこと」

十兵衛は言葉少なに答える。

気づいた。月光の下、よく見れば新九郎ほどではないにせよ、小袖《こそで》は擦り切れ、伊賀《いが》袴《ばかま》も旅塵《りょじん》にまみれている。

「城に籠《こ》もって戦われたのか」

いや、と十兵衛は首を振った。

「わしはもう、二十歳《はたち》のときから美濃《みの》を離れ、京にいる。在京のまま、落城を知った」

「京源氏というわけか」

「まあ、そのようなものだ」

……明智氏が美濃源氏の名族の一つであるということは、話の流れで分かった。が、その後に続いた京源氏という耳慣れぬ言葉の意味は、新九郎には見当もつかなかった。無理もない。東者《あずまもの》には、箱根以西の知識はなかなか伝わってこないものだ。

後日、愚息に聞いた。

この時代の京源氏とは、各国の源氏系守護大名が、その有能な血族の一人を、若いうちから京の将軍やその有力幕臣の周辺に近侍させ、そのときどきの京や幕府の情勢を自分の領国に報告させるという、いわば私設外交官の総称のようなものだ。むろん、幕府の実力、制度、財政状況が有名無実となっていたこの室町の末期には、これら私設外交官が、国許《くにもと》の守護大名の財力を背景に、収入がほとんどない幕府を多少なりとも援助していたという実情もある。

さらに続いた愚息の話によれば、私設外交官として京に駐在していたこの明智一族の秀才は、その後の道三崩れ（息子の斎藤義龍《さいとうよしたつ》のクーデターによって、父・斎藤道三が長良《なが ら》川畔《がわ》で討ち死にした）によって、その戦いで道三側に与《くみ》していた明智氏も滅ぼされ、国許からの経済的・武力的基盤を完全に失った。

その結果が、今の月夜に映し出される擦り切れた小袖と伊賀袴となって表れていたのだ。

愚息はそのうらぶれた十兵衛の態を眺めながら、ニヤリと笑った。

「ところで、わしもおぬしに相談がある」

「なんだ」

すると愚息は、やや照れたように鼻頭を掻《か》いた。人を人くさいとも思わぬこの男にしては珍しい、と新九郎は感じる。

「その腰のものを返してもらったこと、思うに、わしにも多少借りがあるのではないかな」

十兵衛は軽く首を捻《ひね》った。

「どういう相談なのだ」

「なに、いと易きこと」愚息は言った。「礼に、わしとこの男に後日、おぬしの家で茶などふるもうてやろうという気には、ならぬか」

束の間、十兵衛は黙った。何かを思案している様子だ。

どうした、とさらに気安く愚息は笑いかける。

「わしらのような浮浪風情が相手では、さすがに気が進まんか」

いや、そうではない、とこの美濃源氏の逸材は、あっさりと苦笑を洩《も》らした。

「無位無官、浮浪同然の境遇なのは、わしも同じこと。むしろ、その自覚のみが今のわしを支えている」

ほう、と愚息は一声上げた。そして軽く笑った。

「感心なものだ」

「ただ、言うておくが、ひどいあばら家だぞ」

「かまわぬ」

愚息がそう答えると、十兵衛はうなずいた。

「この一条大路を西に進んだ大宮通りの角に、白い築地塀が崩れ放題になった、老松の盛んに生えている屋敷がある。さらには波打った入母屋屋根《いりもややね》を見れば分かる。鬼瓦《おにがわら》に、二《ふた》つ引両《ひきりょう》の家紋が見えるはずだ。その屋敷だ」

「二つ引両の家紋？」愚息が意外そうな声を上げる。「それは、足利氏一門の屋敷ではないか。少なくとも美濃源氏の家紋ではあるまい」

そうだ、と十兵衛はうなずいた。

「わしは、その屋敷に居候の身だ。離れの小屋を借りて住んでいる」

「その屋敷の主は？」

この愚息の問いかけにも、十兵衛は一瞬躊躇《ちゅうちょ》した。だが、やがては分かることだと思ったのか、すぐに口を開いた。

「和泉《いずみ》細川家だ。現十三代将軍のご近臣であり、従五位下、兵部大輔藤孝《ひょうぶのたいふふじたか》どののお屋敷である。であるからに、おぬしらが後日来ること、藤孝どのにも話だけはお通ししておく」

愚息はうなずいた。

「では、三日後の未《ひつじ》の刻あたりでどうか」

「異存ない」十兵衛は笑った。「では拙者、先を急ぐ。これにて」

言うなり踵《きびす》を返し、軽い足取りですたすたと歩み去った。

一条大路の闇にその背中が次第に吸い込まれ、やがて消えた。

新九郎は愚息を振り返った。

「なぜ、あんな約束をしたのだ」

すると愚息は思い切り顔をしかめた。

「いったいおまえには、人を見る目というものがないのか」

思わず新九郎は黙り込んだ。

そうそう、と愚息はさらに言葉を続けた。「それからおまえはしばらく、わしの用心棒兼使用人じゃ。わしの言うことは、これからは何でも聞けよ」

「は？」

「あの男に約束した」愚息は言った。「おまえを食わせてやると。自分で食い扶持《ぶち》を見つけてくるまではな。だから、当然じゃろ」

今度は新九郎が顔をしかめる番だった。

2

それから三日後の朝、光秀は離れの小屋で素襖《すおう》に袖を通し始めていた。素襖とは、この時代、無位の武士の礼服に相当する。

母屋の細川藤孝に拝謁するためだ。

ふと微笑む。

主家が滅んでしまって以降、兵部大輔藤孝は、寄る辺のなくなった光秀にとって実質的な主人に等しい。

事実、この時期に日本にやってきていた宣教師、ルイス・フロイスの『日本史』という手記に、『アケチは細川の足軽にて……』という記述がある。第十三代将軍の足利義輝《よしてる》のころの手記だ。足軽という表現はひどすぎるかと思うが、それでもこの手記は当時、光秀が細川藤孝に仕えていたということを雄弁に物語っている。

それまで光秀の背後で着付けを手伝っていた妻が、今度は前に廻《まわ》ってきて胸紐《むなひも》を結びにかかった。

熙子《ひろこ》だ。いつもながらよく自分につとめてくれる。細川藤孝の命により、しばしば京を留守にする光秀の帰りを、その日の食に事欠くこともありながら幼子を抱え、愚痴一つ言わずに待ってくれている。

「すまぬな」

つい、光秀は言った。日ごろの謝意を、その一言に込めたつもりだった。

すると熙子は控えめな笑みを浮かべ、いいえ、と答えた。

光秀も少し笑い返す。

その表情を見るだけで、救われたような気分になる。

通じ合っている、と感じる。貧窮のなかでも、われら夫婦はこれだけで充分、分かり合えている。少なくとも光秀はそう考えている。

妻木《つまき》熙子。

出自は光秀と同様、美濃源氏の妻木氏である。それどころか妻木氏は、室町幕府成立直後に、明智氏の一族である明智頼重《よりしげ》が、三河との国境にほど近い妻木郷（現在の土岐市）に移り、いつしか妻木氏と呼ばれるようになったのが始まりである。

ようは、二百数十年前の出来事とはいえ、この熙子の妻木一族は、明智一族から分派した遠縁ということも出来る。

かつて存在した居城も近い。

可児《かに》郡（現在の岐阜県可児市横田）の小山の上にあった明智城から、なだらかな起伏のある盆地を二里半ほど南東に下ると、妻木氏の峻険《しゅんけん》な山城に着く。

標高は、現在の単位で言えば四〇九メートル。

冬晴れの日など、枯れた樹木の間を通して、お互いの城がうっすらと遠望できた。薄紫色にたなびくようにして、妻木城の山の稜線が見えた。妻木城から見えた明智城も同様だった。光秀も熙子も、幼いころからこの同じ風景を見て育った。

年齢もほぼ同じだ。つまり熙子とは、一族同士の幼馴染《おさななじ》みでもあった。そんなこともあり、この妻との関係は、とても気安い。

わが人生、と時おり光秀は思う。

所領もなくし、一族も四散し、国許からの仕送りも途絶え、牢人《ろうにん》同然の身に零落し、今では孤剣に頼るのみの境涯でしかないが、この熙子を伴侶《はんりょ》にできたことは、自分の生涯にわたる僥倖《ぎょうこう》であった。

……ふとあることを思い出し、光秀は口を開いた。

熙子よ、と問いかけた。

「なんでございましょう」

相手は少し小首をかしげ、また笑みを見せる。

その顔を見て、ふいに光秀は照れた。

夫婦になって五年以上が過ぎているが、それでもまだ浅ましいばかりにこの妻に惚《ほ》れている自分を、あらためて自覚する。

いや、なに、と光秀はあえて軽く言ってのけた。「ほんの座興に、わしの問いに答えてはもらえぬか」

熙子はさすがに怪訝《けげん》そうな表情を浮かべる。

「簡単な算術だ」光秀は笑みを絶やさぬまま言った。「ただし、今からわしが、ゆっくりと五つ手を叩《たた》くうちに、その問いかけに答えてくれねば困る」

なおも不思議そうな顔をしたまま、それでも熙子がうなずく。

「では聞く。一から十までを足し上げていったその数は、いくつになる」

結果、五つ目の手を叩く直前に、熙子は正解を口にした。

ますます笑みを深めながら、光秀は聞いた。

「何故そんなに早く、足し上げられたのだ」

すると相手は笑ってこう返してきた。

「なんとのうですけれども、咄嗟《とっさ》に頭の中で、一から五までと、六から十までを、二つに分けてみました。ただ、どちらとも一つずつ数が増えています。正順の二つのまとまりが、かえって全体のまとまりを乱しています」

「ほう？」

「なので、六から十までを逆の順、十から六までとしてみました」

「それで？」

「一から五までは、一つずつ増える正順。十から六までは、一つずつ減っていく逆順……ですから最初に一と十を足した数の十一が、それ以降も同じ数になるはず……それが五個。ですから、五十五です」

そこまで説明して、煕子は改めて光秀をやや自信がなさそうに見てきた。

「いかがでしょう。合ってますか」

正しい、と光秀は思わず膝《ひざ》を叩いた。

彼と煕子はその思索の辿《たど》り方をいささか異にしているが、それでも同じ根本原理を見ている。

ようは、考え方の問題なのだ。様々な思索の辿り方がある。しかし――少なくとも数の世界において――最終的な真理は一つだろう。

光秀は軽く興奮したまま、なおも繰り返した。

「正しい。煕子、おまえはまったく正しい」

「まあ、そのような……」

元来が内気過ぎるこの妻は、やや下を向き、赤くなった。

あらためて光秀は感じ入る。

同じ目線の高さでモノを考え、共に笑い合うことが出来る。そして、そんな相手が一生の伴侶として、寝るときも話すときも常に傍にいてくれる。人として生まれた日常の中で、これ以上の幸せがあるだろうか——。

やはり、この女を妻に出来たことは、自分の生涯にわたる幸せであった。

＊　＊

しばらくして、光秀は住まいを出た。

雑草だらけの庭に続いている飛び石を踏んでいきながら、広い邸内を藤孝の居住になる母屋へと歩いていく。

それにしても、と母屋を見上げて、光秀は一人苦笑する。

あの夜更けに二人に説明したとおり、すさまじいまでの荒れ方だ。入母屋造りの屋根は、その内部の根太《ねだ》が腐りかけているのだろう、瓦《かわら》の表面がところどころ陥没し、それが全体として見れば、波打っているように見える。鬼瓦も西の片方は落ち、軒下の破風《はふ》は破れ、隅木《すみき》や化粧垂木《けしょうたるき》もところどころが崩れ落ちている。庭の奥に見える大池にしてもそうだ。滝はすでに涸《か》れ尽くし、睡蓮《すいれん》も腐り、半分干上がった沼のようになっている。

そのどれをとっても――この和泉細川家は支流とはいえ――かつては『六分の一』どのと言われた山名《やまな》氏と共に、日本を二分する勢力だった三管領・細川京兆家の往時の繁栄など、どこにも感じられない。崩れた築地《ついじ》の脇に高々と生えている老松の群れが、かえって今のすさまじい貧窮ぶりを窺《うかが》わせる。

そもそも、と光秀は思う。

本来は和泉細川家の居城であった山城《やましろ》の勝龍寺《しょうりゅうじ》城さえ、現在では三好三人衆の一人、岩成友通《いわなりともみち》に押収されたままになっているのだ。

そしてその三好三人衆の首領格が、この京で今をときめく三好長慶である。この人物も、元来は京兆細川家の支族であった阿波細川家の、しかも家老に過ぎない。が、その阿波細川家の勢力を背景に、阿波・摂津《せっつ》を拠点として次第に山城、京まで勢力を伸ばし、本家の阿波細川氏を差し置いて、今では堂々たる幕府相伴《しょうばん》衆として、この王城の地に数寄《すき》を極めた壮麗な邸宅を構えている。

さらに言えば、この三好長慶の懐刀として三人衆以上に隠然たる力を持ち、京の実質的な警察長官に納まっているのが、後年『蠍《さそり》』の異名を持つことになる松永弾正久秀である。

この男などは、つい一年ほど前に、河内《かわち》と大和《やまと》を結ぶ要衝の山上に、南北七町、東西五町に及ぶ広大な城郭を築いたばかりだ。

日本史上初めての天守という構造を持つ、信貴山《しぎさん》城だ。

この天守閣を初めて見た地元の百姓たちは、その名どおり、天にも届くかのような神仏をも恐れぬ奇抜な建物に、危うく肝をつぶしそうになったという。

むしろ弾正はこの当時、その本来の無法者そのものの所業よりも、この信貴山城の築城者として一気に名を高めた。

地位と勢力の、逆転に次ぐ逆転……下克上。ある者が勝てば、またある者がその下から湧きだしてきて、上位勢力を次第に駆逐していく。

乱世なのだ、と感じる。

ふと足を止め、光秀は離れの小屋──我が住まいを振り返った。こちらも一見、廃屋に等しい。苔むした柿葺《こけらぶき》の屋根には雑草が生え、屋内では雨になると所々から一斉に雨漏りがする。その雨漏りの下、板敷きの二間の住まいに、光秀とその妻と幼子一人が細々と生活している……。

おれもいつかは、と思う。

三好長慶や松永久秀のように、上を押しのけてまで栄華を極めようとは思わない。

だが、自分には責務がある。その責務を背負うべき個人史もある。

四年前の道三崩れにより一族の多くは討ち死にし、命長らえた者は離散し、今ではどの係累も郎党も消息さえ知れない。

この思わぬ事態は、土岐明智本流の嫡男として出生し、本来なら彼ら一族郎党を束ねる立場に就かねばならなかった光秀には、今こうして想像するだけでも耐えられぬことであった。

光秀は、享禄元《きようろく》（一五二八）年に可児郡の明智城に生を享《う》けた。

父は、明智光綱《みちつな》。しかし光綱は光秀が七歳のときに、早世する。

そして、まだ幼かった光秀の後見役として明智家の家政を担ったのが、光綱の弟に当たり、光秀にとっては叔父《おじ》に当たる明智光安であった。

もしこのときの光安に多少とも強欲さがあれば、光秀を密《ひそ》かに謀殺して自分が正式な当主に納まることなど、いともたやすかっただろう。

だが、光安はそれをしなかった。ばかりか、本来の嫡流は光秀であることを改めて一族に周知させ、やがては光秀を当主にと宣言した上で、自らは後見役を買って出た。

光秀は今でも、その当時のことを思い出すにつけ、心がじわりと濡れてくる。

叔父が自分に注いでくれた愛情には、偽りや擬態など微塵《みじん》もなかった。

やがて光安は、自らの子どもの世話などそっちのけで、さらに光秀の教育に力を注ぎ始めた。

一つには、光秀が幼いころから、一族の子どものなかでは飛びぬけて聡《さと》かったせいもある。物事を一つ一つ教わるごとに、一段と知的な成長を見せる光秀に、おそらく光安は、わが子以上に愛情の注ぎ甲斐《がい》を感じていたのだろう。教育熱心なのは、土岐明智氏に特有の家風というべきもので、後年の光秀も我が子たちに様々な教育を施していくが、特に光安にはその傾向が甚だしかった。

光秀のために地元の臨済宗の優秀な僧を呼んで、幾多の兵書を理解させたうえで諳《そら》んじさせ、刀槍《とうそう》の技、連歌、茶道にも個別の師匠を付けた。果ては光秀が二十歳の頃にも、当時まだ出廻《でまわ》り始めたばかりの珍奇な兵器である鉄砲というものに光秀が興味を持つと、伝《つて》を頼って紀州の根来《ねごろ》衆から二丁の鉄砲と、大量の硝石を手に入れてきた。おそらくは当時、相当な金を積み、手間暇をかけて手に入れてきたはずだ。

光秀も成長するにしたがい、光安に、かつての父親以上の愛情を感じていた。

しかし、結果的にはこの光安と光秀の関係が絡んで、一族の中にまた別角度の問題が表面化しつつあった。

光安の光秀に対するこの無私の行為——ある種の俠気《きょうき》は、皮肉なことに光安自身の郎党からの信望を圧倒的に高めることとなった。自然、一族五百名程度の中で、本来の嫡流を推す〝光秀〟党と、現在の実力者に期待を寄せる〝光安〟党に、長い月日をかけて色分けされてしまった。

むろん、そこは五百名程度の小所帯なので、一族を二分するようなお家騒動が起こるわけでもない。所詮《しょせん》は濃い血縁で結ばれた叔父、叔母《おば》、従兄弟《いとこ》同士の集団なのだ。

ただ、十六歳で元服した光秀は、既に一族に漂う空気を明敏にも察知していた。そして内心、密かに気にも病んでいた。

……心の中で揺れるものがあった。

父親を亡くしたとはいえ、周囲の血縁から真綿で包まれるようにして温かく育てられてきた光秀には、知的・体力的な能力に関しては申し分がなかったが、この乱世における唯一とも言える欠点があった。

育ちのいい人間に時にある欠陥ではあるが、自分をあくく強く押し出すということが、その性格上どうしても出来ないのだ。つい、そういう行為は恥知らずだと考えてしまう。のちに織田《おだ》家で同僚となる木下藤吉郎《きのしたとうきちろう》のように、恥も外聞も笑って呑《の》んでかかるという下卑た野太さがない。

ある種、自分という存在の俯瞰《ふかん》が出来すぎているのであろう。

そして、そんな人間の特徴として、どうしても他人の評価を気にしすぎ、行動に果断さが欠ける。

後年に光秀は、本能寺《ほんのうじ》の変という、それこそ後の日本史の流れをひっくり返す大事件を引き起こすに至る。が、実際の主殺《しゅごろ》しに踏み切った前後の行動にも、この果断さに欠ける躊躇《ちゅうちょ》や逡巡《しゅんじゅん》がいたるところに見受けられる。まるで嫌々ながらあの事件を起こしたような印象をさえ、後世の人間は持つ。

この要因が第一。

そして、次の要因である。

明智一族の長ともなれば、たしかにある意味、美濃源氏の貴種ではある。しかし視点を変え、この島国全体から見渡してみれば、それでも各地方に数多《あまた》ある村落貴族の一つに過ぎない。仮に光秀自身が将来、どんなに軍事的かつ政治的な才能に秀でてみたところで、主家の斎藤家を乗り越えることはなく、また、そんな非道が土岐源氏の庶流としても、他の美濃源氏一族の総意としても倫理的に許されるはずもなく、せいぜいは主家を助け、良くて家老どまりで一生を美濃の片田舎に埋もれて朽ち果てていくことになる……。

反面、近隣諸国は沸騰していた。

北近江《おうみ》、越前《えちぜん》、三河《みかわ》、そして尾張《おわり》……かつての由緒ある守護大名が次々と衰退し、代わって本来はその臣下や有力国人に過ぎなかった地侍たちが新興勢力として台頭してきていた。いわゆる出来星《できぼし》大名である。大きくは、戦国大名と言ってもいい。

この当時の光秀の気持ちは、真偽は定かではないが、後年の逸話として伝わっている。

京の西を流れる芥川《あくたがわ》で、二十歳のころの光秀が大黒天の像を拾い、それを見た従者が、この像を拾えば千人の采《さい》を取る侍大将になれまするぞ、と喜んだところ、即座に光秀はそれを投げ捨て、わしはその程度の境遇で終わるつもりはない、と言い放ったという。

つまり光秀には、自分が正統な嫡流だからといって、なにがなんでも一族の長の座に就いてやろうという粘着性の理由は、どこにも存在しなかった。

それよりもむしろ、美濃という国をいったん出て、自らの能力を思うさまに問うことのできる大きな舞台を探す、という志向のほうが大きかったのではないか……。

事実、光秀は、光安からの再三の要請を固辞し、明智氏の家督を継がずに京に出てきた。

天文《てんぶん》十六（一五四七）年のことだ。

光秀、数え年で二十歳。

叔父の光安に伴われ、十三代将軍の足利義輝《よしてる》に拝謁している。ちなみにこのとき、光安は従五位下兵庫頭《ひょうごのかみ》に叙任されている。正式に土岐明智氏を継ぐこととなったからだ。

明智氏の正式な後継でなくなった光秀には、叙任の資格はなかった。そして無位無官のままでは将軍の相伴衆になることもままならず、結局は、当時から幕臣の中でもっとも有能な人物であるという評判であった細川藤孝に近侍することとなった。つまりは将軍家の陪臣に過ぎない。

とはいえ、この自らの選択について、光秀に特に不満はなかった。

京での生活費は国許《くにもと》から光安がふんだんに送ってくれていたし、光秀もまた、京の情勢を折に触れて国許に報告をしていた。そしてなによりも、藤孝が光秀を単なる臣下としてではなく、将軍家再興の相談相手として遇してくれていたことが、光秀の自尊心を満足させた。

藤孝と相談の上、将軍家の有力な後ろ盾となってもらえるよう、頻繁に地方の有力大名の下へも足を運んだ。国許の美濃は当然のことながら、武田《たけだ》氏、北条《ほうじょう》氏、上杉《うえすぎ》氏、毛利《もうり》氏、尼子《あまこ》氏、果ては九州豊後《ぶんご》の大友《おおとも》氏の居城まで出向いたこともある。

今回もそうだ。

若狭《わかさ》の武田氏と越前の朝倉《あさくら》氏を廻り、帰京したばかりだった。

しかし、昔のように道中、金銭的な余裕を持って旅が出来たわけではない。懐の少ない銭を絶えず気にしながらの、極貧の道中だった。時には銭を節約するために、無人の荒れ寺に泊まり、餓狼《がろう》や狐を追いながらの野宿もした。

……四年前の道三崩れにより叔父の光安が討ち死にし、明智氏が離散した後では、光秀の環境も激変した。国許からの仕送りも途絶え、たちまち生活は窮迫した。

挙げ句、上京の家を引き払い、細川藤孝の好意で、今こうして離れの小屋に住まわせてもらっている。妻と娘のその日の食にも事欠いている現状がある――。

だが、と光秀は思う。

四年前を境にした以前より、将軍家再興への志は、光秀の中でよりいっそう濃度を増していた。

思うに、それ以前の自分の生き方は、青雲の志を含んだ、多分に浪漫的なものであったと感じる。しかし一族が離散し、滅亡同然になった今では、その志向に、より実質的かつ感情的な切実さが加わっていた。

……普段は考えても仕方がないのでつとめて考えないようにしているが、それでも眠れぬ夜更けなど、つい想いを馳《は》せてしまう。

そもそも明智十兵衛光秀とは、いったい何者であったのか――。

いわずと知れた、土岐明智一族の総領である。その立場を、自分の気儘《きまま》で放り出したのだ。

　そして今、光秀がこうして息をしている間にも、生き残ったかつての一族や郎党は、牢人《ろうにん》に身をやつし、仕官先を求めて諸国を野良犬のようにうろついている。あるいはとうの昔に、盗賊や野伏《のぶせり》に身を堕《お》とした者もいるだろう。

　彼らの妻や子どもたちも、今の自分がそうであるように、その日の食にも事欠くような生活を余儀なくされている。遊女や浮浪児、乞食《ほいと》に身を落とした者もいるだろう……。

　時おり、この京でも行き倒れた人間を路傍で見かける。鴉《からす》に突つかれ、犬に食われている屍骸《しがい》……。それは、かつての郎党たちの末路でもあるだろう。

　そんなことを想像するだけで、光秀はいたたまれぬ気持ちになる。

　光秀は思う。

　人は、その生まれ落ちた立場を忘れては、一日たりとも生きられぬ。育《はぐく》まれてきた意識が、そして過去の記憶が、人間を形作っていく。つまり現在の自分とは、その過去の集積の結果に他ならない。

　早く、このおれが早く、世の辻《つじ》に高らかに出なければならない。四散した一族たちをふたたび呼び寄せることの出来るような、そんな立場にならねばならぬ――。

　そのためにも光秀の場合、まずは実質的な意味での足利家の再興に奔走することだった。その寄る辺さえ磐石《ばんじゃく》なものになれば、おのずと自分の道も大きく拓《ひら》けてくるだろう……。

＊　＊

ひととおりの旅の報告を終えた後、光秀は上座の藤孝を見た。

ふむ、というように相手は首を傾げた。その手元に、開かれた二つの手紙——越前の朝倉義景《よしかげ》と若狭の武田義統《よしずみ》からの書状がある。光秀が帰路の道中、油紙に包んで絶えず懐中に忍ばせていたものだ。

「ご苦労であったな、十兵衛どの」

まずはそう一言、藤孝は静かに口を開いた。

藤孝は、その体に比して顔が大きい。巨顔、といってもいい。だからこうして端座していると、とてつもなく魁偉《かいい》な人物に感じるが、実際に立てば、光秀とそう変わらない中肉中背の男だ。だが、この当時では、その押し出しに迫力があるということで、顔が大きいという身体的特徴は、むしろ悪いことではない。

藤孝は、軽く溜息をつきながらも微笑んだ。

「まあ、将軍家に費《つい》えを送ってもらえるだけでも、この時勢では奇貨とすべきなのであろうな」

そう続け、さらに光秀に呼びかけてくる。

「のう、十兵衛どの」

は、と光秀は頭を軽く下げた。

「まずは、そのようなことかと……」

そして頭を上げつつも思う。

やはり藤孝どのは違う、と。

実際、光秀が実入りをなくし、こうして細川家の掛人《かかりゅうど》同然になってからも、京でも有数の血統の良さを誇るこの武家貴族は、相変わらず「十兵衛どの」と敬称をつけて呼んでくれている。

浮世の扱いなど、辛《から》いものだ。

光秀は四年前にそのことを身に沁《し》みて感じた。光秀の実家が滅亡し、美濃の国主が義龍になった途端、他の幕臣たちの光秀を見遣《みや》る目は一変した。扱いも変わった。

それ以前の光秀の立場は、京における美濃斎藤家の私設外交官であり、光安と同じように自分に目をかけてくれていた当時の美濃の国主、斎藤道三からの信任も充分に得ていた。

道三には本来、ゆくゆく尾張や南近江などを併呑《へいどん》した後には、この京に旗を立てるという志があった。そのためにも折に触れ、光秀を通してかなりな額の金子を室町の御所に寄進していた。

だが、それら後ろ盾がなくなった途端、光秀の存在は幕府内では無用のものとなった。幕臣たちのなかには、手の平を返したようにひどくぞんざいに扱うものもいた。『どの』

が取れ、呼び捨てになった。ひどいときなど、おい、と名前でも呼ばれなくなった。

人は、貧窮には飢え死に間際までいかぬ限りは耐えられる。しかし、貧しさのためにこうむる精神的な辱めには、寸分たりとも平常心ではいられない。

特に光秀には、この傾向が甚だしかった。打って変わった塵芥《じんかい》同然の扱いに、通常人にとっても厄介な自尊心という肉塊《にくかい》から、常に鮮血を流しつづけていた。

――しかし、この藤孝は違った。

呼び方や態度にも、それ以前と変わらぬ〝同志〟としての厚情を示してくれているばかりか、今もこうして光秀の一家を丸抱えで面倒を見てくれている。

そしてそんな藤孝に対し、よりいっそうの尊敬の念を抱きつつ光秀は思う。

本来、男子とは、大丈夫とは、こうあるべきではないのか、と……。

一方で、掛人同然となった今でも、自分の存在が依然として幕府内で役立っているという自負はある。

事実、昨年四月、上杉謙信《けんしん》の越後《えちご》からの上洛《じょうらく》には、光秀がもっとも奔走した。越後への連絡官として北国街道――木枯らしの吹きすさぶ栃《とち》ノ木峠《きとうげ》を越え、雪山を抜け、また在京のときは謙信上洛の折に備え、三好・松永の連合軍を打ち砕くための情報を掻《か》き集めた。

つまり謙信が上洛し、三好・松永を京から一時的に四散させた幕府側の功労は、八割がたがこの光秀や藤孝、そしてもう一人の幕臣・和田《わだ》惟政《これまさ》の尽力の成果といっていい。

だが、やはり越後は、はるかに遠い……。

三好長慶らが阿波に退去すると、謙信もまた安堵《あんど》してすぐに北へと去った。北条軍とせめぎあっている関東の事情や、信州での信玄《しんげん》との確執、越中《えっちゅう》の一向一揆《いっき》――この越後の軍神が、京に長居できるはずもなかった。

去った後は、元の木阿弥《もくあみ》だった。蟻の大群が甘い汁に這《は》い寄るようにして、三好・松永の軍勢が京に舞い戻ってきた……。

目の前の藤孝がまた口を開く。

「越前の朝倉が八十七万石。北近江の浅井《あざい》が三十九万石。あわせて三万余の兵力」

光秀もまたうなずく。

「それだけの兵が後押しとなってくれれば、この京も安泰でございますな。仮に一割の兵が常駐してくれるとしても、三千人」

「しかし、やはり動かぬ、か……」

光秀もまた、溜息をついた。

「折を見て、ふたたび説得に出向きます」

二人の間で何度も繰り返されてきた会話だ。

この京のある山城の国より、比叡山《ひえいざん》を一つ隔てて琵琶《びわ》の湖《うみ》がある。その湖の北端から峠を一つ越えれば、そこはもう越前である。

やはり、越後よりはるかに近い大国、越前を動かすしかないというのが、光秀、藤孝の共通した認識だった。

そして越前が動けば、その友好国であり、越前からの通り道でもある北近江の浅井氏も必ず動く。

何故なら、京極《きょうごく》家の家臣より身を起こした初代の浅井亮政《すけまさ》は、北近江一国を浅井家一色に塗り替えたときに、朝倉氏からの強力な後援を受けているからだ。

おそらくはその動きに、隣国の若狭も連動するだろう。

が、その肝心の朝倉氏が動かない。

上洛要請の使者を幾たび派遣したところで、現当主の義景はその重い腰を上げようとしなかった。とはいえ、現将軍家に対して敬意がないわけではない。そのたびに後日、少なからぬ援助が朝倉家からは届く。

ようは、関東の北条家と同じように老大国であり過ぎるのだ。年月が経つうちに戦国大名としての家風が薄らぎ、体質が鈍くなり、新興の浅井や織田に見られるような、弾《はじ》けるような積極性と自発性をすっかり失ってしまっている。

藤孝は、二つの書状を文箱《ふばこ》にしまい始めた。

「ところで、中間《ちゅうげん》から噂は聞いた」

「は？」

藤孝が微笑んで光秀を見る。

「数日前の帰京時に、危うく死ぬる目に遭うところだったそうな」

いや、とつい光秀は言葉に窮した。

「話が大げさになっております。特に、実害もございませんでしたし」

何故かつい、あの二人を庇《かば》いがちな口ぶりになっている自分がいる。

「しかし、そなたをそこまで追い詰めるとは、相当な浮浪人もいたものだ」

「……まあ、そうでありますな」

藤孝もうなずく。

「その技量、そして剣まで抜いた挙げ句に何も盗《と》らぬとは、奇特な追い剝《は》ぎであることよ」

藤孝は当世でも、第一等の歌詠みだ。この極貧の暮らしの中でも、風雅を好む心はいっこうに磨《す》り減ることがない。なにやらその強盗に、人としてのおかしみと、場面としての趣を感じているらしい。

……光秀は一瞬迷った。

あの夜、ようやくこの邸内まで戻ってきて気づいた。口中から血が出ていた。知らぬうちに咥内《こうない》を嚙《か》んでいたらしい。

死への恐怖。ほんの一瞬の立ち合いながらも、それほどまでに相手が放ってきた殺気は凄《すさ》まじかった。必死に歯を食いしばっていたのだ。

井戸端で口をゆすいでいると、見回りをしていた中間に理由を聞かれた。

事情を簡単に説明した。追い剝ぎと斬り合い寸前になり、危うく難を逃れたのだと説明した。光秀としばらく言葉を交わすと、そのまま何も盗らずに立ち去ってくれたのだ、と。

嘘はついていない。

だが、会話の肝心な部分は説明しなかった。それを言うと話が長くなる。一瞬でも死と隣り合わせの経験をすると、しばらくして体がどっと疲れるものだ。全身が鉛のように重く、早く横になりたかった――。

しかし、やはり藤孝にはすべてを話すことにした。第一、その当人の二人連れが、今日の未《ひつじ》の刻には訪れてくるのだ。

光秀は口を開いた。

「いや、そのことでありますが、実は――言い方は適当ではありませぬが――盗られたものは、あるのでございます」

ふむ、と藤孝は軽く首を捻った。

「しかし現に、このように書状も、そなたの大小も無事だったという話を聞いたが……」

「いや……その」

またしても光秀は口ごもる。何故かは自分でも分からない。

不意に藤孝は笑った。

「懐中の銭か」

いえ、とこれも光秀は否定した。「大した額ではありませんでしたが、それも無事です」

「では、いったいなにを？」

分かる。気まずくて額に汗が滲《にじ》んできている。

どう答えようかと迷っているうちに、ようやく悟った。あの一瞬の修羅場のあとの会話の流れは、あまりにも現実感がなく、どこか御伽噺《おとぎばなし》めいていて、かつ傍《はた》から見れば相当に間が抜けているのだ。

「……なにやらこう、うまく説明できませぬので、事の起こりを一から話してまいります」

そう前置きをして、光秀は話し始めた。

話し出しながらも、改めて思い出す。

三日前の夜、一条大路に立ちふさがった大柄な影を見た。その立ち姿だけで、ひしひしと感じるものがあった。肩口から陽炎《かげろう》のような鈍い雰囲気が立ちのぼっている。この男……相当にできる。

光秀が誰何《すいか》すると、いかにも手馴《てな》れた様子で、滑るように刀の鞘《さや》を払った。だが、無体を言うようだが――。

と口上を述べた声が、意外に若い。

やがて、雲間から出た月が相手の全身を照らし出した。

光秀も刀を構えながら、ほう、と感じた。

案の定、若い。まだ二十歳前後だろう。そしてその顔つきには、明らかに夷《えびす》の血が濃厚に混じっていた。眉《まゆ》太く、目はくっきりとした二重で、鼻も口も羅漢のように大胆な道具だてだ。坂東《ばんどう》者らしい、と見当をつけた。

真剣を抜いて立ち合ったのは、ほんのわずかな時間でしかなかった。

それでも相手が一歩足を踏み出した途端、これは斬られる、と直感した。その足の運びょう一つとっても、技量に格段の差がある。思わず反対側に足を踏み出しながらも、緊張に体が硬くなった。柄《つか》を握る両手も、不自然に強張《こわば》っている。分かっていた。理屈では分かっているのだ。こんな硬い構えでは、咄嗟《とっさ》の動きに対応できない。それでも先走る恐怖が、その手足に自分の意思をうまく伝えさせない。

相手の切っ先がゆるゆると右上段に上がった。一撃必殺の前の、力を溜《た》める動き……直後、相手の全身から凄まじい殺気が流れ出て、その波動に光秀は思わず目が眩《くら》みそうになった。

一瞬で観念した。刀を放り出す気になっていた。口惜しいが、斬り殺されるより、はるかにましだ。

しかし、こちらから大小を差し出すと、かえって相手はきょとんとした表情になった。極彩色の絵の具を塗りたくったような典型的な武者面だが、よく観察してみると、朴《ぼく》訥《とつ》そのものの顔つきをしている。

ふと光秀は愛嬌《あいきょう》のようなものを感じた。少し気が安らぎ、いつもの冷静さを取り戻した。

しばらく、間抜け極まりない言葉のやり取りが続いた。

相手は懐のものも要求し、光秀はそれを拒否した。

斬るぞ、ともう一度相手は脅してきた。が、先ほどまでの殺気は微塵《みじん》も感じられない。まるで子どもの脅しだ。

光秀は思わず笑い出しそうになった。この時点で、心的に完全に立ち直り、相手より優位に立っていた。

この男に、無腰の相手など斬れるものか――だいたい人間、まともな神経の持ち主なら、出会い頭ならともかくも、言葉まで交わした相手を、そうそう殺せるものではない。

そのことを簡単な理《ことわり》を立てて説明すると、相手は突っ立ったまま、また言葉に詰まった。

その困りきった表情を思い出し、話しながらも光秀はつい笑った。

くっ、と目の前の藤孝もたまらずに噴き出す。

「いや、面白し。人のいい追い剝ぎもあったものだ」

まさしく、と光秀も我が事ながら次第に興に乗ってきた。

「さらに興味深かったのは、ここからで――」

言いながらもさらに説明した。

そこまで相手とやり取りした直後、突如として築地《ついじ》の陰から馬鹿笑いが沸いた。ぎょっとして見遣《みや》ると、黒袈裟《げさ》姿の坊主が座ったまま、大口を開けて笑っていた。その薄汚れたなりとは対照的に、熊の骨でも平気で嚙み砕けそうな真っ白な歯並びに、ぎらつくような生命力を感じた。

ほう、と今度も藤孝は驚いたような声を上げた。

「十兵衛どのは、それまでその坊主の存在には、気づかなんだか」

「微塵も。その気配さえ感じませなんだ」

たしかに今こうして思い出してみても不思議だった。光秀もそれなりに幼少期から剣術は学んできており、その修練の副産物として、常に人の気配には敏感なほうだ。しかも剣を抜いた時点で、さらに五感が鋭敏になっていたはずだ。足利将軍家・剣術指南役の吉岡《よしおか》兵法所で剣術の手ほどきを学んだ藤孝も、おそらくはその点を疑問に思っている。

藤孝はまた小首をかしげた。

「その坊主、何者であろうか」

「分かりませぬ」光秀は答えた。「分かりませぬが、今こうして思い起こしてみるに、むしろ、その牢人《ろうにん》よりも、坊主のほうに強い印象が残っております」

ふむ、と藤孝はふたたび声を上げる。

「斬り合い寸前までいった、相手よりもか」

ですな、と光秀はうなずいた。「といいますのもこの坊主、どうやらその牢人とは以前からの知り合いらしく、牢人相手に実に面白き理屈を捏《こ》ね始めまして」

「と、言うと」

光秀はさらに話を続けた。

坊主が牢人に向かい、この勝負はお前の負けじゃ、と言ったこと。憤然とした牢人が文句を言い返すと、「剣の技量ばかりか、人間まで見切られておる間抜けときた」と嘲《あざ》笑《わら》い、「いっそのこと、いさぎよく大小も返してやったらどうか」と付け加え、さらには光秀が咄嗟に最初に大小を渡してきたわけを、光秀に成り代わって説明した挙げ句、だから、おまえの読み負けなのだ、と駄目押しで理屈をおっ被《かぶ》せたこと……。

「うっ」

藤孝がふたたび噴き出した。

釣られて光秀も苦笑した。

「なかなか面白き理屈を捏ねる坊主でありましてな」

いや、それよりも、とうとう藤孝は膝《ひざ》を崩して笑い出した。

「その牢人の困った顔が目に浮かぶようで、もう堪《たま》らぬ」

見れば、この礼儀作法にうるさい男が、目尻《めじり》から笑い涙を滲ませている。

光秀も再び笑った。たしかに傍から見れば、滑稽《こっけい》極まりない情景だろう。

「それで――」

と、ようやく笑いの収まった藤孝がふたたびこちらを見てきた。

「その牢人、結局は十兵衛どのに大小を返してきたのか」

光秀はうなずいた。

「ただし、条件つきでありました」

「条件？」

「『今から聞く簡単な足し算に、わしが五たび呼吸をするうちに答えよ』と。『正しい答えならば、刀は返そう』と」

「む？」

「ですから、言葉通りでござります」と、光秀は同じ言葉を繰り返した。「――また、相手はこうも付け加えました。『それ以上に時がかかるなら、たとえ正しくとも刀はもらう』と」

ふたたび藤孝は真面目な表情に戻った。

「はて。その簡単な算術とは？」

ここだ、と光秀は思う。結果的にこの問いを藤孝に投げかけてしまうことになる……。実質的な主人を試すような真似は失礼かと思い、束の間迷ったが、光秀は結局、その問いを口にした。

果たして藤孝は考え込んだ。眉間《みけん》にかすかな皺《しわ》が寄る。

そんな藤孝を見つめたまま、光秀はゆっくりと心の中で数を数え始めた。ひとつ。ふたつ……みっつ。

きっかり五つを数え終わったところで、藤孝は顔を上げた。

「五十五であろう」

思わず光秀は、内心ほっと胸をなでおろした。単なる座興とはいえ、この畏敬《いけい》する友に失望したくはなかったからだ。

「正解でござります」

むしろ、そう救われたように言った。

が──。

いや、と藤孝は厳しい表情のまま、片手を上げた。

「正解だが、正解ではない。おそらくはわずかだが、五たび呼吸をする時間を超えている。だからわしがおぬしなら、刀は取り上げられている」

「……」

光秀はその体質として、こういう場合に追従や冗談でその場をかわすことが出来ない。生真面目過ぎるのだ。

なんと答えていいか分からずに躊躇《ちゅうちょ》していると、不意に藤孝が表情を緩めた。
五、七、五、七、七、とつぶやくように言い、
「知ってのとおり、わしは歌詠みでもあるから、それなりにまとまりとしての算術には自信がある。そんなわしでも五つ以上かかった。つまりは、単に足し上げるだけの作業では駄目だということだろう」

と光秀の目を覗《のぞ》き込み、軽く苦笑してのけた。

「わしはの、十兵衛どの、自分が馬鹿だとも思ってはおらぬが、さりとて凡人の域を出るような頭でもないことも知っている。また、そう常に自覚して生きることが、せめて凡人から愚者の道に墜《お》ちぬ唯一の方法だとも感じている」

そう自らを言い放った。

これが、この男の強靭《きょうじん》さだ、とかえって光秀は人格的な凄《すご》みを感じる。

この当世、誰しもが自分の能力に過剰な期待を寄せ、世の綻《ほころ》びがあれば、すぐさまそこに付け入って我が花を咲かそうと隙を窺《うかが》っている。光秀もある意味、例外ではない。だが、そんな世の潮流に一人だけ背を向け、突き放すような冷徹な目で自己の限界を規定することは、よほどの見切る勇気と知恵がいることだ。

光秀は素直に、その実感を口にした。

「藤孝どのこそ、真の知者でありまするよ」

相手は、またしても軽く笑った。

「それしか、しようがないではないか」

そう、意味は分からぬが、いかにもつまらぬことのように言い、

「それよりも教えてくれ。どう、やるのだ？　思うに、その考え方を知ることが、相手が要求していたことであろう」

光秀は、私も刀を取られまいとして咄嗟《とっさ》に思いついた方法なのですが、と前置きをし

た上で、自分のやり方を説明した。

ひととおり説明が終わると、

「ほう」

と、藤孝は一声唸《うな》った。

「なるほど。思いつきもせなんだ」

そうつぶやき、明るく破顔した。

「その考え方を知ることが、牢人にとっては刀を奪うよりも大事なことだったのであろうな。つまりは、知恵を奪う」

光秀も、あの時の情景を思い出しながら答えた。

「今の問いを最初にその牢人にぶつけたのは、おそらくはもう一方の坊主かと思われます」

藤孝は少し考え、口を開いた。

「坊主のほうが問いを投げかけたのは、禅問答の一種と思えば納得できる。しかし牢人のほうは、追い剝《は》ぎまでする境遇に墜ちているにもかかわらず、そのような今日の糧にもならぬ答えに、何故そこまで真剣になったのであろう」

光秀は、これまた少し躊躇したあとで、答えた。

「……以前その坊主に『おぬし程度の知恵の暗さでは、今後の人生、どうにもなるまい。腕が立ってもむしろ、狂人に刃《やいば》だ』とまで言われたようで、それが悔しく、なにやら私と出会う前から、必死に答えを考えていた模様でした」

ははは、とさすがに藤孝は苦笑した。解けなかったのは藤孝も同様だからだ。

光秀も仕方なしに笑った。

「最後に、その牢人は『わしは、多少なりとも頭が良くなりたい』とも素直に申しておりました」

うっ、と藤孝はついに爆笑した。

「よくもまあこの乱世に、そのような風狂じみた人間が転がっていたものよ」

「まあ、そうですな」

「わしも、ちと会ってみたいような気もする」

あいや、と光秀は多少慌てた。

まさかこんな展開から、その二人が今日やって来ることを報告することになるとは思ってもみなかったからだ。これではまるで、事後報告に等しいではないか。

「……いや、実を申しますと」

言いつつも、光秀は額からふたたび汗を滲《にじ》ませ始めた。

3

いったい、なんたることだ――。

このおれとしたことが、なんたるざまだ。

この三日ほど、新九郎は終始そんな思いに駆られ、ともすれば泣きたいほど情けない思いを噛《か》み締めていた。

大原口を東へ半里ほど進んだ瓜生山麓《うりゅうさんろく》に、その小さな荒れ寺はあった。狭い境内も、本堂も庫裡《くり》も、一見は廃寺と言ってもいいほどの荒れようだった。

聞けば三月《みつき》前に、愚息が以前の住職を叩《たた》き出し、乗っ取ったのだという。

「そんな事をして、大丈夫なのか」

つい心配になり、新九郎は聞いた。

なんの、構うものか、と愚息はからからと笑った。

「あんな物の怪《け》のような死に損ない、むしろ里人にとっても居らぬほうがましだ」

「……しかし、それで済むのか？」

もう一度そう聞くと、愚息はむしろ大威張りで答えたものだ。

「その証拠に、どこからも苦情は来ておらん」

それはともかくも、その荒れ寺の本堂の脇に建つ、これまたひどい襤褸《ぼろ》庫裡を、新九郎はあてがわれた。

「あの男に約束した。とりあえず住む場所と食うものは提供してやる。おまえが出て行く気になるまでは、いつまでもな」

「……」

「そのかわり住んでいる間は、わしの下働きとして精を出してもらおう」

その言葉通りになった。

翌日から新九郎は午前中いっぱい、薪《まき》割りや本堂の掃除を命じられた。午後は愚息のお供をして、洛中《らくちゅう》の適当な辻《つじ》に出かけ、例の賭博《とばく》をやる。その間、新九郎は、四つの椀《わん》の置かれた茣蓙《ござ》から少し離れた場所に、ただ馬鹿のように突っ立っている。

つまりは、万が一相手に難癖を付けられた場合の、体のいい用心棒だった。

あれから丸二日間、そんな時間を過ごした。

三日目の今日も、午前中いっぱいは境内の雑草取りと、横たわったままの朽ち木の撤去を命じられた。

言われるまま黙々と、春のまだ柔らかい草の根を引っこ抜きながらも、情けなくて危うく涙がこぼれそうになった。

いったい、なんたることだ——。

もう一度思う。

食う当てはなかったが、それなりの密《ひそ》かな期待を抱いて、おれは京にまで上って来たのだ。

まだ誰にも言ったことはない。言ったことはないし、未だその実力には及ばないとも予想しているが、実は新九郎には、遥《はる》かなる野望があった。

その野望とは、将軍家兵法指南役の吉岡兵法所に乗り込み、その吉岡二代目憲房《けんぼう》・直《なお》光《みつ》を打ち倒すことにあった。剣豪将軍と名高い十三代足利義輝の、兵法指南役である。その真剣勝負に打ち勝ち、京洛で名を上げる。そして京で名を上げるということは、この時代、日の本全土で名を上げることに等しい。

そのおれが、今はこんな生臭坊主に顎《あご》で使われ、荒れ寺の雑草なんぞを抜いている……。

そして、この自らの情けなさには、実はもう一つの理由があった。

あの問題……一から十までを足し上げた数字。十兵衛に説明されて、初めて分かった。だが、それでもこの算術のやり方など、四つの椀の考え方に比べれば、まだほんの初歩の初歩だと愚息は言っていた。

二日間、愚息の賭《か》ける様子を、ずっと脇から眺めていた。

伏せられた四つの椀。そのうちの一つに、相手が銭を賭ける。残った三つの椀のうちの空の二つを、愚息が開ける。これで、伏せたままの椀は二つ……この時点で愚息は、いつものように相手に再度の選択肢を与える。気が変われば、相手に賭けている椀を変えてもいいという。

むろん新九郎は、そのどちらに愚息が当たり石を入れたのかを最初から見ている。知っている。野次馬もそうだ。

だが、賭けている相手には分からない。だから、確率は二つに一つ。やはり半々のはずだ。

なのに、時間が経つに連れ、圧倒的に愚息が勝っていく。誤魔化しはない。何故なら、最終的に見ても、愚息が最初に石を仕込んだ椀からしか、当たり石は出てこないからだ。

なのに、何故に勝つ？

どれだけ見ていても、まったく分からなかった。

昨晩、愚息と飯を食っているときに問われた。

「どうじゃ、まる二日眺めていて、少しは閃《ひらめ》くものがあったか」

いや……と新九郎は口ごもった。「一瞬、何かを拾えた気がしたのは、最初に見たときだけだ。今はもう、さっぱりわけが分からん」

すると愚息は、思いきり顔をしかめた。

「金はない。住む家もない。寄る辺もない。挙げ句には、頭も悪い。本当におぬしは、どうしようもないのう」

腹はたつ。腹はたつが、愚息の言うとおりだと思った。

このときも情けなさに、危うく涙がこぼれそうになった。


今、新九郎と愚息は京の大路を歩いている。洛中の西の外れにある和泉細川邸に向かっている。

昼下がり。春の日にしては珍しく、二人の上に広がる空が、抜けるように碧《あお》い。両側の築地《ついじ》の上に、桜が咲き乱れている。その花弁がひらひらと微風に舞い、いくつもいくつも新九郎の足元に落ちる。

それでも新九郎の気は鬱々《うつうつ》として晴れない。

おぬし、と横を歩く愚息が、じろりと新九郎を見てきた。

「先ほど、庭先のおまえに声をかけたとき、慌てて袖《そで》で顔を拭《ぬぐ》っておったな」

束の間迷ったあと、新九郎はうなずいた。

「ああ」

「涙でも、こぼれたか」

「ああ……こぼれそうになった」

これもまた、素直に答えた。何故かこの愚息には、すべてを正直に答えてしまう自分がいる。

「今の自分が、情けないか」

「……まあ、そうだ」

愚息は苦笑した。

「まあ、我慢せい。人間、どんな状態にでも、時間さえ経てば慣れていくものだ」

「説教か」

違う、と愚息は言った。「真理《ダンマ》だ。時さえ経てば、生きとし生けるものは、すべて、それなりに収まっていくという真理《しんり》だ」

「ダンマ？」

そうだ、と愚息はうなずく。「どんなに辛《つら》かろうが、そこであがこうがあがくまいが、やがて今という時間は過ぎていく。すべてはすぐに過去となり、良ければ良いなりに、悪ければ悪いなりに収まっていく。その世界で安定して、また気楽に息ができるようになる。気楽に息ができるようになれば、また新しい世界も見えてくる」

「……」

「だから、そう今を悲観するものではない」

何か、新九郎の中に感じるものがあった。不意に心が軽くなる。少し救われたような気になる。

「そんなものか」

「そんなものだ」

そしてまた笑った。

「じゃによって、おまえはもう、あの賭け事のことなど考えるな。考えずに、気楽にいろ。当分は忘れてしまえ。そうすれば、やがて分かるときもくる」

しかし新九郎はふと、その答えの中に、自分の未来の可能性が集約されているような気がした。

「……もし、分かるときがこなかったら？」

そう、おそるおそる問いかけると、

「だったらそれはそれで、良いではないか。分からなかったからといって、別に死ぬわけでもあるまい」

そうあっさりと片付け、最後にこう締めくくった。

「知足《たるをしる》。つまり、そういう一生もある」


そんなことを話している間に、やがて雲ノ寺を過ぎ、細川邸の門前に着いた。

ははあ、と朽ちかけた破れ門を見上げながら、新九郎は変に感心した。

十兵衛の言葉からある程度の予想はしていたが、この門や築地塀たるや、聞きしに勝る凄《すさ》まじいまでの荒れようだった。

ほれ、と愚息が新九郎の脇を突っついた。

「ぼさっと突っ立っとらんと、はよう取り次ぎを呼ばんかい」

それもそうだと思い、新九郎は大声で呼ばわった。

もうしっ、と。

「それがしは玉縄新九郎時実と申し、明智どののお招きにより、こうして参上つかまつったもの。どなたかお取り次ぎをねがわしゅう。もうしっ」

門の中に、荒れ果てた中庭が見える。その先の小屋の門が、からりと開いた。

十兵衛自身だった。この前と違い、どういうわけか涼やかな素襖《すおう》姿に身を包んでいる。両胸元に、桔梗《ききょう》の定紋《じょうもん》が染め抜かれている。小走りに、新九郎と愚息のもとまでやってくる。

「おぉ、よう来てくれた」

そう満面の笑みをたたえ、まるで抱きかかえるようなしぐさで、邸内に二人を招きいれる。

ん？　と新九郎はふと疑問に思った。

果たしてわしらは、このように歓迎される分限《ぶげん》なのだろうか――。

やがて、その理由が分かった。

実はな、と、ややあって嬉《うれ》しそうに十兵衛が言った。「このたびの茶席、この邸《やしき》の小庭にて正式に執り行うこととなった」

と、愚息が不意にその足を止めた。

「どういうことだ？」

依然にこやかなまま、十兵衛が答える。

「以前に申したはず。おぬしらを招くこと、いちおうこの邸の持ち主である藤孝どのにも話はお通ししておく、と」

「ふむ？」

「すると藤孝どのがな、おぬしら二人にいたく興をそそられたようで、正式な茶席に同席してくださることになったのだ」

するど、完全に愚息の足が止まった。

「してくださる、とは何だ？」

その異様に硬い声音に、新九郎は思わず愚息の顔を見た。

そしてぞっとした。背筋が寒くなった。

殺気でもない。敵意でもない。

だが人間、ここまで冷え切った表情で、同じ人間を見ることが出来るものなのか。

ようやく新九郎にも分かる。

今のやり取りの何かが、明らかに愚息の逆鱗《げきりん》に触れたのだ。

これには十兵衛のほうも、さすがに戸惑いの表情を見せた。

「……だから、わざわざ藤孝どのもご同席くださるのだ。ありがたいことではないか」

直後だった。

目にもとまらぬ速さで、愚息が十兵衛の向こう脛《ずね》を思い切り蹴《け》り上げた。

あっ、と新九郎が思ったときには、十兵衛は素襖姿のまま、その場に見事、転げていた。

「新九郎、去《い》ぬぞっ」

愚息は有無を言わさぬ口調で踵《きびす》を返し、新九郎の襟首を鷲摑《わしづか》みにし、かつ引っ張った。

「ま、待て」

これでは十兵衛があまりにも気の毒ではないか――。

そう思いつつも抵抗したが、愚息にぐいぐいと引っ張られる。恐ろしいほどの馬鹿力だった。兵法で練り上げた新九郎の膂力《りょりょく》をもってしても手に余る。いったいこの生臭坊主のどこに、こんな力が潜んでいるのか。

ついに、新九郎まで無様に転んでしまった。

が、愚息は構わず新九郎を引き摺《ず》っていく。ざりざりと、背中が地べたと摩擦を起こす。首元も着物の襟に締め付けられていて、おそろしく苦しい。

もう、たまったものではない。

「ま、待てっ」

新九郎がもう一度叫ぶのと、立ち上がった十兵衛が同じく叫んだのは、ほぼ同時であった。

「たのむ、待ってくれっ」

もう一度十兵衛が声を上げた。

「たのむっ。わしが何か非礼なことをしたようなら謝る。このとおりだっ。だから、待ってくれ」

そう、必死の形相で頭を下げ、かつ両手を合わせて拝んでいる。

不意に、息苦しさが取れた。愚息が新九郎の襟首から手を離したのだ。

申してくれ、と十兵衛は繰り返し頭を下げた。

「わしは何か、おぬしに無礼なことを申したのか。そこまで怒らせるようなことを、言ったのか。たのむ。聞かせてくれ」

新九郎もようやく起き上がって愚息を見た。

じろり、と愚息が十兵衛を見遣《みや》る。

「……ならば、もう一度問おう。『してくださる』とは、何だ？」

「は？」

「どういう言いざまだ？」

十兵衛は無言のまま、なおも困惑した表情を浮かべている。

次の瞬間、愚息は、新九郎がこの先一生忘れえぬであろう言葉を、鮮やかに吐いた。

と同時に、後の新九郎が思い起こすに、これが愚息の生涯にわたる処世の欠陥でもあった。

「申しておくが、わしは世外の人間だ。見てのとおりの、しがない世捨て人だ。そのわしに位階や血統、名誉、財力あるいは武力、勢力――そんな浮世の決め事が、何の関係がある」

「……」

「なるほどたしかに細川どのは従五位下、兵部大輔であられる。有能な幕臣であるとの噂も、洛中《らくちゅう》ではしきりだ。だが、もう一度問う。それが、化外《けがい》のわしに何の関係がある。ご同席してくださるから恐れ入れとでも、ありがたく思えとでも言うのか」

愚息は高々と言葉を続ける。

「さらに申しておく。それは、この新九郎も同様だ。見立てどおりの馬鹿ではあるが、それでもこの男は、誰にも頼らずに自分の芸一つで身を立てようとしている。この乱世に誰にも頼らず、なんの背景も借りず、一人で生きようとしている。また、それが誇りでもある。そんなわしらに、『してくださる』とは、どういう言いざまだ?」

じっと聞きながらも、新九郎は感動を新たにした。

いったい今まで、誰がこのように自分を見てくれたであろうか。

思わず涙が噴きこぼれた。今この瞬間、この坊主のためなら命もいらぬとさえ、思った。

愚息は憤懣《ふんまん》やるかたない様子で、なおも声高に言った。

「わしがこの世で心の底から敬いたまうのは、ただ一人、釈尊のみだ。だが、それとて元は同じ人間ではないか。ましてやわしやおぬし、この新九郎、細川どのとて同じ人間。いったいどれほどの違いがあるというのだ。三日前におぬしは言うたな。むしろ浮浪人としての自覚のみが自分を支えておる、と。だが、さきほどのおぬしの言葉尻《じり》に滲《にじ》んだ選民意識、性根の卑しさ、そして俗臭たるや、いったい何なのだっ」

そして最後には、蹴殺すかのような一喝が飛んだ。

「どうなんじゃ。答えよ十兵衛っ、それでもおぬしはこの世に一人で立っているつもりかっ」

新九郎はその気迫に、思わずびくりと首をすくめた。

十兵衛は蒼《あお》ざめた顔のまま、門前に突っ立っていた。

——が、やがて、

「……すまなんだ。たしかにわしには、驕《おご》りがあった。細川どのとの関係、ひいては自分の血に対する密《ひそ》かな驕慢《きょうまん》だ。どこかで『地下《じげ》とは違う』という意識だ……すまぬ」

そう、つぶやくように言った。

しかし、愚息はなおも不機嫌そうな表情で十兵衛を見ている。

新九郎はもう、この場をどう取り繕っていいのやら見当も付かない。

不意に、くすり、と笑う声が、どこからともなく漏れ聞こえた。

かと思うと、顔の大きな素襖姿の武士が、ぶらりと門前から出てきた。

なるほどな、とその武士は苦笑を浮かべた。

「さすがに十兵衛どのが見込んだだけの御坊ではある。ここまでやり込められた桔梗紋を見るのは、わしも初めてだ」

新しく姿を現したその男を、愚息はじっと見ていた。

ややあって、口を開いた。

「細川藤孝どので、あられるか？」

いかにも、と相手はうなずいた。そしてまた穏やかに笑った。

「そもそも茶席とは、浮世の身分の隔たりをなくし、気楽に会話を楽しむために生まれたもの。そこでわしもひとつ、その楽しげな席のお相伴に与《あずか》らせてもらえぬものかと思った次第」

「ふむ……」

ぬであろうか」

「どうであろう。ここはひとつ、この十兵衛どのの素直な態度に免じて、赦《ゆる》してもらえぬであろうか」

「……ふむ」

しばらくして愚息は言った。

「失礼ながら、すべて丸聞こえでござったか」

これにはついに藤孝も笑い出した。

「三者三様が、わしの家の門前で好き放題に吼《ほ》え散らかしておった。これではいやでもわしの耳に届くわい」

愚息も苦笑した。この場合、笑いに釣り込まれたほうが負けだった。

「では、お言葉に甘えさせていただきましょう」

愚息は、言った。

それを受け、藤孝は右手を邸内に向けて大きく上げてみせた。

「よう、お越しくださった」

＊　＊

細川邸の小庭は、大庭から石垣を隔てた奥の区画にあった。

さらにその奥に、〝藤戸石《ふじといし》〟と呼ばれる巨石があり、桜の大樹がある。花がはらはらと舞い落ちて、その下の茶席を雪粒のように染めている。風雅なものだが、今の新九郎にはとてもそんな心のゆとりがない。

愚息と新九郎は、先にその茶席に通されていた。

おい、と、新九郎は隣に座っている愚息に呼びかけた。

「なんだ」

「わしはもう、いたたまれぬ」

「何故じゃ」

わしはな、と新九郎は搔《か》き口説くように言った。

「自分で言うのもなんだが、相当な田舎者だ。茶など経験したことがない。作法も知らぬ。ましてや正式な茶会など、見たこともない。しかも相手は、当代一の風流人であるというではないか」

「だから？」

何か考え事をしているのか、愚息の返事は相変わらずそっけない。それでも新九郎はさらに付け加えた。

「だから正直、逃げ出したい気分だ」

ようやく愚息が面倒くさそうにこちらを向いた。

「茶など、単に出されたものを飲めばよいのだ。周囲の景色や雰囲気を含め、自分なりに味わってな。それだけだ」

そんなことを言っているうちに、藤孝と十兵衛が中間一人を伴い、現れた。中間が藤孝の指図を受け、炭火を熾《おこ》した炉の上に茶釜《ちゃがま》を置き、碗《わん》や柄杓《ひしゃく》を並べ、茶会が始まった。

新九郎はやはり緊張していた。愚息はああ言っていたが、なにしろ殿上人《てんじょうびと》が主催の茶会なのだ。地下人の新九郎が緊張しないほうがどうかしている。

だから、茶会で出た会話はほとんど上の空で聞いていた。

途中、十兵衛と藤孝から三日前の夜の話題が出たときなど——彼らは新九郎の剣の技量をさかんに褒めていたのだが——ああいう挙に及んだ自分の動機を考えるだに、もう恥ずかしく、さらに居たたまれず、返答もしどろもどろになった。

その後は、ますます上の空になった。飲んだ茶が、おそろしく苦い、という記憶しかない。

ただ、それでも一つ、くっきりと印象に残った会話があった。

「御坊は、あれかな」藤孝が問いかけた。「先ほど、敬いたまうのはこの世で釈尊のみ、というようなことを言っておられたが、元々は、どこの宗派であられる？」

愚息は少し苦笑した。

「宗派など、ありませぬよ」

ほう、と藤孝は鷹揚《おうよう》に驚いてみせた。

「ですが、この日の本に渡ってくる以前の仏教の原典とでも申しますか、釈尊が申された言葉の数々――スッタニパータや、サンユッタ・ニカーヤなど――その教えは、多少とも齧《かじ》りましたな」

「はて？」藤孝はその方面の仏典にも詳しい。「そのような奇妙な唐音《とうおん》の本など、わしは見たことも聞いたこともないが」

「でしょうな」愚息はうなずいた。「原始仏典は、天竺《てんじく》から唐《から》、そして唐からこの国に渡ってくる時点で、華厳経や法華経《ほけきょう》、臨済禅や曹洞《そうとう》禅など、さまざまな宗派に変質しております。じゃによって、わしにはこの国で言う宗派などは、ありませぬ」

ふむ、と藤孝は考え込み、ややあって顔を上げた。

「貴殿は、どこでそれを学ばれた？」

この答えは、一瞬遅れた。

「……万里の波濤《はとう》を越えた、南洋の異国にて」

これには藤孝も驚いたようだ。

「唐よりも、か」

すると愚息は軽く苦笑した。

「なんの。唐までの距離など、比べ物にもなりませぬよ」

「まさか、天竺にまで行かれたのか」

「そこまでは参りませなんだ。天竺までの航路は、南蛮人のみが押さえておりまするでの」

そのときの愚息は、何故か恥じ入るように答えた。

「それ以上の問いかけは、今はご勘弁を」

左様か、と藤孝は、それ以上の詮索《せんさく》はしなかった。

「だが、その原始仏典とやらを、いつか折を見てわしにも、ご教示ねがえまいか」

「分かり申した」

＊　＊

細川邸を出たときには、すでに日が傾いていた。両側に続く築地塀《ついじべい》を、早くも朱色に染め始めている。

新九郎はその築地から、隣を歩いている愚息に視線を移した。

「しかし驚いたな、あんたには。異国にまで行っていたのか」

ふん、と愚息はいかにもつまらなそうに鼻を鳴らした。

「そんな人間など、肥前《ひぜん》の平戸《ひらど》や薩摩《さつま》の坊津《ぼうのつ》に行けば、掃いて捨てるほどいる。近くは堺《さかい》の商人にも、数多くおるわい」

ようは、と付け足した。

「坂東《ばんどう》からこの畿内《きない》にかけて土地を争う男どもなど、井の中の蛙《かわず》同然ということだ」

そんなものか、と新九郎はまた驚きを新たにした。

そんなものだ、と愚息はうなずいた。

「出来星の大名たちは、この狭い島国で『天下』だの何だの言い騒いでおる。が、『天下』とは本来、限りない地平を感じてこそ初めて使う言葉だ。この世のすべて、という意味だ。それも知らずにと、堺や平戸の商人どもはみな陰で嗤《わろ》うておるぞ」

その言葉に、新九郎はひどく衝撃を受けた。

世界観が違い過ぎる……。

不意に自分の野望――吉岡兵法所に乗り込み、二代目憲房を打ち倒す、という夢が、とても矮小《わいしょう》なものに感じられた。

新九郎と愚息の影が、大路に長く伸びている。地べたに転がっている小石もそうだ。小さく、だが、その小ささなりに長く、影を引いている。

この石が、たぶんおれだ、と新九郎は思う。人の影の長さに比べれば、どんなに背伸びしてもはるかに小さい。

もとの大きさが違うからだ。つまりは、新九郎のこれまで見てきたもの――世界観だ。やはり、横を歩く男の見てきた世界に対し圧倒的に小さい……。

その夕日も、西山連山に半ば隠れた。今出川《いまでがわ》通りから脇にそれ、鴨川の橋を渡り始めたときだった。

不意に愚息がぽつりとつぶやいた。

「しかし、あれだな」

「ん？」

「細川どのというのは、あれだ。ある種、悪党じゃな」

一瞬、聞き間違いかと思った。

「今、何と言った」

愚息は鴨川を渡りながらも、ちらりと新九郎を見た。

「だから、油断のならぬお人じゃ。そういう意味で、悪人ではなく、悪党じゃ」

やはり聞き違いではない。

しかし新九郎には納得がいかなかった。

従五位下、兵部大輔ともあろう貴人で、およそ新九郎たちのような地下人に対してもあれだけ気さくで、物腰の柔らかな人間というものに出会ったことがない。むしろ、位階で人を判断せぬその精神の柔軟さに、感動さえ覚えていた。

さらに言えば、どうして悪人ではなく、悪党なのか。ふたつともほぼ同じ意味ではないか。

素直に、その感想を口にした。

するとと愚息は、やや顔をしかめた。

「おまえ、藤孝どのの、自分の中間に対する態度を見たか」

「とは？」

「あの茶席の前、藤孝どのの中間に対する指示の出しようは、まるで老馬《おいうま》に鞭《むち》を当てるような態度の厳しさであったぞ。きっちりと身分の上下をつけておる」

「……だから？」

するともう一度、愚息は新九郎を見て顔をしかめた。

「もしおぬしが相当な腕の兵法者でなかったら、藤孝どのがおぬしをあんなに鄭重《ていちょう》に扱っていたと思うか」

思わず、言葉に詰まった。

……あるいは、たしかにそうかもしれない。

「わしも同様だ」愚息は言った。「おそらく藤孝どのは、十兵衛という人間を相当に買っている。だから、自分の中間同様であるにも拘《かかわ》らず、敢えて〝どの〟とまで呼び、朋《ほう》輩《ばい》扱いをしている。そこまでして十兵衛を、あやつの心情の部分から自分に引きつけておこうとする」

「……」

「わしも同様だ」愚息は繰り返した。「その十兵衛の肝煎《きもい》りがあったからこそ、わしに対しても鄭重であった。原始仏典の話をすると、ますます笑みを深くした。〝貴殿〟とまで、呼ばれた。世外人のわしがだ……この意味が、分かるか」

「分からん」

すると愚息は、いきなり目を剝《む》いて新九郎を一喝した。

「即答せずに、少しはその頭で考えろっ」

思わず少し、びくりとした。

「考えろっ。でないと、おまえはいつまでたっても馬鹿のままじゃぞ。なまじ剣の腕があるだけに、やがて身の破滅は必定ぞっ」

あ、はいっ、とこれまた即答した。

直後、自分がひどく情けなくなる。

これではまるで、出来の悪い弟子と師匠との関係そのものではないか――。

「まあ……いい」

愚息はややあって、軽い溜息《ためいき》をついた。

「自分を超える芸を持つもの、知識や能力を持つものに対しては、抱きつかんばかりに親愛の情を示す。だが、その価値がないと見たものには、おそらくは先ほどの中間に対するような態度を、ピシリと取る」

「――」

「何故そんな区分けをするのか。藤孝どののその理由《わけ》は何かを、考えろ」

新九郎にも、愚息がようやくなにを言わんとしているのか、ぼんやりとではあるが見えかけてきた。

考えに、考えた。

鴨川を渡り切り、大原道を二町ほど進んだ時点で、おそるおそる愚息に問いかけた。

「……つまりは藤孝どの自身、将来に対して密《ひそ》かに期するものがある、と？」

さらに新九郎は言い募った。

「だから、もしその事態がきたときに備え、少しでも見込みがある人間との関係は、常に密にしておく。その時代に応じて、ゆるい意味での徒党をいくらでも組めるようにしておく、と？」

するとと愚息は、単に笑った。

「悪人は、すぐに殺されてしまう。所詮《しょせん》は一人じゃからな。だが悪党は、数の論理に則《のっと》る。その勢力に含まれる数が正義だ。徒党が力だ。だから、時代がどう変転しても、存外と生き残っていくものだ」

「……」

「さ、日も完全に暮れた。多少、道を急ごう」

第二章　決　闘

1

道三崩れから七年が経った永禄六（一五六三）年、光秀と熙子の間に三女が生まれた。明智玉《たま》――後の細川ガラシャである。

と同時に、子どもの増えた光秀の暮らしは、ますます貧窮を極めた。

が、そんな日々の中でも、妻の熙子は相変わらず無口で明るい。

無口で明るい、とは矛盾した捉《とら》え方のように光秀自身も思うのだが、それでもそう評するほかないものが、妻の佇《たたず》まいの中にはある。黙っていても、妙に彼女の周りだけ、絶えず陽だまりができているように感じられるのだ。

……玉が生まれてから三ヶ月後の夏、越前から帰宅してみると、この暑いさなかに、焙烙頭巾《ほうろくずきん》をかぶっている彼女がいた。

不思議に思い、どうしたのだと聞くと、髪を売ったのだという。

これには光秀も危うく腰を抜かしそうになった。自分の不甲斐《ふがい》なさに、つい涙がこぼれた。

するとと煕子は笑い、さらりとこう言ってのけたものだ。

「良いではありませぬか。どうせまた生えてくるものですし」

そしてまた、こうも続けた。

「あなたさまも私たちのために、先祖からの大切な武具をずいぶんと売られてまいりました。だからまあ、おあいこ」

その言い方になんとも言えぬ諧謔《かいぎゃく》があり、思わず光秀は泣き笑いしてしまった。

この自己への憐憫《れんびん》の薄さ——。

素が賢いのだ、と光秀は感じる。

頭の巡りが速い、ということではない。賢い。そしてそれは、自己への憐憫、あるいは自己の立場を置き忘れた者にしか訪れない、ということだろう。

光秀はたまに思う。

こうして煕子を見ていると、本来の賢さとは、物事を平易に捉えることが出来る素地（気質）を持つ者にしか訪れないのではないか、と。

光秀個人としては、人は過去からつづく立場を忘れては一寸たりとも生きられぬ、とは相変わらず考えている。つまり、美濃源氏・明智氏の嫡流である自分、ということだ。生まれ落ちた立場の必然があるからこそ、人はその情念に基づいて行動を起こすのだ。

逆に言えば、行動の伴わぬ漢《おとこ》の一生など、何の価値もない。

反面、その情念に囚《とら》われているものには、〝真の賢さ〟はやってこないのではないかと不安になるときがある。

相反する二つの要素。

情念がなくては行動に移れない。しかし情念がありすぎては、真の賢さは訪れない。

現実的には、この世を思うように渡ってゆくことができない。

光秀にとっての、永遠の課題だ。

そして一族の命運を担っている自分は、行動も賢さも、限りなく同時に欲している我が身を知っている……。

ふと気になり、熙子に聞いたことがある。

とはいえ、こんな〝こましゃくれた〟考えを熙子に口にしたわけではない。

どちらが上ということではなく、男と女はまったく別の生き物なのだ。思考回路が異なる。

だから違う聞き方をした。

熙子よ、と前置きをした上で、優しく問いかけた。

「熙子は、わしの知り合いの中でたれをもっとも好ましく思うか」

そう聞きつつも、光秀はてっきり藤孝か和田惟政、あるいは藤孝の異母兄である三淵《みつぶち》藤英《ふじひで》の名前が挙がると思っていた。いずれの幕臣も光秀とは長い付き合いで、かつこの三人は器量、気概、そして実行力ともに、他の御側衆《おそばしゅう》の中で抜きんでている。

事実、これから二年後に、光秀を含めたこの四人は、奈良興福寺《こうふくじ》の一乗院《いちじょういん》に軟禁されていた門跡の覚慶《かくけい》――後の十五代将軍・足利義昭《よしあき》を見事に救い出す。

だが、熙子の答えは意外なものであった。

「私は、愚息どのを好ましく思います」

一瞬、聞き間違えたのかと思った。

「愚息とは、あの聖《ひじり》の愚息か」

思わずそう聞きなおすと、熙子はまた笑った。

「好ましく思うのに、浮世の身分など関係ありますまい」

うむ、とこれには光秀も言葉に詰まった。ややあって、そんなことを口走った自分を少し愧《は》じた。

ちなみに聖とは、古来は学徳を積んだ僧への敬称であったが、時代も下りに下ったこの時代では、聖本来の品格も地に墜《お》ち、正規の僧侶《そうりょ》ではない者、あるいは乞食《ほいと》同然の遊行者、あるいは法体《ほったい》をした行商人のことなどを指す蔑称《べっしょう》となっていた。

しかし、と光秀はそこで自分を省みる。

無位無官の素牢人《すろうにん》同然の境遇なのは、自分も同じなのだ……。

愚息と新九郎――あの二人と知り合って数年が経過した。そして時おり、藤孝との約束どおり、この細川邸に原始仏典の話をしに連れ立ってやって来る二人がいる。

もっとも、その愚息の説法に熱心に聞き入っているのは藤孝と光秀のみで、あの坂東生まれの兵法使いは退屈で堪《たま》らないのか、よく居眠りをして、怒った愚息に蹴飛《けと》ばされていた。

　その光景を思い出し、つい微笑む。

　すると熙子はすかさず口を開いた。

「で、ございましょう?」

「なにがだ」

「ですから今、あなたさまは愚息どののことを思い出して笑っておられました」熙子は言う。「かといって愚息どのは、馬鹿ではありませぬ」

　つまり、と熙子はまた少し笑った。「そういうことでございます」

　ああ、とようやく腑《ふ》に落ちた。

　考えてみれば自分にも、思い当たるふしがある。

　藤孝は愚息の話を聞きたくなると、まずは屋敷の小者を愚息たちの住む瓜生の荒れ寺まで遣わす。だが、たまに小者の都合がつかないときは、光秀自らがその役を買って出る。

　十兵衛どのほどの者が、そこまでせずとも。

　と藤孝は気の毒がるが、それでも光秀は遣いをすすんで引き受ける。

　迎えに行くと、愚息は手ぶらで、新九郎は太刀をその腰元にぶち込み、三人で連れ立ってこの細川邸まで歩いてくる。

　道中で愚息は折にふれ、十兵衛よ、十兵衛よ、と平気で光秀のことを呼び捨てる。その尻馬《しりうま》に乗っているわけでもなかろうが、十以上も年下の新九郎までもが「十兵衛」と、光秀をごく自然に呼び捨てにする。

　もっとも光秀も二人を呼び捨てにしているわけだから、これは〝おあいこ〟ともいえる。そして二人に呼び捨てにされることに、決して不愉快でない自分がいる。

　とにかくこの愚息には、光秀に対してのみならず、人に恐れ入るという風情がまったく感じられない。

　愚息は、よく言う。

「十兵衛よ。『巨顔どの』は、相変わらず息災のようじゃの」

　巨顔どの、とは藤孝のことだ。顔が並外れて大きいので、いつしか愚息はこう呼ぶようになった。しかし、仮にも従五位下の貴人をその身体的特徴で呼ばわるなど、非礼も甚だしい。

　その度に「不敬ではないか」と光秀は顔をしかめ、新九郎は笑った。

　が、そんなやり取りを思い出し、微笑んでいる自分がいるのもまた事実だ。

　気に入っているのだ、と感じる。

　あの二人ののほほんとした風情に、奇妙な気安さと親近感を覚える。この世など、今の自分のように変に肩肘《かたひじ》張らずとも、意外に気楽に生きていけるのではないかという錯覚にさえ陥る。

　だから、ごく自然に迎えに行く役を買って出ているのだと、改めて気づいた。

気を取り直し、あらためて熙子に向き直った。

ひとつ、気になることがある。

熙子よ、と光秀は妻に呼びかけた。

「しかしそなた、愚息とはそんなに話したことはないであろう」

事実そうだ。説法の後にごくまれにこのあばら家で茶をふるまうときも、熙子はほんの少し挨拶《あいさつ》に顔を出すだけだ。

それなのに何故あの男をもっとも好ましく思うのか、光秀には不思議だった。

「いつごろから、好ましく思うようになったのだ」

すると熙子がまた笑い、最初からです、と言ったのには驚いた。

「なに？」

「ですから、最初からです」さもおかしそうに熙子が繰り返す。「三年前のあの春、私のいるこの場所にまで、怒鳴り声が聞こえてまいりました。愚息どのは、まるで闘犬のように怒りにまかせて吼《ほ》え散らしておられました。『わしがこの世で敬いたまうのは、ただ一人、釈尊のみである』などと。それに対してあなたさまは、二の句も継げませなんだ」

「……で、あったな」

光秀は苦い顔で答えた。

「誤解なきよう」熙子はやんわりと釘《くぎ》を刺してきた。「たれしも、わが夫《つま》が散々にやり込められて、決していい気がするものではありませぬ」

そう言って、また笑った。

「ですが、あのお方はべつ。やはり、私は笑い転げてしまいました」

これには仕方なく、光秀も苦笑した。

まだ目もとに笑みを残したまま、熙子はこう締めくくった。

「そういうことでございます。男の可愛《かわゆ》げ、とはああいう方のことを言うのではございますまいか」

なるほどな、とふたたび光秀は腑に落ちる。

人間、通常の心持ちであれば、かなりの部分で愛想よくふるまうことが出来る。好印象にふるまうことは出来る。

だが、怒れば怒るほど、あるいは負の場面になればなるほど、傍目《はため》には愛嬌《あいきょう》が丸出しになる人間など滅多にいないだろう。

そして、その肝心な場面での愛嬌に、人は吸い寄せられる。

ちょうどあの新九郎が、いつのまにか犬ころ同然の如く愚息になついているように。

わしにはあるだろうか、と、ふと思った。

熙子を見る。

おそらくは、そのもの問いたげな視線で、彼女には意味が伝わった。

さあ、と熙子はやや小首をかしげ、黙って微笑んだ。

だが、それだけだった。

2

新九郎と愚息の奇妙な共同生活も、三年が過ぎた。

その間も、京洛外《らくがい》の無秩序状態は相変わらずであったが、この二人の暇人《ひまじん》の上にだけは、四季は穏やかに過ぎていった。

麓《ふもと》の里人たちは当初、荒れ寺に住み着いたこの破戒僧と兵法者を奇異の目で遠巻きにしていたが、その態度があるときに一変した。

住み着いてから半年後の、晩秋のことだ。

おそらくは当時、悪党どもの巣窟《そうくつ》であった鷹ヶ峰《たかがみね》あたりからでも出張ってきたのであろう、麓の村に、七、八名の賊が出現した。豪農の屋敷に押し入って家人、小者を殺し、女を手籠《てご》めにし、金品を略奪し、さらに素封家を次々と襲った。

しかし、百姓たちには訴え出る場所がない。室町幕府本来の治安機関であった侍所は有名無実の存在に成り果てており、かといって京を牛耳っている三好・松永の連合軍が自ら手を砕いて助けてくれるとも到底考えられない。

里人たちは驚愕《きょうがく》し、困《こう》じ果てた挙げ句、二人の住む寺まで駆けてきて、拝みこむようにして窮状を訴えた。

今は、とある屋敷に居座ったまま、捕まえた女どもをはべらせて酒盛りをやっているという。聞いていて新九郎にも分かった。そのやりざまは明らかに、自分たちを捕まえに来る者など近隣にいるはずもない、という舐《な》め切った態度だった。

一通りの事情を聞いたあと、愚息は、ひどく冷たい表情で新九郎を振り返った。そして言った。

斬れ、殺せ、と。

新九郎は思わずわが耳を疑った。

「しかし……良いのか」と、躊躇《ためら》いながらも念を押した。「いつもは、武士でも殺すなと言うではないか。人の命に、軽重はないと言うではないか」

すると愚息はこう答えた。

「武士が殺し合うは戦場《いくさば》のみ。また、それが彼らの仕事でもある。平常では人を殺《あや》めん。だから、殺すなと言う」

「……」

「じゃが賊は別じゃ。日頃から人のものを奪い、傷つけ、殺す。いわば常に命を賭《か》け物にしている渡世だ。翻って言えば、どんな愚者にも犬死にする程度の覚悟は出来ておろう」

だから、と愚息は重ねて言った。

「命の軽重ではない。その者どもの覚悟の問題だ。構わぬ。すべて斬り殺せ」

ようやく新九郎にも納得がいった。

「分かった」

そう言ったときには、太刀を腰元に突っ込んで立ち上がっていた。

村人に案内されるまま、件《くだん》の屋敷に向かった。

果たしてその生垣の近くまで来ると、女の悲鳴と酒に酔った男どもの胴間声が聞こえてきた。

ふむ、と感じる。勘がささやく。

賊なら賊らしく、金品を手に入れたら、直ちに去ればよいのだ。それを色欲に負け、だらだらと長居をする。その克己心の弱さ、統制のなさ——明らかに数を頼み、慢心し切っている。

その程度の相手なら、造作あるまい。

新九郎は平静のまま、屋敷の門をくぐった。傍目にはまるで、知り合いの家でも訪ねるかのような、気負いのかけらもない足取りだった。

「なんじゃ、おぬしは」

さっそく庭で居穢《いぎた》なく酒を食らっていた三人の野伏《のぶせり》が声をかけてきた。

わしか、と新九郎は首をかしげ、ふと自分の立場がおかしくなり、少し笑った。こんな連中にまともに対応しかけた自分が滑稽《こっけい》だった。

「まあ、なんというのか、掃除屋じゃな。おぬしらの」

言った直後には、体が勝手に動いた。白刃を抜いて襲い掛かってきた三人を、一合も刃先を交えることなく、瞬時に斬り捨てた。

断末魔の叫び声を聞き、屋内からさらに四人の賊が飛び出てきた。中にはその最中だったのだろう、男根を曝《さら》け出したままの男もいた。新九郎はふたたび笑いつつも、またたく間に四人を斬って捨てた。

しん、と静まり返った屋敷内に声をかけた。

おぅい、と。

「誰か、おらぬのか」

呼びかけつつも滑るように歩を進め、縁側にひょい、と飛び乗り、戸板を蹴《け》破《やぶ》った。

板間の隅に、半裸の女が二人、身を寄せて体を震わせているだけだった。賊は他にいない。すべて斬り捨てたようだ。

新九郎は、その二人に優しく微笑みかけた。

「ご安心めされよ。賊は、すべて始末し申した」

ふたたび庭に下りると、ぞろぞろと百姓たちが庭に入ってきているところだった。その中に愚息もいた。

「こういう場面になると、さすがじゃの」愚息は苦笑した。「あれだけの数を斬って、返り血ひとつ浴びておらん」

「いや、それよりも――」と、切っ先からまだ血を滴らせたまま、新九郎は顔をしかめた。「これだけ人を斬ると、もう鞘《さや》に収まらん」

刀が、ということだ。凄《すさ》まじい力で人骨ごと斬り捨てているので、どうしても刀が歪《ゆが》み、鞘に収まらなくなる。

ふむ、と愚息はふたたび笑った。

「雑刀《なまくら》であろう。仕方があるまい」

そして、まだ新九郎の早業に呆然《ぼうぜん》としている百姓たちを振り返った。

「みなの衆。礼代わりに、死んだこやつらの太刀はもらっていくぞ」


この事件以来、里人の二人に対する態度が一変した。

まるで鬼神じゃ――。

と、単にその剣技に驚愕している者がいる一方、
いや、見た目こそうらぶれてはおられるが、お二人とも相当な御仁であろう。

と、特に返礼も要求せずに悠々と立ち去った新九郎と愚息の、その水際立った態度に感じ入る者も多かった。いわば、その人品を信頼されたといっていい。

ともかくも、その日を境に、里人からの人気は圧倒的なものになった。

この当時の農民というものは、まだ厳密な意味での兵農分離が出来ておらず、意外にその内実は裕福なものだ。

事件から数日後、里の長者がやってきた。小者数人に荷車を引かせ、その荷台には十

俵の米俵と銭十貫が積まれていた。

先日の、ほんの御礼でござります、と。

さらにはそれらとは別に、

「これは、あなたさまへ」

と、目もとを微笑ませながら、一振りの差し料を新九郎に差し出してきた。重厚な黒漆蠟《ろ》色《いろ》塗り鞘に、柄《つか》ごしらえや鍔《つば》の意匠も一見地味ながら、よく見ると尋常なものではない。おそらくはその中身も、相当な業物《わざもの》であろう。

だが、新九郎は首を捻《ひね》った。

「わしはもう、七振りも手に入れておる」

暗に、これ以上の刀は必要ない、と伝えたつもりだった。悲しいかな、田舎者の朴訥《ぼくとつ》さだ。

それにこの当時の兵法者には、むやみに名刀に凝るといった風習が、まだない。兵法者に限らず、この戦国当時の武士には（刀など消耗品だ）という頭もある。事実、実力の伯仲した者同士が一合、二合と斬り結べば、どんな名刀でもたちまち刃先は毀《こぼ》れてしまう。廃棄するか、小柄《こづか》に打ち直すしかない。

ようは、名刀など所詮《しょせん》は大名級の武士が持つ、飾り物の太刀に過ぎない、という考えであった。

しかし——。

そう、そこでござりまする、と村の長者は、新九郎の朴訥ささえむしろ謙虚さと受け取り、さらに笑みを深くした。

「その貪《むさぼ》らぬお人柄に、私どもはいたく感心いたしております」

言いつつ、その差し料をさらに鄭重《ていちょう》に押し出してきた。

「それに、あれほどの腕をお持ちの方……どうせお使いになるのなら、雑刀よりもこれほどのものが、万が一のときに折れることもなく、安心でもありまする」

まあ、それもそうだ、と思いつつも、何気なく新九郎は鞘を払った。

途端、その刀身の持つ異様な迫力に、思わず身じろぎした。全身に鳥肌が立つ。刃紋に粟立《あわだ》つような鮮やかな小乱れが散見され、地金も凄《すご》みを帯びて蒼《あお》い。鎬地《しのぎじ》には柾目《まさめ》肌《はだ》が激しく波打っている。長さは二尺三寸ほど。だが、ぱっと見には二尺一寸前後の寸詰まりに感じられる。それがこの刀身の特徴とされる。

「これは――」

と、思わず絶句した。いくら新九郎が坂東の田舎者でも、この刀身・刃紋の特徴は人づてに聞いて知っている。

ほう、とこれには愚息も感嘆の声を上げた。「兼定《かねさだ》ではないか。しかも、二代目の之《ノ》定《サダ》であろう」

之定と聞いて、さらに新九郎は腰を抜かさんばかりに驚いた。

正式には、和泉守《いずみのかみ》兼定。この時代より百年ほど前に、美濃国は関《せき》で活動していた刀工の作で、歴代兼定の作はいずれも名刀中の名刀とされるが、その中でも特に二代目兼定の作になるものは、切れ味、風格ともに別格とされる。通称はノサダ。

この当時でも大名級の武将が持つ差し料とされており、事実、この二人と交わりのある明智光秀や細川藤孝も、あれだけ貧窮の中にありながら、この兼定の一振りだけは売却もせず後生大事に所持している。

古くは武田信虎《たけだのぶとら》、逆にやや時代が下ると、信長《のぶなが》の甥《おい》である織田信澄《おだのぶずみ》や柴田勝家《しばたかついえ》、池田勝入斎《いけだしょうにゅうさい》も愛用していたといえば、その価値は分かるであろう。

ちなみに、江戸末期にはさらにその価値が高騰し、『千両兼定』とも呼ばれていた。

現在の価格に直すと、約五千万円ということになる。ただ、実際にはそこまでの価格で取り引きされていたわけではなく、それほどの価値がある、という意味の呼称であろう。

「ち、長者どの、これほどの逸品を、どうやって手に入れられた」

思わず、新九郎は尋ねた。

すると相手はうっすらと笑い、静かに口を開いた。

「曾祖父の代でしたか、この京で十年にわたる大乱がございました――」おそらくは応仁の乱のことを言っている。「その乱の終了後も、この山城国を舞台に、畠山氏《はたけやま》が同族同士で争いを続けておられました。その際、我らの祖先である国人・地侍が団結して彼らをこの国から退去させたことがございます。俗に言う『山城国一揆《やましろのくにいっき》』でありまするな」

「……」

「そのときの、いずれかの侍大将の差し料でございます」

つまり、と新九郎は思った。おそらくはその侍大将は、際限も無く群がり来るこの長者らの先祖に打ち殺されたのだろう。ちなみにこの時代の農民は、その自衛上、惣《そう》、あるいは村単位の半武装集団でもある。

つづく話によれば、たまたまあの賊が襲ってきた日は、里の若衆が総出で隣村の稲刈りに駆り出されており、その隙に、賊たちにまんまと屋敷を襲われたのだという。

「でなければ、我らも地侍のはしくれでありまする。あのように容易に乗り込ませたりはいたしませぬ」

なるほど、と新九郎はうなずいた。

「しかし、これほどのものを、何故わしにくれようとする？」

長者は束の間、沈黙した。

が、やがて硬い口調で言った。

「あなたさまが助けてくださった娘二人は、実を申しますと私の内孫に当たります」

「……」

「あのままなら、さんざん嬲《なぶ》りものにされた上、最後には殺されておりましたろう」なおも老人は続ける。「ですが幸いにもあなたさまが踏み込まれたとき、娘ども二人によくよく聞けば、まだ最後まではいたされておらなんだ、ということでござりました」

ようは、とそこで愚息がズケリと口を挟んだ。

「言いにくくはあるが、誰の子とも分からぬ赤子を孕《はら》む目は無い、と。さらに言えば、この一件をわしらが黙ってさえおれば、それ相当の家に縁付かせることもいまだ可能だ、と。そういうことでございまするかの」

するとと長者は笑みを深くした。

「我が孫かわいさと、お察しくだされ」

なるほど、と初めて新九郎は気づいた。そう考えれば、この長者の分限に対し、この礼品は決して高くはないだろう。

あい分かり申した、と愚息も微笑んだ。そして新九郎を見た。

「新九郎、せっかくのご厚意でもある。ありがたく頂戴《ちょうだい》しておけ」

言われなくてももう、新九郎は手元の之定に目が釘付《くぎづ》けだった。元来物欲の薄い男であったが、目が欲しがる、というほどの情念を初めて経験した。

さて、と長者はさらに意外なことを言い出した。

「あなたさまたちがここにおられる限り、もしよろしければ来年以降も、米十俵と銭十貫をひきつづき毎年お持ちいたしたいと考えておりまするが、いかがでござりましょうか」

新九郎はその提案に思わず耳を疑った。

米十俵は、五百升である。つまりは五千合の米……仮に二人で一日一升（十合）の米を食ったとしても、優に一年分に余る。

さらには毎年銭十貫。一万匁である。これまた日に直すと、一日三十匁弱。

ようは、何もせずともこの里に居つづける限り、基本的な衣食住にかかる費えはおろか、多少の遊び金まで賄える計算になる。

それは、ありがたい――。

思わずそう口を開きかけ、隣の愚息の膝《ひざ》がわずかに動いたのを目の隅に留めた。

やや頭が冷えた。

思い出す。

(即答せずに、少しはその頭で考えろっ――)

つい気になって、隣の愚息を振り返る。

相手は、新九郎を見たまま目元でかすかに笑っていた。

ややあって愚息は長者に向き直った。

「まことにありがたい申し出ではあるが、それはチトこの者と――」と、新九郎を軽く顎《あご》先で示し、「相談の上、あらためてのお返事でもよろしゅうござるか」

と締めくくった。

おや、という表情が一瞬長者の顔の上を過《よ》ぎった。が、すぐに笑みを浮かべ、軽く頭を下げてきた。

「むろん、よろしゅうございますとも」

長者が帰った後、くすりと笑い、

「短の大を見せ、次に小を見せる。やがて長」

そう愚息はつぶやいた。

「あの老いぼれ狐、なかなかやりよるわい」

意味が分からなかった。

「どういうことだ」

新九郎は聞いた。

「まあ、自分で考えろ」

愚息はそうはぐらかし、もう一度笑みを見せた。

「それより、さきほどはよくすぐに頷《うなず》かなんだな。褒めてやろう」

新九郎は少しも嬉《うれ》しくない。これではまるで、飼い犬が頭を撫《な》でられているようではないか。

手元に、長者が残していった刀――之定がある。

が、今はそれが、別の意味で妙に気になる……。

なおも愚息は微笑んだまま、新九郎を見ている。

「おぬしは、どうしたい？」

不意に、そう聞いてきた。

そのころには新九郎も充分に平静さを取り戻していた。ちらちらと之定を見ながらも答えた。

「うむ……まあ、なんというか、ありがたい話ではあるが、なんとのう気が乗らん」

愚息の笑みが深くなった。

「では、どうしたい」

「どうしたい、とは」

「言い方を変えよう。おぬしはこれから、どう生きたい？」

これにはすぐに答えられた。

「やはり、芸で身を立てたい。芸の道に生きたい」

現代風に言えば、自分の技能のみで世の中を渡っていきたい、ということであろう。

すると愚息は投げ捨てるように言った。

「であれば、やめておけ。徒食すれば、その精神までいつしか相手に隷属してしまう」

あっ、とようやく悟った。自分の気持ちに納得もいく。

礼は礼として、受け取っていい。たとえそれが過分な礼でも、一時的なもの……そこで区切りがつく。つまりは之定だ。これが、短の大。

そして次に小を見せる。だから気軽に受け取りやすい。だが、それは何もせず、永続的に受け取るものだ。だから、小の長。

具体的に言えば、今後毎年米十俵と銭十貫を受け取り続ければ、おそらくはこの場所から動く気が無くなる。楽だからだ。

結果、どうなるか。

徒食を繰り返し精神はふやけ、すぐにこの里の用心棒同然に成り下がる。長い目で見れば、あの長者の小者同然になってしまう。

つまりはそういうことか、と新九郎は聞いた。

愚息は白い歯を見せ、こう締めくくった。

「その芸、あやつの家人になるために、血の小便を垂らしてまで磨いてきたわけではあるまい」


三日後、長者がまたやってきた。

で、いかがでしょうかな、過日の件は——。

新九郎はまだ未練たらしく手元の刀を見ている。二代目の和泉守兼定……兵法者なら夢にさえ見るほどの、垂涎《すいぜん》の一品だ。正直、身を切られるように辛《つら》かった。

が、どんな名品でも、所詮《しょせん》モノは物。自分の生き方には代えられない——。

ゆっくりと之定を、長者のほうに押し出した。

「米十俵と銭十貫。これは礼として、ありがたく受け取ろう。だが、来年からの米銭《べいせん》は要らぬ。その気持ちも込みでの礼ということであれば、この刀はお返しいたす」

長者の顔から笑みが消えた。

「それは、どういう意味ですかな？」

うむ、と新九郎は鼻頭を掻いた。

「わしらには、何もせずに飯を食わせてもらう謂《いわ》れはない」

つまり、とつばを飲みながらもさらに一足飛びに言った。

「わが身を自在に処するために、わが芸はある、ということでござる。徒食をするためではない」

次の瞬間、

あぁ、

と長者は声を上げた。だがその笑い方はそれまでの慇懃《いんぎん》一辺倒な笑い方と違い、からりと錆《さ》びた笑い声だった。

「やはり大丈夫《だいじょうぶ》とは、そうでなくてはなりませぬな」そう、新九郎と愚息の顔を交互に見ながら、また明るく破顔した。「私としたことが、あなたさまがたを見誤っておりました」

「分かってもらえるか」

むろん、と長者は大きくうなずいた。「私どもの祖先が、畠山どのを追放したことをお忘れなく。遠くは加賀の富樫《とがし》どのも同様。単に徒食をする者は、たとえ守護であろうともご容赦いたしませぬ」

新九郎もこれには苦笑した。

たしかに愚息の言うとおり、たいした老いぼれ狐だ。すべてのことが分かった上で徒食させ、やがてはこの里に取り込むつもりだったにも拘らず、この変わり身の早さ――。

嬲《なぶ》りおるわ、と、愚息も苦笑を洩《も》らした。「長者よ、おぬしは悪党じゃの」

相手は老いたその目元を、いっそう細めた。

「なんの。名もなき里の長《おさ》とはいえ、これくらいの知恵働きがなくば、とうてい今の時代を生き抜くことなど出来ませぬよ」


それはともかく、相手は毎年の米銭を断られたことには快く応じたものの、兼定の一振りに関しては頑として譲らなかった。

「これは、すでにお礼としてあなたさまに差し上げたものでございます。一度差し上げたものは受け取るわけにはまいりませぬ」

新九郎はまだ未練がありつつも、やはり言った。

「しかし、これは礼として過分であろう」

では、と長者は少し笑み、やや膝を進めてきた。

「――いかがでございましょう。これはこれでひとまずお納めいただくとして、私に、よき思案がございます」

「思案？」

はい、と長者は神妙にうなずく。「もしよろしければ、このあたり一帯の若衆に、剣術の手ほどきをしてはいただけませぬか」

「は？」

「むろん、ただでとは申しませぬ。一人一回につき、三合の米を持参させまする。いささか安価ではありますが、そのぶん百姓どもの負担も軽く、ですからこの刀は、それを受けていただく私からの感謝の気持ち、ということではいかがでござりましょう」

「なるほど」

「手ほどきいただける日も、あなたさまのご都合でよろしゅうござる」

ふむ、ともう一度納得する。これならただで物をもらうわけではない。いわば、その指導労力への対価だ。

が、即答はしない。横の愚息を見た。

あんたはどう思うか、と聞いたつもりだった。

何故そう感じるかは自分でも分からないが、この愚息とはこれからも付かず離れずで付き合っていくだろう予感があった。

その含みが伝わったのか、愚息は目の端で笑った。

「やってみれば、どうじゃ」

「そうか」

愚息はうなずいた。

「たぶん、おぬしのためにもなる」

「ん？」

が、愚息はその疑問には答えなかった。さらに話を前に進めた。

「それとも一つ。わしはたまに、諸国にぶらりと旅に出る。そのときには、おぬしも連れていこうと思っておる。そして、ここにもいつまで住むかは分からぬぞ」

そこまで聞いて、新九郎は長者に向き直った。

「そういうことだ。あまり当てにしてもらっても困るが、少なくともここにいる間は、わしでよければご指導申し上げよう」


翌日、愚息が庫裡《くり》の上に『三合庵《さんごうあん》』という小さな表札を掲げた。

米三合が、一日の教授料という意味の庵号だった。そのささやかな意味の表札には、新九郎も気安さを覚えた。

わが身を自在に処する……自由とは常態として、常にある程度の流動性を持つ緩い枠内でしか、息を出来ないものだ。そして内的には、明確な生きる方向性のある者にしか存在しない。

フロムは言う。

自由からの逃走。

生きる方向性を持たない者には、自由など、いたずらにその存在の無意味さを煽《あお》られるだけで、なんの価値もない。持て余した挙げ句、しまいには逃げ出す。

晩秋が終わり、里は農閑期に入っていた。

近隣の里から若者や子どもが、剣の手ほどきを受けに、続々と集まってきた。

素振りの稽古《けいこ》には、そこら辺りから掻《か》き集めてきた木の棒を使った。わざわざ木刀など持たせなくても、基礎の出来ていない者にはそれで充分なのだ。

日に何百回、果ては何千回と、その木の棒を振らせ、ようやく足腰の基礎が固まったところで、今度は実戦練習とする。立ち合いの真似事だ。

人間とは、可憐《かれん》なものだ。

素振りのときはかなりの型——姿勢が出来ている者でも、立ち合いをさせると急に構えが硬くなる。腰が引ける。頭上に棒が降ってくるときは、思わず目を瞑《つむ》る。特に子どもはそうだ。

たかが木の棒でも相手から叩《たた》かれれば、さすがに痛い。

やはり、怖いのだ。

ふと、そんな立ち合いを眺めていた愚息が笑った。

「笹《ささ》の葉でも使えば、どうじゃな？」

柔らかい青笹の先の部分を使ってみれば痛くもあるまい、と言う。

聞いた直後には、そんなもので、と新九郎は意外に感じたが、しばらく考えているうちに、あるいはそうかもしれない、と思い直した。

裏山から青笹を一本切り出してきて、振ってみた。二度、三度と振る。

束の間、太刀行きは遅れる。遅れたあとも、非常にゆっくりとした動きをする。

やわらかに節がしない、さらさらと笹の葉が揺れ、それが抵抗となっているからだ。

ふむ……。

ふたたび少し考え、葉の付いた枝を小柄で落としていく。どんどん落としていき、先端部に付いている笹の葉のみを、数枚残した。

もう一度、振ってみる。

やはり、太刀行きは遅れる。そして動き出しのあとの速度も数段上がったとはいえ、木の棒に比べれば明らかに緩慢だ。

が、むしろこれでいい――。

結果は、思ったとおりだった。

笹の葉付きの青笹で立ち合わせたところ、若者たちの臆《おく》するところはなくなり、腰の引けは完全に消えた。

当たりまえだ、と新九郎は一人おかしかった。

笹の葉の付いた青笹の先。

もともと軽く柔らかい上に、太刀行きの速度が葉っぱで殺されているので、当たっても痛くない。笹の葉が邪魔をするので、目を突く心配もない。

それが誰しも感覚として分かっている。安心するのだ。

だから、緩慢な太刀筋――つまりは軌道を、しっかりと目を開けて見ることが出来る。

そのことを口に出して、教えた。

「よく見よ。当たっても痛くはない。代わりに、太刀筋をよく見極めよ。その先の動きを読むのだ」

案の定、笹の葉付きの青笹でなら、たちまちのうちにみんな打ち合えるようになった。しかも遊びのように楽しんで打ち合いながら、自然と『見切り』の感覚を覚えていく。

さらに新九郎はおもしろくなり、教える工夫を重ねた。

青笹で充分打ち合えるようになった者には、今度は罅《ひび》枯《が》れた竹の棒を持たせて打ち合わせた。これは感覚的には木刀に近い。

が、打たれたところで所詮《しょせん》は空洞の竹節なので、怪我をするほどは痛くはない。それでも思い切り打ち込まれれば相当に痛いが、そのときは竹の節が割れ、衝撃は分散される。これまた大怪我はしない。

これにもまた門人たちはすぐに慣れ、盛大な打ち合いをやり始めた。

教えているうちに分かった。

(わしには、意外な才能があるな)

人にモノを教える能力だ。

しかも、と密《ひそ》かに内心で苦笑した。

わし自身が学もなく、血の巡りも悪いから、そこらあたりにいくらでも転がっている平易な言葉で教えるしかない。小理屈も、難しいことも言えない。

それが逆に、ずぶの素人には分かりやすいらしく、圧倒的な受け方をした。そして、笹の葉、枯れ竹、木の棒の順で指導を進めたほうが、最初から木の棒を握らせるより、はるかに上達が早いことも分かった。

人間、自分が何かの役に立っていることを実感するときほど、嬉《うれ》しい瞬間はない。つい指導にも熱が入った。

噂が噂を呼び、指導料が安いことも手伝い、ますます門人が増えた。ときには狭い境内に人が入り切らぬときもあった。

そんな新九郎を見て、愚息はまたも苦笑した。

「やれやれ。庇《ひさし》を貸して母屋を取られたも同然じゃ」

が、その口調は決して不愉快そうなものではなかった。新九郎が思うに、愚息もこの青空道場が賑《にぎ》わっているのが嬉しいのだろう。

一年後にはこの洛外《らくがい》一帯から、鳴るような評判になった。

それはともかく、結果として新九郎自身の剣も、この急ごしらえの師匠役から発見することが多かった。

例えば、それまでも感覚的には分かってはいたのだが、初太刀の動き出しには、いっそう敏感になった。

笹の葉で打ち合いをやらせていたときに気づいたのだが、初心者ほど振り下ろす直前に、その葉先に大きく反動をつける。いや、木の棒でもよく見ると反動はつけているのだが、その先端がしなうぶんだけ、見た目に分かりやすいのだ。

聡《さと》い者になると、その笹の葉の後方へのしなりを見て、事前に相手の攻撃を悟る。

「……」

新九郎は考える。

さらに聡い者になると、笹の葉の太刀筋はゆっくりと動くので、その軌道の先を読んで、わずかにその先端が届かない後方へと下がる。

「……」

新九郎はさらに考え込んだ。

真剣ではよほど双方の実力が伯仲していない限り、一合、二合と斬り結ぶことはない。ほぼ初太刀で勝負が決まる。つまりは初太刀の動き出しと太刀筋で、すべてが決まると言っても過言ではない。

新九郎は門人たちが帰ったあと、しばらくの時期、一人で真剣――之定を振った。

構え、振り下ろしてみる。

やはり竹木《ちくぼく》と違い、鋼《はがね》の刀身ははるかに重い。どうしても振り下ろす直前に、わずかでも反動をつけているような気がする。筋の動きもそうだ。これでは一段立ち勝る相手には、その攻撃の瞬間を悟られてしまう。先手を読まれ、逆に返り討ちに遭う。いわゆる先の先だ。

今度はゆっくりと振り下ろしてみる。これなら反動をつけなくても、振り下ろすことが出来た。

しかしこの速度では、容易にその太刀筋を読まれてしまう。かといって重い鋼の刀身では、軽い竹木のようにその動き出しから瞬時に軌道を変え、相手を攪乱《かくらん》することは出来ない。

ならば、どうするか。

理屈としては簡単だ。微塵《みじん》も反動をつけず、しかもその太刀行きの速さを極限まで高めることが出来れば、新九郎が今想像している理想的な剣技が出来上がる。

新九郎は、なおも工夫を重ねた。

反動をつけず、刀を振り下ろす。徐々にその速度を上げていく。

やがて、そのコツが分かった。

最初から筋力で刀を振り回そうとするから、反動が出る。最初のわずかな動き出しは力を込めず、刀身の重みのみで振り下ろしていく。

柄の握り方にも工夫を重ねた。両手の人差し指にはほとんど力を込めず、触るだけだ。代わりに小指から薬指、中指へと逆順に、しかし握力の荷重移動を一瞬にして行う。

その動きに刀身の重さがついてきた時点で、今度は両腕を引くようにして急激に筋力を乗せていく。そしてその切っ先が対象物に触れる直前、刀身の重みに力点を任せつつも、渾身《こんしん》の力を振り絞る。

つまりは剣の重みを生かして斬る。その効果をさらに上げるためにも、切っ先が相手に触れる瞬間、今までより細心の注意を払って、刃先を限りなく対象物の切り込みに沿って沈めていく。

……真剣を振りつづけながらも、なおも思案を繰り返す。

動き出しは必然、刀身を反り返したときより心持ち遅くならざるを得ない。が、それはその反動にかかるわずかな時間と、相殺できるほどに抑えられればいいのではないか。

ようは、起動から、その切っ先が対象物に触れるまでの時間を、全体として捉《とら》える。その時間が全体として同じになれば、事前に予知される動きはないほうが、むしろいい。

その結論に達した。


愚息に頼んで、自分の型の相手をしてもらおうと思った。

愚息は酒を舐《な》めながら、のんびりと答えた。

「何故そんなことを、素人のわしに頼む」

が、その答えに新九郎はつい笑った。

最初からなんとなく気づいていた。

愚息。単なる生臭坊主ではない。新九郎や門人たちの太刀筋を見るときの、その素早い目配り。細川邸で引き摺《ず》られた、あのときの膂力《りょりょく》。ふとした動作のときに見せる、見事なまでの腰のすわり……。

そして、この一年を共にするうちに、その予感は確信に変わっていた。

「あんたは素人ではない」新九郎は言った。「わしのように正規の修行を積んだとも思わんが、かと言って素人ではない」

おそらくは、実戦の中で幾度も敵をなで斬りにしながら、斬り覚えていった身のこなしではないか。だが、それを口には出さない。口にすれば、愚息が口にしない過去――おそらくは逆鱗《げきりん》に触れるような気がしていた。

愚息は依然酒を舐めつつ、苦笑した。

「剣術師匠のついでに、人相見までするようになったか」

「たのむ」

新九郎は言った。

「おぬしが言うとおり、兵法とは所詮《しょせん》人殺しの技にしか過ぎぬのかも知れぬ。だが、いつか言ったとおり、そこにも理《ことわり》はある。わしは今、新しい理に気づきつつある」

「だから？」

「前に言ったであろう。わしは、賢くなりたい。そして今のところ、わしが賢くなるためには剣の理を通して、この世を覗《のぞ》くしかない」

そして最後に訴えた。

「真の理であれば、すべてに通じるはずだ」

愚息はしばらく黙っていた。

が、やがて静かに杯を置き、明るく笑った。

「表に出よ、新九郎。剣でいかほどの理が見えたのか、相手になってやろう」

夕闇の境内に出るとき、愚息は庫裡《くり》の引き戸の中から、古びた六尺棒を取り出した。赤樫《あかかし》材の、手脂が沁《し》みこんで黒光りに光った、太い六尺棒だった。

「わしの得物は、これだ」愚息は言った。「旅に出たときには、これで野犬を追い、やむを得ぬときは夜盗どもも打ち殺す」

そうだろう、と新九郎も思う。

兵法者の常識として知っている。

素人目には何の変哲もない木の棒にすぎないが、それがひとたび遣い手に握られれば、恐るべき武器になる。突く、払う、打つが自由自在だ。

棒術。あるいは槍術《そうじゅつ》か。新九郎が修行を重ねた下総《しもうさ》の香取《かとり》にも、神流《しんりゅう》や神道流《しんとうりゅう》、新当流などの流派がある。

ようは戦場での槍《やり》だ。間を置いて対峙《たいじ》した場合、凶器としての威力は刀より数段優位であろう。

さらに言えば、赤樫の六尺棒というものは、その材質が恐ろしく堅く、しかも粘《ねば》りがあり、また握り一寸半ほどの太さがあるので、刀で切る瞬間、よほどうまくその切っ先を合わせなければ、良くてその表面を滑っていくか、逆に撥《は》ね返されて刃毀《はこぼ》れする……。

「八分《はちぶ》の力でゆく」

言うなり愚息は六尺棒を構えた。

「新九郎、木刀でなく、真剣を構えよ」

言われたとおりにした。木刀を捨て、和泉守兼定を抜いた。むろん、愚息の体を傷つけるつもりはない。

「……」

新九郎は、敢えて以前のように反動をつけて打ち込んでいく。が、そのたびに愚息は先を読み、その切っ先を軽くいなす。

やはり、だ――。

新九郎は思う。これでは先の先を取られる。

「どうじゃ、それがおまえの理か」

言いながらも、さらに愚息は突いてくる。かと思うと横から払い、上段から振り下ろしてくる。棒が一瞬で伸び、また縮んだかと思うと、今度は別角度から一気に伸びてくる。

新九郎はもう、攻撃どころではない。体《たい》をかわすのに精一杯だ。

なかなかどうして、と腹の中で苦笑する。この男、武器の優位性を差し置いても、思っていたとおり相当の手練《てだれ》だ。膂力《りょりょく》も化け物じみている。恐ろしく重いはずの樫材を、まるで自分の分身のように軽々と使う。少し前のおれなら、苦もなく打ち倒されている……。

「新九郎。おぬしの本気を見せよ」

攻撃の手を緩めぬ愚息は、さらに新九郎を煽《あお》る。間違いなく、新九郎のわずかな反動で、その動きを先読みしている。

頃合だ、と思う。

突かれる瞬間を狙い、「ならば、これはどうじゃ」と、兼定を一閃《いっせん》させた。

斬った、という感触も感じなかった。

一瞬、愚息の目が驚愕《きょうがく》に丸くなった。

直後にはカラン、と乾いた音を立て、六尺棒の先の二尺ばかりが、稽古《けいこ》で踏み固められた地べたへと転がった。

愚息の一寸先の手元から、恐ろしく堅いはずの樫材が削《そ》ぎ立ったように斬り落とされている。

やった――。

新九郎は思った。

わしは、やった。……おのれの技を、理を、切り拓《ひら》いた。

そして今、それが証明された。

愚息もわっと笑い出し、棒を投げ捨てると、抱きつかんばかりに新九郎に歩み寄ってきた。

「やったのう、おぬし」

ああ、とまだ満足の余韻に浸りながらも新九郎はつぶやいた。

やったのう、と愚息も感極まったようになおも繰り返す。「わしが師匠なら、今この場で印可を与えておるぞ」

それを聞いたとき、新九郎は危うく涙ぐみそうになった。

そして何故、この男に付き従ったのか、ようやくそのわけが自分でも呑《の》みこめる。

わしが師匠なら、と今、愚息は言った。

つまりは師匠ではないということだ。馬鹿だ阿呆《あほう》だと罵《ののし》り、一見、新九郎を自分の雑人《ぞうにん》のように扱いながらも、その実は常に同格の人間として扱ってくれていた。

その気持ちが、哀しいばかりにありがたく思えた。


新九郎の開いた野外道場『三合庵』は、さらに隆盛を極めた。

見る間に庫裡の奥に米がうずたかく貯まり、以前にもらった十俵の米俵を合わせれば、二人で五年以上かかっても食いきれない量になった。仕方なくそれを村の長者に頼んで、銭に換えてもらった。そういう意味で、新九郎はわずかの間に食うに困らない分限《ぶげん》になったともいえる。

初夏と秋の農繁期には、やってくる門人が少なくなる。

そんなときは愚息と連れ立って諸国を巡った。西は石見《いわみ》、安芸《あき》、長門《ながと》、果ては豊後や肥前まで足を延ばした。東は尾張、三河、駿河《するが》など東海道筋を通り、箱根の坂を越え、白河《しらかわ》の関あたりまで旅をした。

そのつど、帰京時には細川邸に足を向けた。藤孝と十兵衛が、その諸国の話を非常に喜ぶからだ。とはいえ、まるで貴人からの贈物でも押し頂くように聞き入る二人の様子が、新九郎にはなんとなく滑稽《こっけい》だった。

愚息といえば、この二人からは原始仏典の説法のときを含めて、決して礼物を受け取ることはなかった。

「ご無用になされよ」そのたびに愚息は言った。「わしは、藤孝どのと十兵衛の顔を拝みにここに来ておるでの。それで、じゅうぶんではないか」

そんなときに、新九郎は愚息という人間の持つ密《ひそ》かな優しみを、あらためて感じる。愚息は、この二人が明日の糧にも困る生活をしていることを知っている。それを、右のような言葉を吐くことによって、ごく自然にふわりとかわす。恩に着せるような言い方を決してしない。

これには自分たちの窮状をも顧みてだろう、藤孝も十兵衛も仕方なしに苦笑した。

ところで新九郎、と藤孝が微笑みながら言った。「おぬしの道場、最近この洛中《らくちゅう》でも鳴るような評判であるな」

そしてこう付け足した。

「用心されよ。やがて、吸い寄せられてくる者が現れるであろう」

藤孝の予言どおりになった。

二年目を過ぎたころ、この洛外の粗末な道場ともいえぬ三合庵にも、流れ者の兵法者がしばしば現れるようになった。

その口上は、決まっていた。

「ぜひ一手、ご教示願いたい」

下手《したで》には出ているものの、明らかに挑戦だった。

だが、新九郎は物憂かった。

「無用のこと」と。さらにこう付け足した。「どちらの技が立ち勝ろうとも、それはそれでよいではないか」

詭弁《きべん》ではない。ここ数年で新九郎の心境は明らかに変化してきていた。

彼我《ひが》の優劣を競うためだけに、己の命を賭《か》け物にする。

違うのではないか、と感じ始めていた。

理《ことわり》だ。その理を極めることこそが、自分にとっては面白く、さらに言えば求める道であり、単に誰かとの強弱を競うことではない。ましてやその結果として、無用に人を斬り殺すことなどでもない……。

むろんそこは、新九郎もこの時代に生きる人間である。なにも命は尊いなどと考えているのではない。当世の人の命など、道端に転がっている馬糞《ばふん》同様、はるかに軽い。

ただ、そんな優劣を競うためにだけ己の命を賭け物にするのが、なんとなく物憂かった。

しかし、新九郎の言葉を臆《おく》したと誤解し、挙げ句には嘲笑《ちょうしょう》するような言葉を吐く輩《やから》に対しては、さすがに門人たちの手前、やむを得ず立ち合う。

むろん、その場合は、どちらかが命を落とす真剣勝負となる。

そのたびに相手は、ここが檜舞台《ひのきぶたい》とばかりに、たいそうな名乗りを上げる。

例えば、

「太平夢想《たいへいむそう》流、明石《あかし》孫七《まごしち》」

「飛燕真影《ひえんしんえい》流、伊勢《いせ》喜八郎《きはちろう》」

などというものだ。

自分で考え付いた虚仮威《こけおど》しの流派名に加え、新九郎と同じように自分の生まれ故郷の地名を借用した苗字《みょうじ》と、明らかに庶子と分かるその名乗り……みな、かつての自分と同じように、剣だけを頼りに貧窮の中から身を起こそうとしている食い詰め者なのだ。

新九郎も名乗る。

「わしは、玉縄新九郎と申すもの」

「して、お手前の流派は？」

初めてそう聞かれたとき、新九郎はすこし戸惑った。

考えたこともなかった。

しかし独自の剣技を拓いたからには、以前の流派を名乗るわけにもいかない。

挙げ句、答えた。

「……まあ、『笹《ささ》の葉流』とでも、言っておこう」

これには門人たちが笑い出し、まれに人の好《よ》い兵法者のなかには、必死に笑いを嚙《か》み殺している者もあった。

無理もない、と自分でも内心、おかしくなる。なんとも弱々しい、吹けば飛ぶような流派名ではないか。

だが、新九郎にはそれでよかった。事実、笹の葉の動きから、自分は剣の理を発見したのだ。

しかし、ほとんどの兵法者は嘲笑されたと思い、激昂《げっこう》してすぐに抜刀した。

仕方なく新九郎も剣を抜く。

名刀を持つのもまんざらではないな、と思うのはこんな瞬間だ。

兵法者はその稼業柄、刀を見る目もある程度はある。新九郎が抜刀した直後、その刃紋の尋常ならざる異様な迫力に、銘までは分からぬながらも、思わず気後れがする。

勝負に絶対はない、というのは、たいがいの場合、この種の気後れを指す。たとえ通常の技量では強者でも、心が臆すれば、身が硬くなる。結果、本来なら落とすはずのない命を落とす。

勝負はいつも一瞬で決した。

もともと位押しに押している上に、その攻撃の瞬間を微塵《みじん》も悟らせぬ新九郎は、まるで据え物でも斬るような容易さで相手を倒した。

そういうことが何度か重なると、この『笹の葉流』といういかにも優しげな言葉が、かえって反語として、ぎらつくような凄《すご》みを帯び始めた。

いつしか人は、新九郎のことを『笹の葉新九郎』と呼ぶようになった。


さて、愚息である。

この男は寺が裕福になっても、相変わらず辻博打《つじばくち》を止めようとはしなかった。

「いまさら、そんな印地の真似ごとなどしなくてもよいではないか」

そう新九郎が気の毒がって言うと、愚息はいかにも頑丈そうな歯並びを見せて笑い、ばかもの、
と、新九郎の頭を優しく小突いた。

「前に言ったであろう、徒食すれば、やがてはそやつに隷属する、と」

「……」

「たしかに寺には、おぬしのおかげで金がある。だが、それはおぬしの稼いだもの。そしてわしは、おぬしの飼われ者ではないわい」

仕方なく、稽古が暇なときは、時おり洛中の辻まで付いていく。

鴨川の橋をのんびりと渡っていく愚息の背中を眺めながらも、この男の持つ凄みはここだな、と感じる。

決して人にもたれかかろうとしない。

そして人を利用しようともしない。おもねることもない。

それらの姿勢が、この男の背中に漂う風格を形作っている。

里人が死んだとき、浄土に行けるように念仏を唱えてもらえまいかと、よく葬儀の依頼人が腰を低くしてやってくる。

そのたびに愚息は断固として拒否をする。

「人は、死ねば土に還《かえ》るのみだ。浄土も地獄もないのだ」

そしてさらに語気荒く言い放つ。

「もしあるとすれば、この世がそうだ。おのれらの世を見る心がそうだ」

さすがにその言葉には、里人たちも鼻白む。

新九郎も内心、愚息の言うことはまったく正しい、とひどく共感しつつも、さすがにこの言いざまはどうかとも感じる。

それでも人々が住み着いた当初のころのように白眼視しなかったのは、この男がその他のことでは、頼まれれば気安く里人の願いを聞いてやっていたからだ。

が、さすがにしまいには、件《くだん》の里の長者から泣きつかれた。

「愚息どのの仏道は仏道として、尊重いたします。ですが、なんとかなりませぬのかのう」

ようは、葬儀を死んだ者への供養としてではなく、残された者への安堵《あんど》の仏祭《ぶっさい》として、やってはもらえまいか、ということだった。

「であれば、あなたさまの信条にも反せぬのではありますまいか」

愚息もこれには顔をしかめつつも、重い腰を上げた。

死人を埋めた墓前に立ち、集まってきた里人たちを見回し、宣言するように言う。

「よいか。みなみなが今後も安気《あんき》に暮らしていくことをこそ、死んだ者は望んでおる。また、それでこそ先達たちは安んじて死にゆけるというものだ」

じゃによって、とさらに愚息は語気を強める。

「わしが、みなが安気に暮らせるよう、ひとつの念仏を授ける」

そう言うなり、

ほにほに～ 地獄極楽 心次第
ほにほに～ 笑って暮らすが 極楽ぞ
ほにほに～ 朝は早起き 夕べはたのし 春は種まき秋は月
ほにほに～ 好きこそものの 上手なれ

と唱え始めた。

里人たちは通常の念仏とあまりにも違うその節回しと語句に、さすがに困惑を隠せない。

そのうちの一人が、おそるおそる口を開いた。

「愚息さま、その出だしの念仏の意味は、なんでございましょう」

「意味など、ない」

愚息は断言した。

そして仰天する里人を前に、さらにとんでもないことを言い出した。

「意味など考えるな。そもそも念仏の言葉に、意味などないのだ。天竺言葉への、単なる当て字だ。唱えて気持ちよければ、それでよいのだ」

「……しかし、それではあまりにも」

「うるさいっ」愚息は一喝した。「よいから、唱えよっ」

仕方なく里人たちも唱和する。新九郎もそれに倣った。

ほにほに～　地獄極楽　心次第
ほにほに～　笑って暮らすが　極楽ぞ
ほにほに～　朝は早起き　夕べはたのし　春は種まき秋は月
ほにほに～　好きこそものの　上手なれ

が、たしかに何度か口に出してみると、妙な滑稽《こっけい》感と気楽さがある。

さらに唱え続けていると、人の世など、意外に気楽に生きられるものだと感じられないこともない。

百姓の一人が、遠慮がちに口を開く。

「お坊様、この宗派は？」

「宗派などない」平然と愚息は答える。「念仏も、わしの思いつきだ」

「ははあ……」

「じゃによって、人に広めることは赦《ゆる》さん。わしも、広める気など毛頭ない」

百姓たちは度肝を抜かれたように黙っている。

「怒ったとき、悲しいとき、困ったとき、自分の中だけで唱えておれ。そうすれば多少は安気になる。それだけだ。じゃが、それで充分だ」

何故かその最後の言葉には、感じるものがあった。

それは里人たちも同様だったらしく、感に堪えないといったように、ほにほに、と頭を下げた。

……今、新九郎はそんな愚息のあとを歩いている。あのときのことを思い出すたびに、忍び笑いがこみ上げてくる。

やはり、この男には何かにおもねるということがまったくない。

葬儀の後、里人たちが礼物を持ってやって来ると、愚息は決まってそれを拒否した。

わしは、受け取れん、と。

「わしは、そのようなものをもらうためにやったのではないわい」

しかし里人たちの立場としては、礼もしないまま帰るというわけにはいかない。自然、その場で礼物の押し付け合いになる。

しまいには愚息が怒り出す。

「うぬらっ、かつての釈尊が礼品欲しさに人助けをしたとでも思うかっ」

この男はいつもこれだ。凄《すさ》まじく怒ると、すぐに仏陀《ぶっだ》を引き合いに出す。

「……しかし」

「しかしも糞《くそ》もないっ。物品欲しさの卑しい念仏などやってみろ。わしの仏道はすぐさま地に墜《お》ちるぞっ」

「ですが、これはわしら家族からの気持ちでして……」

「ならば気持ちだけでよいっ」

そんなとき、新九郎は必死に笑いをこらえながらも（この男の偉いところは、ここだ）と、あらためて感じ入る。

たしかに里人たちにすれば気持ちだろう、だが、受け取る側にとっては、その礼品を恒常的に受け取れば、それは報酬と変わりない。やがては結果として、その礼を目当てに仏道を行うことにもなりかねない。

それが、この男の言う仏道の堕落だろう。

そして仏陀ただ一人の残した言動の足跡のみが、この男の規準なのだろう。

しかし、と新九郎はさらに思う。

南都北嶺の高僧たちでさえ僧兵どもを大量に擁し、殺生を好み、女色にふけり、経もあげず学問もせず、遊蕩三昧《ゆうとうざんまい》の暮らしを送っている時代だ。

新興の一向宗でも、その腐敗は同様だ。本来なら生きとし生けるものすべての生を慈しむはずの仏道の指導者が、貴族然として門跡などと名乗り、顔には薄化粧を施し、挙げ句には御仏《みほとけ》の名において一揆《いっき》を煽動《せんどう》し、自らの檀家《だんか》たちを五千、六千、果ては一万、二万の単位で戦場に走らせ、いたずらに命を扱っている……まるで印地の集団と変わりない。いや、仏道という正義を振りかざして人を死地に追いやるぶん、印地より始末が悪い。さらに言えば、後年のファシズムの常套《じょうとう》手段でもある。

そんな当世にあって、この男は一人、自らの仏道を愚直に極めようとしている……。

滑稽だが、やはり凄《すご》い。

それは里人たちも同様らしく、その愚息の凄まじい怒りざまを一時は不快に思う反面、その生活態度には畏敬《いけい》の念を深めていく者が多かった。

……というわけで、愚息には相変わらず日常での実入りはない。

当然、たまにこうして洛中《らくちゅう》の辻《つじ》に繰り出すことになる。

連れだって歩きながらも、新九郎は一度、わざと聞いてみた。

「賭《か》け事で銭《ぜに》を儲《もう》けるのは、仏道には反せぬのか」

すると愚息はにやりと笑い、

「わしはな、わしへの好意や、わしの信条を、金に換えようとは思わん。ましてや勢力に換えようとも思わん。そのようなやり方は、釈尊も決してお喜びにはなるまい」

「――何故だ」

「仏道とは本来、個の中での求道にしか存在しないものだからだ」

これは新九郎にも、愚息の日常を普段から眺めているぶん、分かるような気がした。

そしておそらくは新九郎の目指す剣の道とも、かなりの部分、似通っている。

なるほど、とつい相槌《あいづち》を打つと、

「ならば、双方が欲得ずく、納得ずくで金を儲けたほうが、まだましだ。釈尊も多少は笑って赦してくれよう」

と、いつもの強引な理屈で話を締めくくった。

やがて、いつもの三条通りの辻に着いた。

四つの椀《わん》の賭け事以外に、愚息はもう一つの博打《ばくち》のやり方を持っていた。

かつてアユタヤという異国の町にいたときに打ち覚えた、海老蟹《グンプー》、というやり方だった。何故グンプー――エビカニと言うのかは、愚息も知らないという。

ともかくも、三つの賽《さい》を転がし、その中の一つでも六の目が出れば、相手の勝ち。出なければ胴元――愚息の勝ち、という賭博《とばく》だった。

ふむ、と新九郎はその博打のやり方を見ながらも、密《ひそ》かに考える。

一つの賽で、六の目が出るのは、六つに一つ……これは間違いない。

ということは、賽は三つあるから、どれか一個でも六の目が出る場合は、その三倍はある。

六つに一つの、三倍……つまりは二つに一つだ。

だから計算上は、胴元と子が勝つ割合は、どう考えてもそれぞれ半々のはずだ。

が、目の前の茣蓙《ござ》の上で繰り広げられる結果は、常に愚息の圧倒的な勝ちだった。

冷静にその勝率を見ていると、ほぼ五回に三回は愚息が勝ち続け、賭け事に参加した辻の人々は、たちまちその持ち金を失った。

かと言って愚息が偽《まが》いをしていることはあり得ない。

これまた四つの椀のときと同様だ。

それなのに、何故この男だけが圧倒的に勝つ。

どう考えても分からなかった。

しかし新九郎は、以前のようにその理《ことわり》を気安く愚息に聞こうとは思わない。

……最近になって分かってきた。

三年前に愚息は言った。

物事の理は、自分で汗をかき、必死に実感として分からぬ限り、人様から聞いても何の役にもたたん。

――そのとおりだと思う。

あの笹《ささ》の葉から得た動きを元に、自分なりに剣技を練ってみた。

見て感じ、感じて考える。考えた末の動きを、散々に繰り返す。

結果、初めて自分の剣の境地がおぼろげながらも見えてきた。

さらに言えば、その心境も、過去の厳しい兵法修行の素地がなければ、決して得られなかったであろう。

他人の考えをなぞったような通り一遍の見方だけでは、到底見えなかった境地……理の体得はつまるところ、気狂《きぐる》いになるほど頭を使い、かつ嫌になるほどに時間をかけて錯誤を繰り返し、それでも必死に体を張った者にしか訪れないのではないか……。

ましてや今の新九郎のように、たかが博打とはいえ、自分の金も賭けず、傍《はた》から見ているだけで、その理が分かるとは到底思えない。

だから、聞こうとは思わない。

辻の客が去ったとき、ふと愚息が顔を上げて笑った。

「そう言えばおぬし、このやり方のからくりは、ずっと聞いてこんの」

新九郎は片腕を袖《そで》に突っ込んだまま、つい苦笑した。

「わしは何もしておらんからな。分からぬのが、相応というものだ」

一瞬、愚息はそう言った新九郎の顔を強く見てきた。新九郎も平然と見返す。

すると愚息は、ふたたび笑った。

「おぬし、少しは出来てきたの」

「何がだ」

「まあ、中身のようなものだ」

言いながら茣蓙を丸め始めた。

どうやら、今日の稼ぎは終わりらしい。

が──。

「チト待てい」

と、辻向こうから声が響いた。

振り返ると、四、五人の武士装束の男たちが、こちらにゆったりと足を運んできている。

いずれの男も少し酒に酔っているようだ。

しかし新九郎には一目で分かった。その足運びと目配り、腰の据わり方──酔っているとはいえ、いずれも尋常な武士たちではない。おそらくは兵法者……。

「坊主、広げよ。茣蓙を」

先頭の男が薄く笑いながら、ひどく傲岸《ごうがん》な態度で言い放った。

「わしらと、もう一勝負いたせ」

背後にいる男たちも何故か笑みを浮かべている。

……嫌な予感がする。

だが愚息は、そんな相手にもにんまりと微笑んでみせた。

「では聞くがお武家衆、銭は、たんまりとお持ちかな」

「おぅ?」

「今わしはの、かなりの金を稼いだばかりで、腹がくちい」なおも笑みをたたえたまま、愚息は続ける。「じゃによって、半端な額では相手を致さぬぞ」

なにぃ、と背後の一人が激昂《げっこう》しかかったところを、先頭の男が片手で押さえた。その腕の動き出し。止めた直後の微動だにせぬ節度。

おそらくはこの男が、一番出来る。

件《くだん》の男は片頬に笑みを残したまま、嬲《なぶ》るようにふたたび口を開いた。

「なるほど。節穴の素人相手ならいざしらず、わしら目利きを相手には、偽をやる度胸もないと見える」

言うや否や、辻に少しずつ群れ始めた野次馬に向かって、なおも呼ばわった。

のう、みなみな、と。

「見たか、この意気地のなさ。これが近ごろ京洛で噂の、まやかし坊主の正体であるぞ」

さらに新九郎に目を合わせ、

「おう、そうだ忘れておったわ。そこの木偶《でく》――おぬしだ」

と、明らかにわざとらしく嘲《あざけ》ってきた。

「なにやら〝笹の葉流〟とかいう、聞かぬ剣術を遣うそうじゃな。どうせこの坊主同様、兵法の道を穢《けが》すまがいものであろう。さらには――」

そう、いよいよあく強く、高々と声を上げる。

「笹の葉でモノを教える用心棒など、我らにすれば目糞《めくそ》も同然。およそ恥を知らぬとは、このことだ」

あっ、と新九郎はようやく悟った。藤孝の忠告。

まずは愚息を侮辱し、次に新九郎を付け足しのように扱うことにより、このわしの兵法を、さらに貶《おとし》める。

こいつら、初めからわしが狙いだったのだ……。

思った瞬間には、鯉口を切っていた。

「何者だ」

「知れたこと。われら、吉岡兵法所の門人よ」

その名乗りに驚くゆとりもなかった。

「こしゃくな蠅めが、退治《たいじ》てくれる。覚悟せよ」

言うなり抜刀した男たちが、ほぼ同時に新九郎に向かって殺到した。迅《はや》い。そしてその殺気。自然、体が反応する。多勢に無勢――やられるか、と感じつつも心は妙に冷めていた。

うっ、と首領格の男がたじろいだ。急に顔をしかめている。

目の隅で捉《とら》える。愚息が丸めた莫蓙の先で、男の顔に向かって地面の泥を撥《は》ね上げ、目《め》潰《つぶ》しをかけた。

一瞬、男たちの攻撃の輪が乱れた。逆に新九郎はその死地に一歩、二歩と踏み込んだ。

いずれも手練《てだれ》の者だ。手加減は無用。さらには勢い。そして気迫。見える——四つの刀の軌道。

そのわずかな動き出しの変化から、容易に初太刀の筋が読める。確信を深める。どの太刀が最初に襲ってくるかさえ感じとれる。

対して、わしの太刀筋は読めまい——。

間合いを詰め終わると同時に、兼定を一閃《いっせん》させていた。返す刀で二人目を右袈裟《けさ》に斬り下げる。さらに三人目。腰を捻《ひね》り、横なぎに深く払う。かと言って力まず、刀の重みに身を任せる。

やはり今回も、斬ったという感触さえ感じなかった。

だが現実には三人がほぼ同時に血飛沫《ちしぶき》とともに倒れ、新九郎の周囲に呻《うめ》きながら転がっている。

そして今、兼定の切っ先は、残るもう一人の男に向けられている。相手は顔が蒼白《そうはく》になり、刀を持つ鍔元《つばもと》にも力がない。新九郎の神技のような早業に、明らかに腰が引けている。

一方、ようやく目の開いた首領格の男も、呆然《ぼうぜん》とした表情でこちらを見ている。

ふと、何故かおかしくなった。

ひさしぶりに思い出す。

ここ数年は、すっかり忘れていたことだ。

十代の終わりから憧《あこが》れ、いつしか自分の目標になった吉岡兵法所。それを師匠に打ち明けると、下総香取での研鑽《けんさん》の日々は、さらに凄惨《せいさん》を極めた。事あるごとに死を賭《と》した真剣での勝負を強いられ、何度、小見川《おみがわ》のほとりで（今日も、命を拾ったか……）と膝《ひざ》から崩れ落ちたことか。

その門弟と、期せずして剣を交えたことになる。

だが、今ではその実感も、いつか夕陽の中で見た石ころでも蹴《け》るように軽い。男の野望など翻ってみれば、かようにも儚《はかな》く馬鹿げたものか——。

新九郎は一人笑い、問いかけた。

「どうだ、まだやるか」

ややあって、

「いや……」

と、首領格の男がようやく口を開いた。

「今日はわしらの負けじゃ。酔っていたこともある。引き下がる」

それを聞き、新九郎もようやく刀を収めた。

いつの間にか圧倒的な数の野次馬が、遠巻きに周囲を取り囲んでいた。

「いかにもわしは、笹の葉新九郎である」

気がつけば、そう静かに口にしていた。そしてさらに続けた。

「兵法者など、しょせんは命のやり取りが稼業。多勢で襲われようが、恨みはせん」

「……」

「が、おぬしらも人前で名乗りを上げるからには、いま少し武辺を心懸けられよ」

この一件で、京洛《けいらく》での新九郎の名は決定的なものとなった。

繰り返す。

人呼んで、『笹の葉新九郎』――。

永禄七年。

このころの京の都は軒低く空き地も多く、まだまだ天空が広い。

はるか南の地平、東寺の向こうに入道雲が湧き始めた、初夏のことであった。

3

「聞いたか、十兵衛どの」

「何を、でござるか」

藤孝の小者から急に母屋の奥座敷に呼ばれたのは、藤孝の来客が帰ったあとであった。

「例の『笹』の字よ」

と、藤孝は苦笑した。

「つい先日、三条通りの辻《つじ》で吉岡兵法所の門弟五人と、派手に斬り合ったそうな。今の客から聞き及んだ。洛中は、その噂で持ちきりであるようだ」

初耳だった。

「なんと……」

思わず、絶句した。ついで新九郎のことが気になり、そわそわとする。我がことのように心配になる。光秀の人の好《よ》さだ。

「で、新九郎はどうなりました」

「無事よ。掠《かす》り傷一つ、負わなんだらしい」藤孝はまた笑った。「しかも五人のうち三人までをも抜く手も見せずに斬り倒し、残る二人は降参したという話だ」

これにも、改めて驚いた。

時おり愚息とともに、この細川邸に現れる新九郎――光秀もかつて一瞬は対峙《たいじ》したから分かる。むろん、あの当時から化け物じみて強かった。

が、最近の新九郎の佇《たたず》まいからは、たとえ剣を抜かなくても、さらに強く滲《にじ》む雰囲気があった。その表情や、何気ない身のこなし……ここ一年ほどで、急速にその剣技が深まっている気配が、ひしひしと伝わってくる。

しかし、それでもまさかあの吉岡の門弟五人を向こうに回し、うち三人までを瞬時に倒すほどの腕になっているとは思いもしていなかった。

十兵衛どの、とふたたび藤孝が呼びかけてくる。

「いつぞや、愚息どのの説法のあと、新九郎も交えて剣法談義になったことがあったな」

「ありましたな」

「あのとき、わしは申したかな。かつて義輝様のお付きとして、わしも吉岡の兵法を多少は齧《かじ》っていたことを」

少し考える。

たしか、言っていたような気がする。そのとき、愚息が、ほう、と声を上げたような記憶がある……。

そのことを口にすると、藤孝はふたたび微笑んだ。

「――となると、呼ばずとも、そろそろやって来る頃ではないかの」

「誰が、でありましょう」

「あの二人だ」

意味が、分からなかった。

「あの二人とは、愚息と新九郎のことでありまするか」

話の流れから分かっていながらも、つい念を押した。

そうだ、と藤孝はうなずいた。「少なくともわしが愚息どのなら、間違いなく新九郎を引き連れ、わしに会いに来る」

ますます意味が分からなかった。

「しかしいったい、どのようなわけで」

つい問いかけると、藤孝はやや首をかしげた。

「まあ、そう急《せ》かさずとも、わしの読みが正しければ、分かる」

事実、翌日の昼下がりに、愚息と新九郎が細川邸の門前にのっそりと姿を現した。

さっそく母屋の奥座敷に、光秀も同席した。

藤孝は笑みを浮かべながら、新九郎の顔を見つめた。

「新九郎、噂は既に聞き及んでいる。このたびは以前にも増して、この京洛では評判であるな」

新九郎も顎《あご》をなで、少し笑う。

「売られた喧嘩《けんか》でしたのでな。致しかた、ありませなんだ」

そう自分の技量を誇るでもなく、むしろ恥じ入るように軽くいなす。

こういう部分も、変わったなと光秀が思う所以《ゆえん》だ。

以前の新九郎なら、もっと多弁だった。そしてその無駄な多弁ゆえ、人としての目方《めかた》が軽かった。

そんな新九郎を見ながら、藤孝はふたたび微笑んだ。が、何も言わない。

代わりに、依然笑みを絶やさぬまま、今度は愚息へと視線を移す。

「して愚息どの、わしに何をせよ、と」

途端、愚息は破顔した。

「さすがに藤孝どの、お察しがよろしゅうござる」愚息は言った。「まあ、このたびの騒ぎは、わしが不用意にも、『笹の葉流』という新たな一流を起こしたこの男を――」

と、隣の新九郎を顎先で示した。

「以前と変わらぬように博打《ばくち》の用心棒代わりに引き回していたことが、その原因のひとつでもありますからの」

「ふむ」

「いずれにしても、吉岡の手の者は、この同じ京で新流儀を起こした新九郎を放っておくことはありませなんだろう。しかしわしが用心棒代わりに連れていなければ、吉岡の者も、多くの野次馬の前であれほどの大恥を晒《さら》すこともありませなんだ」

ふむ、とさもおかしそうに藤孝はうなずく。ごく自然に、愚息にその先を促す。

「後日、この汚名を雪《すす》ぐためにも、必ずやこの新九郎に挑んでまいりましょう」

「つまりは、そのときはこのわしに、肝煎《きもい》りをいたせ、と」

あっ、と光秀は内心呻《うめ》いた。

愚息はふたたび笑った。

「藤孝どのも、かつては吉岡の門下生。つまりは今の門下生すべての兄弟子に当たられ、かつ現当主・二代目憲房の直光どのとも親しい間柄と察する。さらには申すのも憚《はばか》りながら、わしの仏道の弟子ともなれば、この新九郎とは兄弟弟子。しかも身分は従五位下の、兵部大輔――」

「ふむ」

「となれば、双方の肝煎り役として、これ以上ふさわしく、豪奢《ごうしゃ》な存在はありますまい」

ついに藤孝は笑い出し、

「あい分かった」

そう、快諾した。

……光秀は両者のやりとりを聞きながらも、密《ひそ》かに感じる。

単なる頭の巡り、思考の機敏さでは、自分は藤孝より上だろう。

しかしこの場に至るような洞察力と人間力学の先を読む力量は、到底光秀の及ぶところではない。ある種の政治力、とも言える。また、それを使えるだけの人間関係を、常に周囲に張り巡らしている。

つまりはそれが、この男の持つ凄《すご》みだ――。

そんなことを考えているうちに、藤孝は、

「しかし、お二人もいつ挑まれてくるのかと、ただ待つのは辛《つら》かろう。よければ、わしのほうから先に吉岡に出向き、もし新九郎に挑む場合は、わしが正式な肝煎りになる旨を伝えておくこともできるが、いかがであろう」

と、新九郎たち二人にとってさらに好意的な提案をした。

これには二人も、光秀の見ている前で、深く頭を下げた。

次いで、顔を上げた新九郎が口を開く。

「もしそうであれば、吉岡側にお伝えいただきたいことがあるのですが、よろしゅうございますかの」

「むろん」

そう藤孝がうなずくと、新九郎は束の間黙っていたが、やがて口を開いた。

「まず今回の一件、わしにとっては売られた喧嘩であり、しかも多勢に無勢、我が命を拾うためにやむを得ず三人を斬り殺したまでのこと。さらには、たまたま勝ちを収めたとはいえ、所詮《しょせん》はわしなど百姓相手の剣術師匠。正直、吉岡とは格が違いまするからに、今後のわしが驕《おご》って吉岡のことを吹聴することは一切ない旨を、憲房どのにお伝えくだされ」

ふむ、と、さらに藤孝はうなずく。

「できれば果たし合いなどせずに、穏便に済ませたい、と」

「そうでござる」

「……しかし、妙なものじゃの。この京の吉岡といえば、在野の兵法者が天下に已が名を轟《とどろ》かせるため、一生に一度は正式の勝負を渇望するものだと聞き及んでいる。新九郎は、それを自ら望まぬのか」

するとと、新九郎は苦笑した。

「かつては、そういう時期もござった」

「で、あろう」

「ですが昔、この愚息に言われ申した。『馬鹿のままでは、なまじ剣の腕があるだけに、やがて身の破滅は必定ぞ』と……」

「む?」

「わしもこう、最初のころは、なにやら頭の良くなる方法はないものかと、しきりにこの愚息の賭《か》け事の理《ことわり》を知ろうとしたり、あるいは頼まれもせぬのにこの屋敷まで愚息と来て、理解も出来ぬ原始仏典の話を聞き、挙げ句には居眠りをして蹴《け》飛《と》ばされる始末で……」

言いながらも新九郎は苦笑を重ねた。

「ですが最近になり、ようやく血の巡りの悪いわしにも、少しずつ分かりかけてきたのでござる。人とは所詮、自分の得手とすることを通じてしか、賢くなれぬ。また、慶びもない。この場合、わしにとっては兵法でありまするな」

ふむ、と、さらに藤孝は相槌《あいづち》を打つ。

新九郎は続ける。

「その道を、理を極めるため、あるいはわが身や門人を守るためならともかく、単なる優劣を競うための殺し合いには、もう使いたくないのでござる」

途端、藤孝はうっすらと笑った。

「出来たな、新九郎」

しかし、それを聞いた光秀の心情は、また別のところにあった。

愚息。この男はいい。

初めて出会ったときから、人間も気質も完全に出来上がっていた。信念も確固としてあり、生き方も見事に自己完結している。そしてその姿勢に、一切の妥協も言い訳もない。

しかし一方の新九郎は……つい数年前までは単に腕が立つだけで、単純極まりない性格の食い詰めた若者に過ぎなかったのだ。

だが、この男でさえ今では剣術の新しい流儀を興し、その境地でも、独自の道を歩み出しつつある。

それに引き換え、このわしはどうだ――。

今年で三十七歳にもなるというのに、いまだ何者にもなれず、ただ現状の中でもがき苦しんでいる。室町幕府の再興という漠然とした青雲時代からの夢以外、明確な生きる指針も、生活の安定も、理や境地はおろか、安寧の気持ちすら持てないでいる。

それが我ながら、物悲しかった……。

しかし、無理からぬことではある。

悲しいかな人間には、自らの未来を予知できる能力はない。

光秀の人生が一転、激しく動き出すのは、この時期からわずか一年後の永禄八年からである。

そしてさらに四年後の四十二歳より、彼の人生は一気に日本武権の頂点に向かって、無位無官、朝廷や幕府に血のつながりのない素牢人としては、日本史上に類を見ない短期間での、異例の大出世を遂げていくことになる。

だが、本人はまだ知らない。

翌日、西洞院《にしのとういん》にある吉岡兵法所から藤孝が戻ってきたとき、愚息も新九郎もふたたび細川邸にやって来ていた。当然、光秀もその場に同席した。

すまぬ、と藤孝は開口一番、新九郎に向かって頭を下げた。

「すでに、おぬしに挑むことは正式に決まった後であった」

「ははあ……」

「であるが、わしもそれなりに手は尽くしてきた」

つづく藤孝の話によると、こうだった。

正式に決まったことは決まったこととして、藤孝が憲房二代目当主の直光を始めとする門弟たちに、新九郎から託された口説の数々を伝えると、その殺気がよほど和らぎ、さらには愚息がその信条から、説法や念仏の礼物を一切受け取らず、したがって辻《つじ》博打のみで生活をしている内実まで打ち明けると、同じように技術のみで身を立てる者として、吉岡側が抱いていた二人への悪感情は、完全に消えた。

その時点で、当主の直光本人が、先に多勢で仕掛けた非礼を詫《わ》びさえしたと言う。藤孝は、新九郎の他の言葉を通じて、さらに口説いた。

曰く、新九郎の剣術は理を極めるためにあり、他と優劣を競うため、ましてや無用に人を殺すためにあるのではない。また、そのやり方によってしか自分は賢くもなれず、兵法者としての慶《よろこ》びもない、という条《くだり》まで話したとき、

ほう、

と上座に座っていた直光が、感心したように一声を放った。

そして居並ぶ門弟の一人を改めて睨《にら》み据え、

「そのような相手にむざむざと刀を抜かせるとは――」

そう、冷たく言い放った。

「葛山兵庫《くずやまひょうご》よ、おぬしらも、とんだ恥の上塗りをしてくれたものよ」

さすがに、と光秀は思う。二代目憲房の直光は、分かっている。

直光は、単に新九郎に対する非礼を責めているのではない。恥は、負けたことではない。

兵法で言う、広い意味での『見切り』の能力を言っている。

直《じか》に会って言葉さえ交わしているのに、新九郎の人間性や力量を感じ取れなかった、その観察力の甘さ、兵法者としての感性の鈍さを責めているのだと感じた。

この一言により、今回の騒動を起こした門弟に対する同調者は、皆無となった。

とはいえ吉岡一門としては、この騒動の件をこのままにするわけにもいかず、結局は意趣返しではなく、いわば不始末のけじめとして、正式な果たし合いを申し込むことに

決まった。

新九郎の相手は、葛山兵庫というそのときの首領格一人のみだという。

もし新九郎が勝っても、さらにその格上の遣い手が現れて、新九郎が負けるまで勝負を挑んでくることはない。

「――というわけだ」

藤孝は言った。

「であるからに、双方、どちらが勝っても負けても、今後遺恨は一切無し、というところまでは話をつけてきた」

「ありがたし」

愚息がすぐに反応した。そしてすぐに、嬉《うれ》しそうに隣の新九郎を見遣る。

「どうじゃな。あのときの首領が相手なら、この果たし合い、おぬしにとって易きものであろう」

これに対して、新九郎はやや首を捻《ひね》った。

「相手も、数日前まではそう思っていたであろうな」

この答えには、藤孝も光秀も思わず笑った。

ようやく場が和んだところで、奥の小庭で茶会ということになった。

「藤孝どの。このたびはとんだ骨折りでありました。感謝しております」

改めて愚息が頭を低くする。そして新九郎に顎《あご》を向け、

「これ、おまえもさっさと頭を下げんかい」

言われて初めて、新九郎も深々と頭を下げた。

「どうもこのたびは……」

「このたびは、なんなんじゃ」

せかせかと愚息が先を促す。

「ありがたきことでござりました」

うむ、と愚息が我がことのように力強くうなずく。「そのとおりじゃ」

見ると、藤孝が苦笑している。

さらに愚息は言った。

「わしは相変わらずの素《す》寒貧《かんぴん》じゃが、礼は、この新九郎がたんまりと持っておりまする。じゃによって、こやつにいくらでも要求してくだされ」

これには新九郎もすぐにうなずいた。

「なにせ米や銭が、使っても使っても、いつの間にか庫裡《くり》に貯まっておりまするでのう」

このとぼけた答えには、光秀もついに噴き出した。

藤孝もなおも苦笑していたが、さすがにその礼品は拒んだ。

「いつもの説法への、せめてもの礼と思ってくだされ。我らもかねがね、心苦しかっ

た」

いや、と愚息は珍しく慌てた。

「わしは信条であるからに、礼物は受け取りませぬ。じゃが、藤孝どのにとっては此度《こたび》の件、単なる骨折り。礼をせずば我ら、人としての一分《いちぶん》が立ちませぬわい。のう、新九郎」

それを受け、もっとも、もっとも、と新九郎も平然とうなずく。

この男、やはり変わった、と光秀は感じる。

以前は、もっと落ち着きがなかった。その剣の腕への自負心はうかがえたものの、自分の見慣れぬ場や、思わぬ状況に出くわすと、妙にそわそわとしていた。

それがどうだ。今では藤孝の前でも泰然と構えている。しかもその言動に、愚息とはまた違った意味での、力みの取れた風韻と諧謔《かいぎゃく》味を感じる。

藤孝と愚息のあいだでは、しばし礼品の件で問答が続いたが、話は思わぬほうに向かった。

不意に藤孝が、思いついたように提案したのだ。

「ではどうであろう、わしはかねがね、話に聞く愚息どのの賭博《とばく》のやり方を見たいと思っておった」

これは、聞いている光秀も常々同感だった。

何故いつも愚息だけが必ず勝つのか、いったい、どのような賭博をしているのか……。

「で、ござるか」

と、愚息が言葉少なに応じる。

うむ、と藤孝はうなずく。そして苦笑した。

「実は、新九郎へ出されたという、一から十までを足し上げる謎かけ、わしは解けなんだ。だが、十兵衛どのは解けた。それをたまに思い出すと、なんとも自分のアタマの出来が、もの哀しゅうてのう」

愚息も、ただ笑った。

さらに藤孝はつづける。

「その賭博のやり方、常に御身が勝たれるということは、そこにはなにか、単なるまやかしではなく、常人では気づけぬ理《ことわり》、ないしは仕組みが、あるのであろう」

愚息は、やや首を傾げる。

「まあ、ありますがのう」

「では、その法を教えてはくれまいか。いや、答えではない。賭博のやり方のみでよいのだ」そしてまた、苦笑した。「あとはまた、我らで考えてみる」

「分かり申した」愚息は言った。「わしがよく使うやり方は、二つござる。椀《わん》を四つ、賽《さい》を三つ、ご用意くだされ」

その後、愚息は光秀と藤孝の目の前で、それぞれの賭博のやり方を披露した。

まずは、賽を三つ使うやり方だった。

愚息はそれらを、無造作に莫蓙《ござ》の上に投げた。

目は、二と五と、そして六が出た。

「やり方は、これだけでござる」

あっさりと愚息は言った。

「三つの賽のうち、一つでも六の目が出れば、相手の勝ち。出なければ胴元――つまりはわしの勝ち、というわけでござる。じゃによって、この場合は、わしの負けですな」

そのあまりにも単純な仕組みに、光秀は思わず拍子抜けがした。

……いったい何なのだ、これは？

まるで子どもの遊びではないか。

ふと藤孝の横顔をうかがうと、この畏友《いゆう》もまた、戸惑ったような表情を浮かべている。

「愚息どの、仕掛けはこれだけでござるか」

つい、というように藤孝が念を押す。

「これだけでござる」

愚息は繰り返す。

光秀の頭は回り始めた。

一つの賽で、六の目が出るのは、六つに一つ……これは確かだ。

その賽が、三つある。ということは、どれか一個でも六の目が出る場合は、その三倍……二つに一つだ。だから胴元と子が勝つ割合は、どう考えてもそれぞれ半々のはず。

それなのに、どうして最終的には愚息が勝つ？

もう一度、藤孝の顔を盗み見る。

依然として戸惑いを隠せぬ横顔――おそらくは藤孝も同じ計算をした。そしてさらに光秀同様、わけが分からなくなっている。

「いま一度聞くが、まやかしは、ないのであるな？」

さらに藤孝が念を押す。

これまた愚息が、あっさりとうなずく。

「ござらぬ」

藤孝の大きな顔がこちらを向いた。この重厚な人物にしては珍しく、困ったような、そして非常に情けなさそうな表情を浮かべている。

「十兵衛どのは、分かったか？」

「……いや。わしもさっぱりです」

藤孝は、次に新九郎を見た。

「では、新九郎は？」

新九郎は懐手で苦笑した。

「何度見ても分かりませぬでのう、とうの昔に諦《あきら》めておりまする」

愚息はしばし、そんな光秀たちの様子を黙って見ていたが、やがて口を開いた。

「多少の手がかりを、申しますかの」

光秀と藤孝はふたたび顔を見合わせた。引き込まれたようにうなずく自分を知る。それを受けて、藤孝は言った。

「たのむ」

束の間黙ったあと、愚息は話し始めた。

「何度もやるうちに、わしが圧倒的に勝っていきまする。すると相手はたいがいの場合、賽の目に細工がしてあるのでは、と疑いまする。特に六の目が出にくいように、裏面の中に重石を仕込んであるとか……当然、ないですがな」

「――して？」

「その場合は、それら当人たちに、好きな当たり目を決めさせます。二でも、三でも、むろん一でも五でも四でもよい。して、ふたたび行いますな。しかし結果は同じこと。やはり、親のわしが勝ちまする。つまり、決めた目の数は重要ではない」

「……」

「すると次に相手は、これまたたいがいの場合、親と子を入れ替えてもらおう、と騒ぎ出します」

「ふむ？」

「わしはそれを、受け入れまする。ただし受け入れる代わりに、出るほうに賭《か》けるか、出ないほうに賭けるかは、わしが決めてもいいように申し出ます。これまたほとんどの場合、相手はそれを受け入れます」

当然だろう、としばし考えたあと、光秀も思う。随意に決めた目でも、それが出るか出ないかは、どう考えてもやはり半々だからだ。

が、愚息の話は唐突に終わった。

「まあ、言ってみれば、これが手がかりでござるな」


次に、四つの椀の賭けに移った。

束の間、光秀と藤孝は目を瞑《つむ》らされた。

愚息に言われたとおり、ふたたび目を開けると、目の前に四つの椀が伏せられていた。

「四つの中に、一つだけ賽の入っている椀がござる」愚息は言った。「単に、その椀を当てる賭博でござる。賭ける椀は一つ。二人で相談してお決めなされ」

……束の間考えてみた。が、やはり考えるだけ無駄だと思う。いったいどれに賽が入っているのか、手がかりは皆目ない。

藤孝が光秀を見る。

「わしは、どれでもよい」

そうだろう、と光秀も思う。見当もつかないからには、結果的にどれでもよくなる。

光秀は口を開いた。

「では、その左端の椀に賭ける」

愚息はうなずいた。うなずくと同時に、逆の右端から順に、二つの椀を開けた。空だった。残るは二つ。

――ということは、そのうちのいずれかに、賽は入っている。

案の定、愚息が言う。

「賽は当然、どちらかには入ってござる。さて、このまま行くか。それとももう一つに鞍替《くらが》えするか……二つに一つでござる。さ、いまひとたび、お二人でご思案なされ」

今度も思わず、光秀と藤孝は顔を見合わせた。

たしかに二つに一つだ。どちらかには入っている。可能性は半々。だが、相変わらず手がかりのかけらもない。

「藤孝どの、いかがされる」

今度は光秀のほうから聞いた。

うむ、と二つの椀を見つめたまま、藤孝は言う。

「なんとのう、わしは今のままで行きたい」

光秀も同感だった。最初に選んだ自分の直感を信じたかった。

それともう一つ。

いったん決めた物事に対し、その後に意見の相違が生じた場合、最初の案で行くほうが、結局のところ衆議はまとまりやすい。もし変えて外れた場合には、お互いに気まずい。

初志貫徹。考え方や生き方の基本だ。

光秀もうなずき、愚息に言った。

「そのままで行く」

愚息は左端の椀を開けた。

空だった。

次に隣の最後の椀を開けた。賽が出てきた。

一瞬、心外に思いつつも、一面では納得もする。二つに一つなのだ。外れるも当たるも半々だ。

「今度は、わしの勝ちでござるな」

愚息は言った。

しかし、と光秀はあらためて思う。これも先ほどの三つの賽《さい》と同様、勝負《かちまけ》は半々のはずだ。しかも選ぶ自由は、こちら側にあるのだ。

なのに、やっているうちに次第に愚息が勝ってくるとは、どういうことだ？

素直に、その疑問を口にした。

が、これに対する愚息の答えは、またもやあっさりしたものだった。

「しかし、わしが最終的には勝つのでござるよ」

待った、と藤孝が言った。その眉間《みけん》に、皺《しわ》が寄っている。

「仮に、貴殿が勝ち続けたとする……すると、その場合も相手は、先ほどと同じように親と子を替われと騒ぐのではないか」

ですな、と愚息はうなずく。

「その場合は当然、親と子を入れ替えまするな」

「して、その際に出す、御身の条件は？」

「ござらぬ」

「ん？」

そう藤孝が意外そうな声を上げると、

「何も、ござらぬよ」

そう繰り返し、愚息は破顔した。

「もともとこの賭けは、二つに一つを相手——つまりは子が自由に選べて、初めて賭博《とばく》として成立するもの」

そう、言った。

「その二択に、条件などつけられるはずもありますまい」

言われてみれば、確かにそのとおりだった……。

ちなみにわしは、と愚息は言った。

「こちらのやり方を、博打《ばくち》に使うことが多うござる」

「何故であるか」

すると最後に、愚息は笑った。

「三つの賽は、儲《もう》けが薄うござるでのう」

愚息と新九郎が帰ったあと、光秀は離れの小屋に戻り、娘たちの遊び相手になっていた煕子に、今日あった出来事を細々と話した。

光秀の習慣だ。

困ったこと、哀しいこと、迷ったことや疑問に思うことがあると、逐一煕子に相談する。

まるで子どもだ、と我ながら苦笑する。

通常、この時代の男は、そういうことを婦女子にしない。

また自分自身、男としてこの女々しい態度はどうかと思わぬでもないが、それでも煕子に言うことを止められない。

それほど煕子は、光秀にとってよき相談相手であった。時おり、はっと目の覚めるような鮮やかな感想を、煕子は口にする。

それが結果として、光秀にとって後々の考え方の指針となることも多かった。

光秀は煕子に向かい、愚息の二つの賭けのやり方を、掻《か》き口説くように説明した。

黙って最後まで聞き終わったあと、
まあ、
と、煕子は一言洩《も》らした。そしてややあって、

「それでも愚息どのは、最後には勝たれるのでありまするか」

と聞いてきた。

光秀は、うなずいた。

「そうじゃ。しかしわしには今こうして話していても、何故あの愚息が勝つのか、さっぱり分からん」

これには煕子も同感らしく、黙ったままうなずいた。

土間で家事をしているときも、煕子はなにやら考えているふうであった。

大根や菜っ葉を切りながらも、しきりに首を捻《ひね》っていた。

やがて、娘たちが寝静まると、煕子が光秀の前に座った。

そして言った。

「やはり、分かりませぬ……分かりませぬが、三つの賽では、多少気になったことはございます」

光秀はつい、身を乗り出した。

「なんであろう？」

「三つの賽……愚息どのが親の場合は、相手の言った目が出なければ、自分のお立場の勝ちでございますな」

うん、と光秀はまたしても子どものようにうなずいた。

それを受け、煕子はさらに口を開く。

「ですが、子になる場合は、そのお立場を、相手には自由にお与えになりませぬ。その時に応じて、どちらかにお賭《か》けなさる……それは、愚息どのが常に優位に立ったためではありますまいか」

「うん？」

しかし、いずれにしろ半々ではないか。

そう口を動かしかけた寸前、

「試しに、やってみましょう」

と、熙子は言った。

光秀は驚いた。

「今、ここでか」

熙子はうなずく。

「娘たちが盤双六《すごろく》に使っている賽が、一つございます」熙子は言った。「それと、母屋には熊千代《くまちよ》どのらもおられますから――」熊千代とは藤孝の長男、のちの細川忠興《ただおき》である。「二つぐらいはございましょう。私が藤孝どのに、お借りしてまいります」

しばらく経って、熙子が戻ってきたときに、光秀は思わず笑った。

熙子に続いて、藤孝の大きな顔が、のっそりと現れたからだ。

「いや、わしもの――」藤孝はやや照れたように言った。「これを考えると、なかなか寝付けなんだ」

早速、熙子が三つの賽を振り始めた。

そのたびに光秀は、マル、バツそれぞれに『正』の字を書いていく。
マルは、愚息の勝ちの立場。つまりは一つも六の目が出ない場合。
バツは、その逆で、どれか一つでも六の目が出た場合。つまりは相手の勝ち。
煕子は振りつづける。
藤孝が、そんな二人の様子を黙って見ている。
十回を過ぎた時点で、マルとバツは、それぞれ五個ずつだった。
やはり半々か、と光秀は思う。
二十回目。
マルが十一個。バツが九個。
おや、と光秀は感じる。しかし、偶然だろう、と思い直す。
さらに煕子は振りつづける。
三十回目。
マルが十七個。バツが十三個……その差、四。少しずつ開いている。
四十回目。
マルが二十三。バツが十七。——差が六。さらにその差が開く。
光秀と藤孝は、思わず顔を見合わせる。
五十回目。
マルが二十九。バツが二十一。差は八……次第に、薄気味悪くなってきた。

熙子は根気よく振りつづける。

とうとう百回目まで来た時点で、熙子は賽を振るのを止めた。

やや疲れた様子で、光秀に問いかける。

「いかがでしょう」

光秀は、手元の数字を見る。

マルが、五十八。バツが、四十二。その差、十六――。

これが偶然ではない証拠に、回を重ねるにつれ、徐々にその差が開いてきているのを目の当たりにしている。

しかし光秀はそれでもなお、目の前の現実が信じられなかった。

「どうして、こうなるのだ」

思わず、声を上げた。

束の間、愚息の高笑いが聞こえてくるような錯覚に陥る。

救いを求めるように、藤孝を見た。

藤孝は、昼間よりさらに深い皺を眉間に寄せ、光秀の前の数字に見入っている……。

次いで、熙子を見た。

「そのように顔を覗《のぞ》き込まれても――」と、苦笑して熙子は言った。目の下に、少し隈《くま》が浮いている。「私にも、理《ことわり》は分かりませぬよ」

「……そうか」

「ですが、結果は結果。これで、愚息どのが、自分が親の時には、マルの立場を堅持されるわけが分かりました」

さらに煕子はつづける。

「そして子になった場合、おそらくは全体の勝ち負けの流れを見ながら、時おりはバッにも賭けられたりするのではないでしょうか。相手の目を誤魔化すためにも……つまりは、外連《けれん》です」

「……」

「百に対し、五十八回の勝ち。引くの、負ける四十二回ですと、その儲けは一割六分でござります。子になった場合の外連を含めれば、さらに勝ち率は低くなるのではござりますまいか。愚息どのが『儲けが、薄うござるでのう』とおっしゃる所以《ゆえん》です」

ふと光秀は思う。

「すると、四つの椀《わん》の場合は、さらに勝ち率が高いのであろうか」

つい、言わずもがなのことを口にした。

「おそらくは」

と、煕子も神妙にうなずく。

二人はほぼ同時に、先ほどから黙り込んでいる藤孝を見た。

その視線に気づいた藤孝は、いかにも情けなさそうに笑った。

「手がかりを与えられてさえ、依然として三つの賽《さい》の理は分からず、結果も、未《いま》だに信じられぬ――そんなわしが、手がかりさえない四つの椀が、分かろうはずがないではないか」

しかし、と光秀は感じる。

それは自分も、まったく同様なのだ。

しばらく三人は黙り込んだ。

結果は結果。

だが、依然として理は分からない……。

「のう、熙子どの」

ややあって、藤孝が言った。

「理は分からぬまでも、そのやり方であれば、四つの椀の最後の二択、どちらに賭けたほうが良いか、その勝ち率だけでも分かるのではあるまいか」

しかし、熙子は即座に首を振った。

「おそらくは、やっても無駄でありましょう」

「何故でござるか」

「二択を選ぶは子の側」熙子は言った。「三つの賽の場合と違い、子には選ぶ自由がございます」

「……うむ？」

「子がその時にどちらを選ぶかなど、たれにも分かりませぬ。したがいまして、このようには勝ち率も出まいかと思われます」

しかし、と藤孝はさらに言った。

「ならば愚息どのは、何故こちらのほうの勝ち率が高いと分かるのか」

多少、その声が苛立《いらだ》っている。

しかし、分かる——。

熙子を責めているのではない。皆目見当もつかぬ、自分に苛立っているだけなのだ。

これまた、光秀もまったく同じ気分だった。

何故かふと、新九郎のことを思い出した。

あの男は折に触れ、わしは頭が悪うござるでの、と口にする……。

しかし、日常的にこんな賭博《とばく》を愚息に見せつけられては、そう思ってしまうのも無理はあるまい。

むしろ、気の毒だ。

そう思うと、不意におかしくなった。

そしてそのことを言葉に出すと、藤孝も熙子も、仕方なさそうに笑った。

自分たちも所詮《しょせん》は新九郎と同じ次元にいることを、あらためて思い知らされたからだ。

4

さて、その新九郎と、吉岡門下の葛山兵庫との果たし合い——。

場所は東山、八坂《やさか》の原にて、刻は辰《たつ》（午前八時）。

肝煎《きもい》りの藤孝、愚息、二代目憲房の直光、そして光秀も居並ぶなか、勝負は行われた。

双方の門下生は来ていない。

新九郎が、その条件であればと受けたからだ。

おそらくは新九郎の勝つことに、衆目は一致していた。これを聞き、吉岡側はさらに態度を軟化させた。

勝負の初めに、直光がわざわざ新九郎の座る場所まで出向き、頭を低くして挨拶《あいさつ》した。

「玉縄新九郎どの、このたびはお気遣い、痛み入る」

こちらこそ、と新九郎はからりと笑った。

「吉岡の憲房どのにこうして直にお目にかかれたこと、我が身一代の、身に余る光栄でござる」

これには直光も苦笑を浮かべた。

最初から見えている勝負など、詳細は無用だろう。

勝負はあっけなく決まった。
双方上段に構え、向かい合った直後だった。
その直後、あっ、と光秀は思わず膝《ひざ》を摑《つか》んだ。おそらく他の者も——直光も藤孝も、
同じ衝撃を受けたに違いない。終わったときには、みな袴《はかま》の裾《すそ》をひっしと握っていた。
新九郎の剣は、何の前触れもなく、
すっ、
と、兵庫の頭上に落ちていった。
吸い込まれるような、ごく自然な動き……しかし、多少とも剣を齧《かじ》った者なら分かる。
重い鋼を動かすというのに、その姿勢、太刀先に一切の予兆がないのだ。
これが、新九郎の編み出した『笹《ささ》の葉流』か——。
当然、兵庫は避け切れなかった。
が——、
その太刀は兵庫の頭上一寸ほどで、また何の前触れもなく、
く、
と止まった。
しばしその姿勢のまま、双方は対峙《たいじ》していた。
呆然《ぼうぜん》としていた兵庫が、戸惑ったように口を開く。
「な、なにゆえ……」

そう問いかけた。

「なにゆえ、止《とど》めを刺さぬのか」そしてさらに泣くように声を上げた。「仲間も死んだ。わしはもう、これ以上生き恥を晒《さら》しとうはない」

するとと新九郎は束の間相手を見つめ、

「その命、残さば後日、人の世に役立つこともあろう」そう言って、静かに太刀を収めた。「――貸しておく」

この鮮やかな一言で、京洛《けいらく》での『笹の葉新九郎』の名は、さらに不動のものとなった。

……むろん光秀は、この翌年に、この兵庫という若者が奈良の一乗院に駆けつけてくるとは、まだ夢にも知らない。


さらに、その八坂から細川邸に戻ってきたときだった。

藤孝とともに門をくぐると、小屋の軒下で濡《ぬ》れ物を干していた熙子がつい、というように駆け寄ってきた。

「勝たれましたか」

熙子はまず、当然のようにそう聞いてきた。

ああ、と光秀はうなずき、その場で事の次第を話した。

「双方とも、ご無事――」熙子は繰り返した。「必ずやお勝ちになるものとは思っておりましたが、それはさらにようございました」

うむ、と光秀がうなずくと、熙子はさらに笑った。

頬が上気している。そしてこの内気な妻にしては珍しく、その様子を家人以外——藤孝の前でも隠そうともしない。

何かよほど、他にも嬉《うれ》しいことがあったらしい。

案の定、熙子は言った。

「ですが、私も一つ、自分に勝ちました」

これには光秀同様、はて、と藤孝も首を捻《ひね》った。

「熙子どの、それはどういう意味でござるか」

「例の、三つの賽」簡潔に熙子は答えた。「分かりました」

「なに？」

思わず光秀は身を乗り出した。

熙子は繰り返す。

「ですから、分かったのでございます。理《ことわり》が」

これには藤孝も膝を打った。

「熙子どの、でかした」

三人は、そそくさと母屋に入った。藤孝を先頭にして、奥の座敷に入る。

熙子は、うまく説明するためには紙と筆が要るという。

早速、藤孝が小者に紙と筆を持ってこさせた。

熙子はその筆を持ち、半紙を前にしばし黙っていたが、やがて言った。

「一つの賽であれば、出る目は、たしかに六つに一つでございます」

光秀も藤孝も、ほぼ同時にうなずく。

「それが三つ。しかしその賽は、順に振られるのではありません。順に振られるのであれば――」

言いつつ、熙子は筆を走らせる。

「このように、六つに一つ、足す、六つに一つ、足す、六つに一つで、合わせて、六つに三つ。つまり勝ち率は、二つに一つ――半々で良いのです」

「ふむ……」

「ですが、ここに落とし穴がございます。三つの賽《さい》は同時に振られるのです。ですから、あくまでも同時に振られた場合の、全体を一つとしての勝ち率を出さなくてはなりませぬ。そしてそれは同時ですから、足し上げることは出来ないはず」

そこまで言い切り、さらに筆を走らせる。

六　六　六
五　五　五

と、三回ずつ同じ数字を大きく離して書いた。

「愚息どのの勝ちの立場にこだわれば、さらに見えてきます。愚息どのの勝つ条件は、一つ目の賽で『六に五つ』……当然この勝ち率は、他の賽でも変わりませぬ。ですから一つ目の勝ち率に、二つ目の賽の『六に五つ』の勝ち率を絡めます。さらにこの二つの勝ち率に、三つ目の『六に五つ』を絡めます。つまり――」

と、その六と五の間に、それぞれ、掛ける、の文字を入れた。

六掛ける六掛ける六
五掛ける五掛ける五

「全体の二百十六回で、勝ちは百二十五回」

おぉ――。

光秀は束の間、頭を思い切り殴られたような錯覚と感動を覚えた。

「先ほど計算いたしました。愚息どのの勝ち率は、五割七分九厘ほど。つまり先日やったように、百回やれば当然、五十八回ほどは勝つのです」

第三章　浄　闇

1

京洛での新九郎の名声が不動のものとなってからも、この二人の暮らしは相変わらずだった。

新九郎は百姓相手に笹の葉で稽古《けいこ》をつけ、愚息は愚息で、気が向けば辻博打《つじばくち》にぶらりと赴く。

時代の激変をよそに、食うに困らぬ気楽な極楽蜻蛉《ごくらくとんぼ》の二人組、とも形容できる。

しかしここ数日というもの、五月の厚い雲が空を覆いつづけている。

庫裡《くり》の庇《ひさし》から雨粒が滴り、その軒下の縁側に、二人はやることもなく寝転がっている。

「雨じゃの」

と、愚息がのんびりとつぶやけば、

「雨だな」

そう、新九郎も肘《ひじ》を突いたまま無意味に応じる。

庇からは、雨粒が滴りつづけている。

ややあって、

「しかし、暇じゃの」

またしても愚息がぼやくと、

「たしかに、暇だな」

新九郎も繰り返す。

そして、ふとおかしくなった。まったくもって愚人の戯言《たわごと》だろう。

まあ、あれだ、と新九郎は続けた。

「百姓たちも田植えの最中だ。剣術修行が本業ではないからの」

すると愚息も、苦笑しながらうなずいた。

しばらくして雨が止み、珍しく西の空に薄い陽が差し始めた。

「まあ、別に仕官の口を求めてもおるまいが……」

その西陽を眺めながら、愚息がゆったりと立ち上がった。

「しかし、おぬしほどの腕と名があれば、どこぞの大名から一つや二つ、指南役の声がかりがあっても良さそうなものじゃが」

新九郎はつい笑った。

笑うしかない。

「まあ、所詮《しょせん》は端武者《はむしゃ》の芸事だ」そう、あえて軽く言ってのけた。「端武者も百姓も使い捨てだ。同じことだ」

大名にとっての戦力は、ということだ。食い詰めた水呑《みずの》み百姓の次男、三男が、足軽や雑兵として戦場へ出ていく。運が悪ければ命を落とし、運が良ければ恩賞にありつき、やがては組頭程度の士官にはなることが出来るかもしれない。

しかし詮じてみれば、それだけの話だ。

いくら戦死してもさらにどこからでも湧いてくる戦力を、わざわざ武芸から鍛えようなどと思う酔狂な大名は、この永禄八年の当時、数えるほどしかいない。

さらに翻って新九郎の立場から言えば、その程度の雑兵を教えるも、百姓を教えるも、たいして変わりはない。

愚息もまた苦笑した。

「美濃の兵法狂いも、はるか昔よの。十兵衛も、ますます悩む」

「ふむ……」

その意味は、世事に疎い新九郎にも分かる。

この時代の潮目は、すぐに変わる。

ほんの四年前まで、近隣の国では、美濃の前国主・斎藤義龍《さいとうよしたつ》が異常なほどの兵法嗜好《しこう》者で、当時にしては珍しく兵法指南役を抱えていた。

常州鹿嶋《じょうしゅうかしま》の産で、梅津某《うめづなにがし》という男だ。新九郎の修行した香取とは、場所もほど近い。

だが、関東から出てきた当時、その梅津という男を頼る気になれなかったのは、この男の態度が驕慢《きょうまん》そのものであるという噂を、香取で耳にしていたからだ。

その梅津も、ぶらりと美濃を訪れた越前中条流《なかじょうりゅう》の富田勢源《とだせいげん》にあっけなく敗れた。ちょうど新九郎が『笹《ささ》の葉流』に開眼したころだ。

相前後して斎藤義龍も死に、子の龍興《たつおき》が立つも、この数年、尾張から上総介信長《かずさのすけのぶなが》の軍勢が絶えずその領地に攻撃をしかけ、美濃内の小領主たちを揺さぶり続けている。龍興が凡庸愚昧《ぐまい》なことも重なって、美濃一国の西方は半ば崩壊しかけている。つまりは美濃源氏の結束が、ということだ。

そして去年、その象徴的な事件が起きた。

西美濃三人衆の一人である安藤《あんどう》伊賀守の支援を受けた竹中重治《たけなかしげはる》という人物が、代々斎藤氏の居城であった井ノ口城を白昼堂々占拠して、当主・龍興を一時的にせよ国外に追い出してしまったのだ。

これにより、美濃斎藤氏五十五万石と、かつてはその一部であった安藤、氏家《うじいえ》、稲葉《いなば》という西美濃三人衆ら十五万石との亀裂は、決定的なものとなった。十兵衛から聞いた話によれば、明智氏はこの西美濃三人衆とも濃厚な縁戚《えんせき》関係にあるという。

さらに、十兵衛はこうも言っていた。

十年ほど前に散り散りになった明智氏一党の中には、西美濃の縁戚を頼って身を寄せている者も多数いる。

とは言いつつも、そこは肩身の狭い立場であり、いざ合戦というときには、それまでに受けた恩義を返すべく、死傷率の高い場所で奮戦せざるを得ないし、また庇護《ひご》者も、暗にそれを望んでいる。美濃の内乱と尾張との合戦が激化すればするほど、かつての明智氏の郎党たちは数少なくなるという構造だった……。

数日降り続いた雨は、暮夜にはすっかり上がった。

ぬかるみの泥を蹴散《けち》らす馬蹄《ばてい》の音が、遠くから響いてくる。しかもどうやら一頭のみ
――急を報《しら》せる早馬のようだ。

しかし、この一帯には土豪の館はない。

珍しいものだ、と思いつつも、夕餉《ゆうげ》の支度を終えた新九郎は、ふと境内の縁から足元
に広がる田園風景を眺めた。

素襖《すおう》姿の武士が、田んぼの真ん中を通る一本道を飛ぶように駆け抜けてくる。そのす
らりとした騎馬姿勢にも、元来の育ちの良さが窺《うかが》える。

噂をすれば、十兵衛だった。

境内までの急な坂道を一気に駆け上ってくるなり、思い切り手綱を引き、反転させる
ようにして馬を止めた。

「新九郎っ、一大事である」

止めるなり、興奮しきった声で呼ばわった。心持ち、その顔が蒼《あお》ざめている。

「愚息っ」

馬を下りた十兵衛は、引きつづき呼ばわった。

「愚息は、どこにあるか」

ややあって、愚息が杓文字《しゃもじ》を片手に、ぶらりと庫裡から姿を現した。

「なんじゃな、十兵衛」

落ち着いた口調で、そう苦笑する。

「大の大人が夕暮れに、そうそう声高く呼ばわるものではない」

「しかし、一大事なのだ」

ふむ、と愚息は首をかしげた。

「わしらはの、今から飯を食うところだ」

さすがに十兵衛は焦《じ》れた。

「じゃから、大事が起こったと言うておるっ」

すると、ふたたび愚息は笑った。

「何事にも生真面目なのは、十兵衛、おぬしのいいところだ」

そう、子どもにでも言い聞かせるように、静かに諭す。

「じゃがの、その大事とやら、どうせ過ぎたことであろう。今さら喚《わめ》いても、元には戻らんのではないか」

「……」

「さ、一緒に飯を食おう」愚息はさらに促した。「飯を食いながら話せば、多少は気も落ち着く。今より冷静に、話もできよう」

　結局、愚息は十兵衛がなんとか膳《ぜん》を平らげるまで、のらりくらりと話題を逸《そ》らし、用件を切り出させなかった。

　夕飯を、三人とも食い終わった。

「さあ――」

　言いつつ愚息が、のんびりと板の間に寝転がった。それを見て、新九郎も背を杉戸にもたせかける。

「では聞こうか。十兵衛よ」

　途端、十兵衛は顔をしかめた。

「不敬ではないか。二人とも」

　だが、その表情には先ほどまでとは違い、多少の余裕が感じられる。顔にも赤みが戻っている。

「その言い方からして、よほど高貴なお人の話と見える」

「むろんじゃ」

　と、十兵衛は口先を尖《とが》らせる。

　すると愚息は、にやりと笑った。

「わしらはな、誰にも仕えてはおらん。また、対価なしには、誰の世話にもなってはおら

「だから、何だ?」

「遁世者とぼ には、遁世者なりの身の処し方があるわい」愚息は笑みを湛たえたまま、のんびりと言葉を続ける。「この態度が気に食わぬなら、帰ってもらうしかないのう」

十兵衛は忌々《いまいま》しそうに、愚息と新九郎をもう一度交互に眺めた。

が、改めて両膝《ひざ》を正し、重い口を開いた。

「……実はの、三日前、公方《くぼう》さま——義輝様が身罷《みまか》られた。お斬り死にあそばされた」

「なに？」

思わず新九郎は半身を杉戸から離し、声を上げた。

一瞬、聞き違いかと思った。

しかし今、十兵衛はたしかに斬り死にと言った。

だが、まさか征夷大将軍《せいいたいしょうぐん》ともあろうお方が、そのような死に様をするものなのか……。

次いで愚息を見遣《みや》った。愚息もさすがに双眸《そうぼう》を大きく見開いたまま、口を開いた。

「して、その逆賊は」

知れたこと、と十兵衛は吐き捨てるように言った。

「松永弾正《まつながだんじょう》と、三好《みよし》三人衆の一党よ」

さらにその経緯を、十兵衛の口から新九郎と愚息は聞いた。

三日前の未明、降りしきる陰雨に紛れ、京洛《けいらく》の各方面から足音も立てず集結してきた松永と三好の軍勢が二条御所を囲んだ。その数、約一万。恐るべき人数である。義輝以下、十数名の御側衆《おそばしゅう》、小者・女子も含めると主従三十名ほどがそれと察したときには、すでに進退窮まっていた。

軍勢は一気に門を突き破り、我先にと館内に躍り込んだ。

さすがに剣豪将軍の異名を取る義輝とその肝煎《きもい》りの幕臣たちは、すでに覚悟は出来ていたのだろう。逆に五十数名の逆賊を斬り捨てるまでの獅子奮迅《ししふんじん》の闘いを見せた。

特に義輝は、足利家伝来の銘刀を刃毀《はこぼ》れするたびに新たに引き抜き、結果、一人で十数名を撫《な》で斬りにするという鬼神さながらの働きだったと言う。

およそ貴人——殿上人と名のつく者で、一時にこれだけの敵を撫で斬りにした人間など、これ以前もこれ以降も日本史上には見出《みいだ》すことができない。

戦闘は未明から昼ごろまで続いたというから、松永・三好の軍勢一万に対する義輝側の抵抗の凄《すさ》まじさは、言語に絶する。

が、最期には衆寡敵せず、四方八方から戸板や畳を盾として寄せてきた雑兵どもに串《くし》刺《ざ》し同然に惨殺された。

ちなみに幕臣の死者は、細川藤孝の舅《しゅうと》である沼田《ぬまた》上総介を始めとして、一色淡路守《いっしきあわじのかみ》、進士《しんじ》晴舎《はるいえ》、以下、摂津、畠山、治部《じぶ》、杉原《すぎはら》、脇屋《わきや》、加持《かじ》、岡部《おかべ》など、義輝に侍《はべ》っていた幕臣のすべてが討ち死にし、また、義輝の生母であり十二代将軍義晴《よしはる》の正室であった慶《けい》寿院《じゅいん》も殉死、義輝の側妾《そばめ》である小侍従も、懐妊していたにも拘《かかわ》らず、惨殺された。

義輝、享年三十。

辞世の句は、

五月雨は　露か涙か不如帰《ほととぎす》
我が名を上げよ　雲の上まで

というものである……。

すでに討ち死にを覚悟した上で、異常な興奮状態の中で詠んだ歌だとすれば、その出来の可否は問題ではあるまい。

そもそも武人とは、言葉を弄《もてあそ》ぶような歌詠みではない。その辞世の句によってではなく、死に様の見事さによって、後世から評価されて然《しか》るべきものであろう。

「松永と三好の徒は、鬼か悪魔か、さもなくば畜生か」

いつのまにか十兵衛は、涙を流しながら二人に訴えていた。

「いったい、このようなことが許されてよいのか。天が、許すものなのか」

新九郎も命を賭けものにする武芸者とは言え、この変事のあまりの凄まじさと悪虐さには、何も答えてやる術《すべ》がない。

仕方なしに、ふと愚息を見遣る。

やがて、

「時勢よ、の」

と愚息が物憂げにつぶやいた。

「公方やそれに殉じた御側衆の方々には、いかい気の毒なことであった」

うむ、となおも涙ぐんで十兵衛はうなずく。

しかしの、と愚息はさらに言った。

「このたびの変事、つまりは事象を、許す、許さぬで判断してはならぬ。松永・三好の徒、ひいては人間を、人としてあるべきか、あるべきでないかで断罪してもならぬ」

「なら、何だというのだ」

すかさず十兵衛が憤然と食って掛かる。

「だから、時勢よ」

「――む？」

「時代が生み出す必然の事変なのだ、と言っておる」

これだけは愚息も明言した。そしてさらに踏み込む。

「十兵衛、おのれもこの時代に生きる武人なら、その時代の必然を倫理で測っては判断を誤る、と言っておる」

直感的に新九郎は感じた。

十三代将軍の義輝や幕臣たちにははなはだ不本意な出来事ながらも、これは、愚息の言い分が正しい、と。

何故なら十兵衛は——まだまだ端役とはいえ——この時代の〝うねり〟という劇の舞台に上がり、演じている側の人間だからだ。相手役が扇子を落としたからといって、それを非難していても話は前に進まない。それを見て反射的に行動するのが役者の立場というものであろう。

相手役への非難・批評は、傍《はた》からその舞台を見ている観客、つまりは市井の人間に任せておけばいい。少なくとも十兵衛自身は、倫理観などを振りかざし、ゆったりと構えていられる立場ではない……。

愚息も似たような譬《たと》えを用い、十兵衛を諭した。

「じゃによって、さらに聞く」

愚息はなおも問いかけた。

「聞けば、おぬしも藤孝どのも無事とのこと。おぬしはまだしも、なにゆえ藤孝どのは難を逃れ得たのか」

それは……と、十兵衛は言葉に詰まる。

さらに続いた話によれば、こうだった。

松永弾正らの、この半年ほどの義輝に対する面妖《めんよう》な動きを、藤孝と十兵衛はすでに察していたという。そこで彼らが万が一にも暴挙に出ぬよう、二人はつい昨日まで、近江源氏である佐々木氏——通称六角《ろっかく》氏の領地、南近江を訪ねていた。

この永禄八年当時の当主は、六角義賢《よしかた》である。

美濃の土岐氏、あるいは甲斐の武田氏と同様、鎌倉幕府創建以来代々続いた名門の守護大名でもある。

義賢は亡父の六角定頼《さだより》とともに、永年にわたり足利義晴・義輝親子を支援し続けてきた。事実、この亡父は流浪時代の義輝の元服に際しても、その加冠役を担っているほどの肩の入れようであった。当然、子の義賢も松永・三好軍に対抗し、義輝加担の外交方針を明確に打ち出している。

いわば、畿内における義輝の強力な後ろ盾だったが、この時期より二年前、義賢の子である義治《よしはる》が、配下の有力な重臣を本城・観音寺城《かんのんじじょう》にて暗殺してしまった。

いわゆる観音寺騒動である。

この騒動により、六角家臣団ならびに国人衆の結束は一気に弱体化し、ただでさえ旭《きょく》日《じつ》の勢いであった北近江の新興勢力・浅井氏に近江南部まで武力侵攻を許してしまうという、散々な体たらくに陥った。

さらに一年前、六角義賢・義治親子は、愛想をつかされた家臣団より本城を追われ、宿老の蒲生《がもう》定秀《さだひで》を頼り、以降は日野城に身を寄せていた。

ちなみにこの蒲生定秀の孫が、後年に信長から寵愛《ちょうあい》を受け、豊臣《とよとみ》時代には会津《あいづ》九十二万石に封じられた蒲生氏郷《うじさと》である。

つまりは将軍家支援どころではない状況の六角家を、藤孝と十兵衛は訪ねていたことになる。

蒲生定秀に伴われた六角親子との対面は、南近江の国人衆における中立勢力であり、近江佐々木氏の庶流でもある乾次郎三郎《いぬいじろうさぶろう》を守将とする長光寺城《ちょうこうじ》にて行われた。

藤孝と十兵衛が思うに、六角親子が頼りにならないとしても、南近江の有力勢力であり、国人衆からの信任も厚い宿老の蒲生定秀を動かせば、乾次郎三郎を始めとした中立勢力である佐々木一族からの支援を得られるのではないかと考えたからだ。その上で、御所警備の軍勢を、ある程度の期間差し向けてもらう。

しかし、結果はやはり、不調に終わった。

そこまでを聞いて、愚息が不意に口を開いた。

「その交渉事が逆に弾正らを刺激し、焦らせ、このたびの暴挙のきっかけになった一面もある、とは思わぬのか」

「なに？」

「言葉通りだ。おぬしらの交渉が上手《うま》くいくかどうかは、傍目《はため》には分からん。むしろ、動かぬ相手を動かす秘策を蔵していると見る目もあったろう。ならば、そのおぬしらの行動が、弾正・三好らの尻《しり》に火をつけたと考えても、おかしくはあるまい」

十兵衛は黙っていた。

が、黙っている間にも、徐々にその顔が蒼《あお》ざめてきた。

やがて出た声は、惨めなほどか細かった。

「つまりは、わしらの行動が、このたびの変事を招いたということか」

が、愚息の答えはひどく抽象的なものだった。

「だから、そういうふうに取るでないと、先ほどから申しておろうが」むしろ、優しげな声で諭した。「演じる側、それを受けて演じ返す側……物事は常に表裏一体となって変化し、うごめき、進む必然なのだ。倫理や観念、一時の結果論だけで事象を判断しては、事の本質を見誤る」

だが、言われた十兵衛にしてみれば、堪《たま》ったものではなかったらしい。

やがて顔を覆い、さめざめと泣き始めた。

2

七月二十八日。

月は薄雲に翳《かげ》り、春日《かすが》の森も杉も赤松も、苔《こけ》むした小径も、すべてが輪郭をぼやけさせている。

蒸し暑い夜だった。

光秀は、奈良の東大寺《とうだいじ》にいる。

広大な敷地の奥深くにある金堂に裏手から忍び入り、鍍金《ときん》の剝《は》がれ落ちた盧舎那仏《るしゃなぶつ》の裏、ちょうど大仏が尻を乗せている蓮《はす》の台座の辺りに、身を潜ませた。

暗闇の中で、しばし耳を澄ませる。

落ち合う場所としては、南大門の裾《すそ》や持仏堂の軒下のほうが、はるかに興福寺一乗院に近い。文字通り、目と鼻の先だ。

しかし一乗院はこの二ヶ月というもの、松永弾正の兵が絶えずその周囲を警備している。近すぎては、これから光秀たちが起こそうとする行動が、かえって事前に露見する恐れがある。

光秀は堂内が無人なのを確認して、袂《たもと》から油を取り出した。

手探りで火をつける。

ぽぅ
と、か細い炎が、手元から立ち上る。

予め芯《しん》を短く詰めていたので、火は小さい。長くすれば、明るくなる。

近年、灯明の油は変わった。

荏胡麻《えごま》油から菜種油へと、より炎は明るくなり、時代は変わっていく。

おれも、と光秀は心ひそかに期すものがあった。

――この一事で、時代を変えていくのだ。

二ヶ月前の、後年に永禄の変と呼ばれる事件で、十三代将軍・義輝が殺された。時を同じくして、洛中《らくちゅう》の鹿苑院《ろくおんいん》の院主であった周暠《しゅうこう》も殺された。将軍の実弟だったからだ。

しかしこの周暠の上に、もう一人、亡将軍の実弟がいる。

一乗院門跡の覚慶である。

のちの名を、足利義昭。

同じ実弟であっても周暠のように殺されず、覚慶が松永弾正から緩い幽閉状態に置かれていたのは、彼がゆくゆく興福寺別当の地位を約束されていたからであり、さらに言えば、興福寺がこの当時、多分にその寺領を侵食されているとはいえ、大和では最大の勢力であったことが大きい。松永・三好の徒は、山城国に隣接するこの宗教勢力との、必要以上の軋轢《あつれき》を嫌ったのだ。

逆にここに、藤孝や光秀は目をつけた。

もし覚慶を手引きして一乗院から抜け出させ、ゆくゆく自分たちの手で次期将軍に担ぎ上げることが出来れば、光秀らが思い描くような幕府再興の夢を、直《じか》に覚慶に託すことが出来る。

……光秀は灯明のなか、ふと微笑んだ。

二ヶ月前の、愚息の言葉を思い出したからだ。

物事は常に表裏一体となって変化し、うごめき、進む必然なのだ――。

今では、たしかにそうだと思う。

光秀がここにこうしているのも、あるいは藤孝や、その実兄である三淵藤英、一色藤《ふじ》長《なが》ら生き残った有力幕臣がそれぞれわずかな郎党を率いて、この東大寺の最深部にある正倉院《しょうそういん》の森の中に密《ひそ》かに待機しているのも、元はといえば、松永弾正らが覚慶という、見方によっては彼ら逆賊にとって危険極まりない存在にだけは、手心を加えているからではないか。

作用と反作用を繰り返し、沸騰した当世の人の世は進んでいく。

しかし、と光秀は思う。

あるいはあの時、愚息や新九郎は誤解したかもしれないが、思わず光秀がさめざめと泣いてしまったのは、自分の行動のせいで義輝を殺されたかもという可能性のせいではない。より正確に言えば、

倫理や観念、一時の結果論だけで事象を判断しては、事の本質を見誤る――。

という、次に続いた愚息の言葉だった。

以前から光秀がぼんやりと考えていること。

相反する二つの要素。自分にとっての、永遠の課題だ。

情念がなくては行動に移れない。行動がなければ、この時代における男の一生など、何の価値もない。

しかし情念があり過ぎる者、生い立ちから来る倫理感や観念に囚《とら》われ過ぎる者には、真の賢さは訪れない。この世を、思うように渡っていくことができない。

あの将軍暗殺で、そんな自らの先の見えない暗愚さを、まざまざと見せつけられたような気がした。ひどく情けなかった。だから、泣いてしまった。

二ヶ月前の変事を知ったあの日、藤孝はすぐにこのことを愚息と新九郎に報《しら》せておくようにと、自らの馬を光秀に貸与した。

あのときはごく自然にそれを受け入れ、藤孝に勧められるまま、早馬を飛ばした。

そして結果、泣いて帰ってきた。

その話を聞いたとき、藤孝はややおかしそうに笑った。

「ふむ。十兵衛どのでも、泣くことがあるのであるな」

そう言われ、光秀はさらに自分を愧《は》じた。

泣くことがあるどころではない。

目元涼やかで見た目こそ凜々《りり》しいが、実は光秀ほどよく泣く男も、この時代には稀《まれ》だったろう。しかも女々しく、じくじくと、長ったらしく泣く。

十年ほど前に明智氏が滅び、素牢人《すろうにん》同然の境涯になってからというもの、人から無用の屈辱を受けることが多くなった。

そのたびに光秀は、妻の煕子にだけは日ごろの憤懣《ふんまん》を掻《か》き口説くようにしてぶちまけ、挙げ句の果てには悔し涙を流した。

煕子は、そんな自分の夫をやや持て余しながらも少し笑って、

「分からぬお人には、あなたの良さは分かりませぬ。また、分からぬようではたいした人物ではありませぬ。将来、何事かを共に成すこともありませぬ」

うむ、うむ、と光秀がなおも涙ながらにうなずくと、

「ですからむしろ、それで良いのです」

と、まるで子どもでもあやすかのように、明るく締めくくる。

つまり光秀にとって、熙子は妻であり、甘える対象としての母親であり、人生の良き相談相手でもあった。

ある種の九女神である。

光秀がこののち、いくら出世しても熙子が亡くなるその晩年まで、側室を一切置かなかったという逸話も、うなずける話である。

それはともかく、それからの光秀と藤孝は、この覚慶の存在に目をつけ、なんとか奈良の一乗院から救い出す手立てがないかを幾度も相談した。と同時に、まだ生き残っている幕臣たちに当たりをつけ始めた。

だが、ただでさえ残り少なくなった幕臣たちの中には、この二人の豪胆な計画に尻込《しりご》みする者が多かった。

これだから室町幕府は今日のような体たらくを迎えたのだ、と憤る一方で、無理もない、とも感じる。

あの日、館内に侍《はべ》っていた幕臣たちは、義輝ともどもすべて殺されている。松永・三

好の徒は、たとえ幕臣といえども歯向かえば容赦はしないことを行動で示した。かつ、阿波で養育してきた足利一族・堺公方の長男・義親《よしちか》——のちの足利義栄《よしひで》を、十四代将軍に立てようと画策し始めている。

そんな彼らの意に反し、覚慶を将軍に担ぎ上げる下準備をしていることが露見すれば、おそらくは牛裂きか釜茹《かまゆで》の刑にでもされるであろう。

結局、藤孝たちの呼びかけの下に集まった幕臣の有志は、一色藤長、和田惟政、仁木《にっき》義政《よしまさ》、畠山尚誠《なおまさ》、三淵藤英および大覚寺《だいかくじ》門跡の義俊《ぎしゅん》ら、五名をわずかに超すほどの少人数だけだった。

さらにもうひとつ、難題があった。

今、藤孝以下五氏の主従二十数名が騎馬に枚《ばい》を銜《ふく》ませ、正倉院の森の中に囮《おとり》の部隊として待機している。一乗院の正門に近づき、騒ぎを起こし、警備兵たちを釘付《くぎづ》けにしておくための軍だ。

さらには奈良坂の峠には、和田惟政が替え馬を率いて待っている。大覚寺門跡の義俊を仲介者として、覚慶との打ち合わせも終わっている。

奪還への下準備は、ほぼ完了している。

しかし肝心の救出実行部隊には、最後の最後までどうしても適当な人物が見当たらなかった。

無理もないことだ。幕臣など、所詮《しょせん》は代々続いてきた武家貴族に過ぎない。

表での騒ぎにまぎれて、一乗院の裏手から密やかに侵入し、覚慶の幽閉されている部屋に至るまで要所要所に詰めている警護兵たちを音も立てずに打ち倒しながら、最終的には松永軍の誰にも知られずに覚慶を一乗院の外まで連れ出す。

そんな小技の利いた動きと忍びのような手口は、代々徒食してきた武家貴族には、到底出来そうになかった。さらには実戦での腕も要り、修羅場での度胸も要るという役廻《やくまわ》りとして考えれば、その資質と言動が、悪い意味で鷹揚《おうよう》すぎるのだ。

むろん、光秀はこの危険極まりない役を買って出るつもりであった。実際に、買って出た。

その動機には、純粋な義憤のほかに、多少の俗欲も混じっている。

いや……多少どころではない。

もしこの一事が成功すれば、来《きた》るべき幕閣内において、光秀の功績は決定的なものになるであろう。先の事変で有力幕臣が半減し、さらにはこの奪還計画に賛同した幕臣が十名にも満たない状況では、ゆくゆくの組閣において、明らかな人材不足が露呈する。

そこに、素牢人同然の光秀の付け入る隙がある。世に出て行く道もある。新将軍の昵《じっ》懇《こん》衆として取り立てられることは、ほぼ間違いないだろうと踏んでいた。

しかし……。

やはりたった一人では成功の確率は、かなりおぼつかない。少なくともあと一人、いや、万全を期すなら二人か三人ほどの助勢は要る。

そんなおり、藤孝がふと洩《も》らすように言ったのだ。

「……のう、十兵衛どのよ」

と。

愚息どのと新九郎に、なんとか助勢を頼めぬものかのう、と——。

あっ、と光秀は思わず愕然《がくぜん》とした。

これだったのか、とあらためて悟った。

二ヶ月前の変のとき、取り急ぎ二人には報せよ、と馬を貸してくれた藤孝。

また去年の夏も、試合の肝煎《きもい》りを心安く引き受けていた。

さらに言えば、愚息と新九郎が諸国への旅に出るごとに、安んじてその領地や城下に入れるよう、先々の大名宛に紹介状を書いていた。

……すべてが、繋《つな》がっていく。

藤孝。

いざというときのために、常に人脈の網を張り巡らしている……。

しかし、と光秀は直後に思い直す。そこまで意図してあの二人に心遣いをしていたとみるのは、この畏友《いゆう》に対して、あまりにも悪意のある捉《とら》え方であろう。

実際、手持ちの駒では、これしかやりようがないのだ。

そう思ったときには、

「委細、承知」

言うなり席を立ち、洛外《らくがい》の愚息の荒れ寺に向けて出発していた。

それが、一ヶ月前のこと――。

ふと、耳を澄ます。

光秀が入ってきた金堂の裏手から、わずかに物音がした。床に浮いた砂泥を踏むかすかな足音が、ゆっくりと近づいてくる。

示し合わせたとおり、裏手から入ってきた。

間違いないとは思う。が、念のために鯉口を切り、近づいてくる闇の姿をじっと見据える。

やがて闇の姿が、人型を取った。

――む。

光秀は違和感を覚える。さらに鍔元を押し出す。

やがて人型は、ためらいがちに口を開いた。

「……明智どので、ござるか」

3

新九郎と愚息は、四半刻前には山城国から大和国へと入っていた。

大和特有のなだらかな丘陵を歩いてきて佐保《さほ》川を越える。目の前に、東大寺を含む春日の森が、うっそりと広がっている。

藤孝の待機する場所には立ち寄らず、光秀の隠れている東大寺の金堂に直接歩を進めていく。

新九郎は愚息と肩を並べ、薄闇の疎林を歩いている。

つい苦笑し、口を開いた。

「しかし、妙なことになったものだ」

「いたしかたあるまい」愚息も笑った。「『巨顔どの』には世話になった。付き合いというものじゃ」

ふむ、と新九郎は首を捻《ひね》った。「だがわしは、十兵衛の話でまたひとつ利口になった。それが、嬉《うれ》しい」

「あれで、利口になったか」

「今、考えている」新九郎は言った。「そのうち、使えるであろう」

「剣の理《ことわり》じゃな」

「そうだ」

やれやれ、と愚息がふたたび笑った。

「何年先になることやら」

新九郎も我が事ながら、つい失笑する。

「何年先でもよい。気長に考える」

答えつつも、あらためて感じる。

いつも通りの間の抜けた会話、緊張感の欠片《かけら》もない口調……。

新九郎も愚息も、今夜のこれからの役割はまったく気にしていない。屋内では矢は遣えない。刀槍《とうそう》相手なら雑兵が十人や二十人いたところで、十兵衛を合わせた三人もいれば充分に間に合うだろう。

お互いにそれが、分かっている。

そして常の通りに体が動けば、誰も怪我することなく、その覚慶という坊主をすんなりと外に連れ出すことができる。

それで、終わりだ——。


……一ヶ月前、十兵衛が頼み込んできた。

「これからの世のため、人のためでもある。頼むっ」

そう必死の形相で両手をつき、深く頭を下げてきた。

新九郎は愚息と顔を見合わせた。

どうやら愚息にも、断る気はなさそうだった。

そこまでを確認して、新九郎は十兵衛に向き直った。

「ところで十兵衛よ」気がついたときには、勝手に口が動いていた。「おぬし、解けたか？」

十兵衛が変な顔をする。

「は？」

「だから、この愚息の賭《か》けよ。辻賭博《つじとばく》の仕組みよ」新九郎はさらに言った。「どちらかでも、謎は解けたか」

いったん十兵衛はうなずき、それから首を振った。

「どっちなのだ」

その様子が妙に子どもっぽく、思わず新九郎は笑った。

「わしではない」十兵衛は答えた。「三つの賽《さい》を、熙子が解いた。で、わしはその理を聞いた。納得した」

次いで新九郎は愚息をじっと見る。たぶん、言いたいことは伝わるだろう。案の定、愚息はあっさりと苦笑《わら》った。

「まあ、タダで教えてもらうわけではない。命を張るのだからな」

新九郎も少し笑い、十兵衛に向き直った。

「では、聞こう」

十兵衛は、半紙と筆を使い、説明し始めた。

三つの賽は、間を置いて別々に振られるのではなく、三つ同時に振られるのだということ、そこに、そもそもの落とし穴があること——。

「だから、こうなる」

言ったときには、

五　五　五

六　六　六

の間に、それぞれ縦に二つずつの『掛ける』を入れた。

「二百十六の場合に対し、全部で任意の目の出ぬ可能性は、百二十五回。つまりは百回やれば、六十回弱は愚息が勝つ」

なるほど、と新九郎は多少の感動とともに、大きく納得した。

そして一つ、はっきりと感じたことがある。

笹《ささ》の葉のときも、ぼんやりと感じていたことだ。

そもそも理とは、素人にでもすぐに理解できるほど簡潔で、素朴なものなのではないか。また、そうでなくては、万人が理解できる理というものに汎化《はんか》できないのではないか……。

そのことを口に出すと、

「おぬしが今そう考えておるのなら」

と愚息も笑いながらうなずいた。

「それが、今のおぬしの答えなのだろう」

「では、他にも答えがある、と」

「自分で考えろ」さらに深く笑みながら、そっけなく愚息は言う。「人それぞれだ。同じ人間でも、時間が経てばモノの見方は違ってくるかも知れん」

そして十兵衛に向き直り、さらに口を開いた。

「ところでの、十兵衛」

「なんであろう」

「わしもこのたびは、褒美をもらおうか」

「褒美？」

すると愚息は、明るくうなずいた。

「新九郎にだけ得るものがあって、わしにはないとは、片腹痛い」

「なるほど」

「出世払いでよい。おぬしがいつしか五万石ほどの領主になれば、黄金五枚をもらおう。十万石ほどになったときは、十枚。どうじゃ？」

十兵衛はやや首をかしげた。

「わしが、それほどの大身にならなかったら、どうするのだ」

すると愚息は、腹を抱えて笑い出した。

「そのときはそれ。タダ働きよ」

これには新九郎も笑った。釣られて十兵衛も苦笑する。

「承知した」

しかし――。

このころはまだ愚息も新九郎も、むろん当の十兵衛でさえ夢想だにしていなかった。

この三十も半ばを超え、額に汗のかき過ぎで、若干頭の薄くなり始めた武家貴族の中間が、織田家に仕えるや否やわずか数年で五万貫（約十万石）の領主になり、最終的には自らの直轄領だけで五十万石、系列下の与力《よりき》大名を合わせれば京を含めた近畿で五ヵ国・二百四十万石を支配し、後の世に『近畿管領』と呼ばれるまでに出世することになることを……。

知足院《ちそくいん》の脇を抜け、春日の森に入る。

金堂の裏手まで来て囲い門を抜け、裏手から堂内に侵入する。

亥《い》の刻を過ぎ、社殿内部は静まり返っている。

十兵衛のいる場所は、すぐに分かった。大仏の台座。その付近の床を、小さな灯火が這《は》っている。

十兵衛よ、と小さく呼びかけようとして、不意に新九郎は足を止めた。隣の愚息も足を止め、不審そうに明かりのほうを見ている。

わずかな灯明を受けている影が、二つあった。

近づくにつれ、顔の輪郭がはっきりとしてくる。

あまりの意外さに、つい低く新九郎は問いかけた。

「おぬし、いつぞやの吉岡の者ではないか」

いかにも、と影が応じる。

「おそらく名はお忘れのことかと……拙者、葛山兵庫でござる」

横の十兵衛を見遣《みや》る。十兵衛もまた、戸惑ったような表情を浮かべている。どうやら十兵衛も、この思わぬ事態には困惑しているらしい。

今度は愚息が尋ねた。

「して、何用じゃ」

「細川どのから事の次第はお伺いし申した。新九郎どの、いつかお手前が申されたとおり、この命、事あらば世のために擲《なげう》つ覚悟はできております」

言いつつも、葛山兵庫はいきなり石の床に両膝《ひざ》をそろえ、深く頭を下げた。

「三人より四人。であるからに、この通り。わしも、このたびの壮挙に加えてはもらえますまいか」

思わず新九郎は愚息を見た。十兵衛も、愚息を見ている。

愚息は、いつの間にかおそろしく険しい顔つきになっていた。

「おぬし、いつ誰に、今宵《こよい》の件を聞いた」

その声が、妙にざらついている。

「先月でござる」兵庫が素直に答える。「細川どのご本人が西洞院に来られたおり、お伺い申した」

「藤孝どのから、言ってこられたのか」

兵庫は、はっきりとうなずいた。

「もし良ければ、と……むろん、わしは喜んで受けさせていただいた。いつか汚名を雪ぐことあらばと、あの試合よりずっと念じて参った所存」

やはり、と新九郎は思う。

この男、死ぬ気だ。

覚慶を救い出すために、自らが捨て石になる覚悟でいる……。

途端だった。

遠くから馬のいななきと同時に複数の馬蹄《ばてい》の音が聞こえてきた。一乗院の守備兵たちがそれと気づくよう、敢えて音を立てて駆け始めている。

始まったのだ。今さらここで、ぐずぐず言い合っている暇はない――。

4

杉の木立の中を一乗院の裏手へと急ぎながらも、光秀は憂鬱《ゆううつ》でいる。

無言で後ろに続く三人……すっかりその気になっている葛山兵庫は別として、新九郎はむっつりと黙り込んだままだ。愚息にいたっては、あきらかに怒気を発している。

やはり、憂鬱だ。

しかしその気持ちは、分からなくもない。

おそらくだが、藤孝は——話の持ちかけ方によっては——この兵庫が間違いなくその気になることを見越して、この一件を打ち明けている。

いわば確信犯だ。

反面、それは仕方がないことなのかも知れない、とは思う。

救出部隊も、人数が多いに越したことはないのだ。だから、ある意味で藤孝の処置は正しい。

それでも、その誘い方には釈然としないものを感じる。

足早に歩を進めながら、愚息が口を開いた。

「十兵衛よ、屋敷に入ったら、二手に分かれよう」

「なに？」

「わしとこの兵庫は、二段目の囮《おとり》となる。わざと足音を立て、逆の方向へ進む。屋内の守備兵を引き付ける」愚息は言う。「その間に、おぬしら二人は門跡を救い出せ」

あっ、と感じる。

理屈ではない。理屈ではないが、愚息はこの兵庫をみすみす犬死にさせることを避けようとしている、と感じた。

それに、と思案する。屋外の警護兵に加え、屋内の宿直《とのい》までの大半を引き付けてくれれば、たとえ新九郎と二人になったとしても、救出はかえってたやすくなるのではないか……。

さらには、ここで愚息と言い争っている時間もない。

光秀はあえて即答した。対して愚息は、今宵会ってから初めてわずかに笑みを見せた。

「承知した」

杉の木立を抜けた。

わずかに群生する竹の間から、敷地の裏手にあたる乾門《いぬい》が見える。門の前に守備兵は見当たらない。おそらく藤孝たちが騒ぎを起こしている正門に駆けつけている。

乾門の角を曲がった築地塀《ついじべい》まで忍び寄り、さらに内部の人の気配をうかがう。

表門付近からの怒号や馬のいななき、板間や戸板を鳴らす音は聞こえてくるものの、こちら側には人のいる気配はない。打ち合わせどおり、藤孝らが南門に兵を引き付けているのだろう。

光秀は三人を振り返って無言でうなずくと、塀に両手をかけ、一気によじ登った。直後には、ひらりと内部に着地する。鯉口を半ば切りながら、その着地した姿勢のまま、もう一度左右をうかがう。

闇の中、人の動く気配はない。雑舎、湯屋、常御殿の外廊下にも、人影は見当たらない。

光秀は、かすかに指を鳴らした。

それを合図に、新九郎、愚息、兵庫と、光秀の周囲に音もなく飛び降りてくる。

では、先に参るぞ。

隣の愚息が口元だけで囁《ささや》いた。光秀はうなずく。愚息は六尺棒とともに腰を上げ、常御殿の左手の闇へと進んでいく。兵庫が脇に太刀を抱き、そのあとを追う。

藤孝からの情報で知っている。覚慶が幽閉されている寝所は、この常御殿の西側、供《とも》待部屋《まちべや》の二つ先の、観音開きの板戸の間だ。

しばし、待つ……。

やがて、戸板を派手に蹴破《けやぶ》る音が棟の東側から響いてきた。おそらくは御殿じゅうに響き渡った。案の定、直後には廊下を駆けていく複数の足音が、至るところから聞こえてくる。

光秀がそうするより先に、新九郎が立ち上がった。

「待て、案内はわしが――」

光秀がそう言いかけると、新九郎は肩越しにこちらを振り返り、ちらりと笑った。

「先ほど、寝所の場所は聞いた。なら、わしが前のほうが良かろう」

言うなり、常御殿の外廊下に向けて歩を進め始めた。

慌てて付いていきながらも、その通りだ、と思う。自分より新九郎のほうがはるかに腕は立つ。先に立てて屋内を進んだほうが、出会い頭で警護兵にぶつかった場合、この男なら、声を上げさせる前に一刀両断にしてしまうだろう。

新九郎を先頭に、外廊下を音も立てずに進んでいく。やがて廊下が左に曲がり、両側に戸板の続く屋内になった。

長廊下の先まで、人影は見えない。おそらくは警護兵たちのほとんどが、表門と常御殿の反対側に駆け付けている。

なおも五間《けん》ほど進むと、不意に右手にある供待部屋の引き戸が開いた。ひょっこりと兵が顔を出すのと、新九郎が太刀を鞘走《さやばし》らせたのは、ほぼ同時だった。

直後、こちらを向いた兵の顔が肩口からずれ、ぽとりと落ちた。

腕に覚えのある光秀が見ても、ぞっとするほどの鮮やかな手際だった。骨まで断っているというのに、その切っ先に何の抵抗も見て取れない。余分な力みも一切ない。あの一年前の八坂での試合のときより、さらに技量を上げている。

新九郎は一瞬立ち止まる。が、さらに中から人数が出てくる様子はない。すでに留守居役以外は出払っている。

なおも奥へ進む。

数間ほど先に、灯明が両側に点《つ》いている観音開きの板戸が見えた。

あの部屋だ。

光秀は新九郎にうなずいてみせた。

新九郎もうなずき返し、滑るように廊下を進んでいく。光秀も負けじと後に続く。

新九郎が板戸を左右に開くと同時に、光秀は寝所に躍り込んだ。

一瞬で状況を把握する。屋内には灯明が三つ。その中央の高座に、袈裟《けさ》に身を包んだ若い僧侶《そうりょ》が見える。さらに周囲には、兵が三名侍っている。驚いたように顔を上げている。しかし、必ずしも敵とは限らない。

「拙者、細川どのの手の者」

そう、敢えて静かに口を開いた。

途端、三名の兵が抜刀した。やはり敵——光秀も太刀を抜き、一歩踏み出そうとした瞬間、新九郎の影が目の前をするすると横切った。

例の、予兆を一切感じさせない動き出しだ。敵の三名はみな青眼に構えているというのに、どこをどう掻《か》い潜って刀身を振るったのか、ぽん、ぽん、ぽん、と大根の胴でも切り飛ばすかのように、瞬く間に三人の兵の首を刎《は》ねていく。

首を飛ばすのは、斬られた後の相手に、余計な声を上げさせないためだろう。

「さ、早う」

新九郎がぼそりとつぶやき、光秀を振り返った。その姿。袖《そで》口にも返り血一滴浴びていない。

こんな場合ながらも、つい光秀は微笑んだ。まるで小便でも終えたかのような落ち着きと平静さだった。その道の達人に見られる、どんな場合にでも滲《にじ》んでくるある種の飄《ひょう》逸《いっ》さが、この男の肩口にも漂っている。

光秀はまだ呆然《ぼうぜん》と事の成り行きを見ている覚慶の前に滑り込むように平伏すると、

「美濃の産にて、明智十兵衛光秀と申します者。また、これなるは『笹《ささ》の葉新九郎』」

弁舌爽やかに名乗りつつも、さらににじり寄り、

「恐れながら、お手を――」

そう言いつつ、やや強引かとは思いつつも、その手を取って覚慶を立たせた。

「今よりこの御殿から、我らともども落とし奉りまする。その間、お静かに、かつ御御《おみ》足《あし》は疾《と》く、何卒《なにとぞ》ご承知あそばされますよう」

一瞬、覚慶は大きく目を見開いた。

「あい、分かった」

光秀は片膝《ひざ》を突き、さらに相手の両手を押し頂いた。

新九郎を先頭に、覚慶、最後に光秀という順で、乾門に向かって廊下を逆戻りしていく。屋敷の反対側の騒動――兵たちの喚《わめ》き声や鉄のかち合う音が、さらに激しくなっている。今のうちだ。

北側に面する外廊下へと出た。

新九郎が音もなく庭に着地する。そのまま門まで走っていき、閂《かんぬき》を開けた。

「さ、こちらに」

門を出た少し先の春日の森まで来て、さらに覚慶の手を取った。

そのまま急ぎ足で薄闇の杉林の中を進んでいく。今度は新九郎が最後尾になった。

おそらくは六、七町は進んだであろう。

やがて、木立の間から戒壇堂《かいだんどう》の灯明が見えてきた。

その堂の北に位置する木立の中に、予《あらかじ》め馬を繋《つな》いである。

あとは和田惟政の待つ奈良坂の峠まで騎乗の人となって一直線に駆ければ、もう事は成ったも同然だ。

が、その馬を繋ぎ止めてある木立の下まで来たとき、不意に新九郎が足を止めた。

「どうしたのじゃ」

馬の口輪を取りながら、ついせかせかと光秀は尋ねた。

すると新九郎は東の間辺りを見回し、

「ここまで来れば、もう安心じゃ」

「なに？」

「おぬしらは先に、奈良坂まで駆けよ」そう、平然と言い放った。「わしは戻る。愚息がまだ来ぬ」

思わず光秀はかっとなった。

「なにを言う」

ここまで来て、大事な役目を放り出す気か——。

だが、そう非難しようとした次の瞬間、光秀は恐ろしいほどの膂力《りょりょく》で襟元を引き寄せられた。

「よう聞け、十兵衛。わしらにはな、世俗の約束事は関係ない」

「……」

「愚息は死ぬ気の兵庫を抱え、おそらく四苦八苦しておる。ならば今のわしにとって、いずれを救うべきか分かっておろう」

そう淡々と言い放ち、光秀の胸元を摑《つか》んだ手を離した。

直後には新九郎は踵《きびす》を返した。早足にふたたび一乗院へと戻り始める。その後ろ姿が、やがて杉木立の闇に吞《の》まれた。


覚慶が口を開いたのは、奈良坂を半ばまで登ったときだった。

「十兵衛とやら、このたびのこと、痛み入る」

さすがに武家貴族の頂点に立つ貴人ならではの、泰然とした礼の言い方だった。ひとつには、もう追っ手が来ない状況を半ば確信した落ち着きでもあるだろう。

覚慶、のちの義昭、このとき数え年で二十九歳である。

はっ、と騎乗のまま、光秀は頭《こうべ》を低くした。

「大覚寺の義俊からも聞き及んでおった」さらに覚慶は、光秀にとって耳触りのよい言葉を続ける。「そのほう、今でこそ兵部大輔の家人として甘んじてはおるが、そもそも土岐源氏は明智の、正統な嫡流であるそうな」

「はっ」今度こそ、感動とともに声を高くした。「恐れ入りまして、ござりまする」

おそらくは藤孝から義俊経由の吹き込みであろう。ないしは今後の人材の売り込みと言ってもいい。

また、この認識を持っていてくれればこそ、光秀もこの貴人を救い出すために命を張った甲斐《かい》があったというものだ。

だが、ここで覚慶の話題は、急に反転した。

「聞くが、そちと先ほどの『笹の葉』とやら、いかなる間柄にある？」

額から、じわりと汗が噴き出る。

こういう場合、光秀はもう四十も間近だというのに、相変わらずその場を上手《うま》く取り繕う言葉が出てこない。

結局は、愚息と新九郎との関係を簡潔に打ち明けた。

「ほう、単なる友垣《ともがき》と申すか」

これには覚慶のほうが驚いたようだ。

左様で、と恥じ入りながら光秀は応じた。次いで、何故か必死に新九郎と愚息を庇《かば》い立てするような口調になる。

「恐れながら彼らは、一分の義侠心《ぎきょうしん》のみでそれがしに助勢いたしました次第。そこに損得の勘定はござりませぬ。さらに失礼ながら、地下人《じげにん》同様にて口の利きかたも存じませぬ。でありますするからに、先ほどの非礼、なにとぞお許しいただきまするよう……」

覚慶は、しばらく黙っていた。

言ってはみたものの、光秀はその沈黙が気が気ではなかった。さらに額から冷や汗が滴り落ちる。

一面では、もしのちに非礼の咎《とが》め立てがあったなら、そのときは二人の代わりに詰め腹を切ればよい、とは覚悟を決めていた。

あの二人には、何の咎もない。いみじくも新九郎が言い捨てたように、この覚慶が誰であろうと、彼らに世俗の約束事は関係ないのだ。

咎があるとすれば、今宵《こよい》の一件に巻き込んだ、このわしにある……。

しかし、やがて口を開いた覚慶の言葉は、またしても光秀の意表を突くものであった。

「彼らの気持ち、過分に思うぞ」

「は？」

言葉通りである、と覚慶は静かに繰り返した。

「歴代の御側衆ならまだしも、足利家とは縁もゆかりも無き者どもである。卑しき忍びの真似事までしてくれたこと、かえってうれしく思う」

ははっ、と光秀は思わず感動のあまり、馬から転げ落ちそうになった。

と同時に、さすがに血筋は争えぬ、と密《ひそ》かに感心する。

藤孝からも話に聞いて知っている。歴代の足利将軍は、意外にもそのほとんどが暗愚ではない。結果としてたとえ愚かな運命や結末を迎えたとしても、むしろその本来の質は非常な怜悧《れいり》さに富む。

非業の死を遂げた前十三代将軍の義輝然《しか》り。遡《さかのぼ》れば、嘉吉《かきつ》の乱で殺された六代目の義《よし》教《のり》然り、過度の飲酒によりわずか二十三歳で死を遂げた九代の義尚《よしひさ》然りである。

愚劣の極みの政道を敷いたと言われる八代目の義政でさえ、三魔（有馬《ありま》、烏丸《からすま》、お今《いま》）と言われる悪名高き側近たち、あるいは日野一族や伊勢家の跳梁《ちょうりょう》に悩まされながらも、山名宗全《やまなそうぜん》、細川勝元《かつもと》らに政治を壟断《ろうだん》されるまでは、懸命に善政を敷こうとしていた節がある。

ちなみに義政は、民衆の悲惨な生活をよそに豪奢《ごうしゃ》な耽美《たんび》趣味の世界に耽溺《たんでき》し切っていた日々にも、こんな歌を詠んでいる。

さまざまのことにふれつつなげくぞよ
　道さだかにもをさめえぬ身を

この不甲斐ない自己という枠内での客観視こそ（その実態がどうであれ）、逆に言えば、怜悧さの証明でもあろう。

彼らに共通しているのは、外的な要因により自分の理想とする政道を阻まれたために、ある者は自己保全のためにひたすら韜晦《とうかい》の道へと進み、ある者は絶望して酒に溺《おぼ》れ、ある者は強権を発動して逆に騙《だま》し討ちに遭っているという悲惨な末路《ぜいじゃく》だ。

そのすべての悲劇の根は、室町幕府という、その成立当初から脆弱極まりない勢力基盤に発している。

事実、後年に義昭と呼ばれるこの覚慶も、数年後には暗黙裡《り》に信長を敵に回し、壮大な外交包囲網を築いてみせる。愚かで軽薄な将軍だったという後世の評判は、あくまでも彼を追放した織田家側の言いぶんに過ぎない。

しかし……。

光秀は、まだ実感として知らない。

およそ人臣の頂点に君臨する貴人など、単に臣下に担がれるだけの御輿《みこし》として、いっそ凡庸極まりないほうが良いのかもしれないということを。

そしてこの足利家代々に受け継がれた覚慶の血の聡《さと》さが、晩年の光秀を苦悩の決断へと追いやっていく。

峠が見えてきたとき、その頂上から人影が数人飛び出してきて、覚慶の前に平伏した。和田惟政とその郎党であった。

「そのほうども、こたびの働き、大義である」

馬上から覚慶の声が響く。光秀に声をかけたときより、やや尊大であった。それは彼らが幕臣だということも関係しているのかもしれない。

和田惟政はふたたび頭を下げ、すぐに替え馬を引いてきた。

「さ、ご門跡さま、松永らの追っ手がやって来ぬとも限りませぬ。おそれながら、早《と》う早《と》う、こちらの馬へお乗り換えあそばされまし」

光秀はすでに馬を下り、一歩引いた場所からその光景を眺めている。

ふたたび馬上の人となった覚慶が光秀を見遣《みや》る。

「十兵衛よ、そちは来ぬのか」

はっ、と片膝《ひざ》を突き、答える。

「ここにて、待ちまする」

「二人をか」

「御意にございます」

すると覚慶は、少し微笑んだ。

「よしなに伝えよ」

南山城の木津《きづ》に向けてふたたび出発する際、惟政が声をかけてきた。

「十兵衛どの、ご苦労であった」せかせかとものを言うわりには、そのあとに続いた言葉は親切であった。「替え馬を三頭、残していく。細川どのともども、甲賀《こうが》にて落ち合おう」

それでこの惟政が、名は知らぬかもしれないが、光秀に繋《つな》がった愚息と新九郎の存在を認識していることを知った。

覚慶以下の一行が木津方面に向けて慌ただしく去ったあと、光秀は替え馬を林の中に隠した。

そのあと、しばらくぼんやりとしていた。

わしが、苦労であったはずはない。その証拠に、擦り傷一つ負っていないではないか……。

やがて、奈良坂の向こうから、かすかな蹄《ひづめ》の音が聞こえてきた。

二頭だ。

先頭の騎馬が見えてくる。新九郎が手綱を打ち、その背に黒い袈裟《けさ》姿の男がぐったりともたれかかっている。新九郎自身も袖《そで》口が切れ、珍しく返り血を浴びている。

さらにもう一頭が現れる。兵庫が乗っている。雲間から出てきた月が、涙に濡《ぬ》れた頬を照らし出している。こちらの装束は血塗《ちまみ》れだ。

最悪の想像が先走る。まさか愚息が、と思う。

つい走り出していた。

「愚息っ」

そう声を上げながら新九郎の馬の口に取り付いた。

すると、新九郎の背にもたれかかっていた黒袈裟が大儀そうに頭をもたげた。

「騒ぐでない」愚息は顔をしかめながら言った。「傷は負ったが、命に別状はないわ」

思わず胸を撫《な》で下ろした光秀に、新九郎の声が飛んだ。

「まだ、追っ手の心配がある」意外にその口調も冷静だった。「いったん、どこぞに隠れよう」

言われたとおり、道を外れ、奈良坂の木立の奥深くまで替え馬ともども乗り入れた。椎《しい》の巨木の根に愚息を横たえさせ、血塗れの大腿部《だいたいぶ》を看《み》る。血がおびただしく流れ出した痕《あと》に、四、五寸ほどの刀傷が走っている。

ふむ、と光秀はさらに一安心する。

これならたしかに出血で体はだるかろうが、命に別状はない。太ももの外側なので、腱《けん》を切られた心配もない。完治さえすれば、また元通り元気に動けるようになる。

光秀は自分の小袖を引き裂き、大腿部をきつく縛って止血をした。

それから替え馬の背から、水と糒《ほしい》を持ってきた。愚息の頭を起こし、竹筒から半ば強引に水を飲ませる。さらに糒も口に含ませる。ふたたび水を飲ませる。

血が出た分だけ、モノを食わせるのが一番良い。

果たしてしばらくすると、愚息の顔にやや血色が戻ってきた。

と、それまで黙って成り行きを見ていた兵庫が、いきなり飛び退《の》くようにして、藪《やぶ》の中で土下座を始めた。

「もうしわけありませぬっ」

そう喚《わめ》き、

「面目ありませぬっ」

さらには、

「わが身の考えなしの行い、かえって足手まといになり申した。お詫《わ》びのしようもござりませぬっ―」

と、さらに米搗《こめつ》き飛蝗《ばった》のように何度も頭を下げ続けた。

地べたに頬が擦《こす》れ、涙で濡れた跡にくっきりと泥が付く。その必死の形相にも拘らず、ひどく間の抜けた顔になる。

これにはつい、光秀も新九郎も笑った。

「この馬鹿はの――」

愚息も仕方なさそうに苦笑いを浮かべ、口を開いた。

「黙っていてもいつか人間は死ぬことを、知らぬと見える。わざわざ先急ぐこともあるまいに」

はっ、と恐縮しっぱなしの兵庫は、さらに顔を擦り付ける。

「おかげで、こっちが傷を負うたわい」

「まことに、面目ありませぬ」

まあ、いい――。

愚息はそうつぶやいて、光秀をじろりと見上げた。

「わしはの、この馬鹿には怒ってはおらぬ」

一瞬、光秀はその眼光に怯《ひる》んだ。

つい、言わずもがなのことを口にした。

「藤孝どの、か」

愚息はわずかにうなずいた。

「その気の人間の背を押して、何の義理もない死地へと飛び込ませる」愚息は静かに言う。「いかに方便とはいえ、それがどれほど陋劣《ろうれつ》なことかは、おぬしにも分かっていよう」

「……」

「わしは、もうかの御仁には会いとうない。金輪際だ」

そう、静かに断言した。

新九郎と目が合う。

「おぬしもか」

つい縋《すが》るように聞いた。

まあ……と、新九郎は口ごもる。「愚息はな、わしが気乗りせぬことを、未《いま》だかつて言ったこともやったこともない」

「だから？」

「おぬしも知っていよう」ふと新九郎は苦笑した。「わしはな、この男にアタマを預けっぱなしで生きておる。そしてこれからも当分は、それでいいと思っておる」

つまりは、それが答えだった。

光秀は不意に孤独を感じた。何故かこの二人が、遠くに離れていくような気がした。

わしは、と思わず口にした。

「わしはいったい、どうすれば良いのだ」

すると愚息は少し笑った。

「答えは初めから出ておる」そう、すっきりとした口調で言った。「十兵衛よ、おぬしはおぬしの道を生きよ。何が正しくて何が間違っているというわけではない。わしらとおぬしでは、最初から歩いて来た道が違う」

「――どう、違うのだ」

そう光秀が問いかけると、愚息は眼を細めた。

「わしらはの、この兵庫も含めて気楽な身分よ。これまでもこれからも、わが身一つの面倒さえみればよい立場じゃ。増えたところで、せいぜい嬶《かか》と子どもぐらいなものであろう」

「……」

「だが、おぬしは違う」愚息は断言した。「人は、わが身一つでも持ち余りがするというのに、おぬしは一族のぶんまでそれを背負い込もうと、今を生きている。これからもそうであろう。また、それがおぬしの星じゃ。であればこそ、わしも新九郎も何かにつけて助勢する気になる」

言いながらも愚息はゆっくりと身を起こした。傷が障るのか、多少顔をしかめている。

「さ、兵庫よ、馬を引け。追っ手の捜索が来ぬうちに、ここを去《い》ぬぞ」

はっ、と兵庫が平伏し、いそいそと三頭の馬を引いてくる。

馬上の人となった愚息は、光秀を見下ろしながら言った。

「おぬしは、行け。門跡のもとへ。そして翼を摑《つか》め」

しかし、と光秀はうろたえつつ、口ごもった。「しかし、これで終わりというわけではなかろうな」

「なにがじゃ」

「じゃから、もうわしにも金輪際会わぬというわけでは、なかろうな？」

するとと愚息は苦笑した。

「わしはの、意外に吝嗇《けち》でな。しかも、釈尊もお嘆きになるほどに執念深い」

「……どういうことだ」

「ひと月前の約束、忘れたか」言いつつも、さらに皓《しろ》い歯を見せた。「黄金五枚、はたまた十枚。いつになるかは分からぬが、それまでは期待しておるぞ、十兵衛」

これには、つい光秀も笑った。

これがこの男の良さだ、と感じる。気持ちを裏切らない限り、決して相手を見捨てない。

愚息たち三人が去って、しばらくしてから光秀も馬に乗った。

ぽくぽくと馬を打たせながら峠を越え、南山城へと坂を下ってゆく。木津川まで出て、さらに東路を取り、甲賀郡へと抜けていくつもりだ。

甲賀には、和田惟政の館がある。そこに覚慶もいる。

ふと笑う。

さきほど、「翼を摑め」と愚息は言った。

明らかに覚慶のことを示している。この未来の将軍の元で、光秀が持つ才幹を存分に花開かせよ、と伝えてきている。

むろん、そのつもりだった。

ある意味、その是非はともかくとして松永弾正の通ってきた道でもある。弾正ごときに出来て、わしに出来ぬはずがない、とも感じる。

それに、と感慨深く思う。

いみじくも愚息が言ったように、わしだけのためではない。わしの離散した一族のためなのだ。

やがて夜明け前に、木津川のほとりに出た。

もうひとつ思い出し、今度は一人、声を上げて笑った。

よしなに伝えよ——。

未来の将軍は、光秀にそう言付けた。すっかり忘れていた。

が、構うまい。

あの二人にそんな言葉を伝えたところで、せいぜい、

「ああ、そうかい」

と、鼻で笑うのが関の山だろう。

第四章　択一

1

政治という潮流の余波とは、こういうものなのだろうか――。

「しかし、変われば変わるものじゃな」

そう新九郎が半ば呆《あき》れたように嘆息すると、

「まったくもって」

と、十兵衛も苦笑した。

新九郎の脇に座っている愚息も、単に笑っている。


ときに、永禄十（一五六七）年の秋である。

この数年、京を去ってからの十兵衛の変転は凄《すさ》まじい。

そして変転のたびに、十兵衛は京に出てきて義昭の上洛《じょうらく》を可能にするために様々な人間に会い、ついでに、こうして愚息と新九郎の草庵《そうあん》にも必ず足を運んでくる。

永禄九年の二月。覚慶が還俗《げんぞく》して義秋と名乗り、南近江の矢島に二町四方の規模で水《すい》濠《ごう》に囲まれた御所を作ると、十兵衛は義秋の昵懇衆として引き立てられた。

同年四月、義秋は従五位下《じゅうごいのげ》・左馬頭《さまのかみ》に任官する。次期将軍になることを見据えてのことだ。

相前後して、十兵衛の動きもさらに活発化する。越前や越後、若狭などに義秋の使者としてしきりに赴き、上洛の協力要請を行う。

しかし同年の夏、南近江の六角氏が三好三人衆と内通したのを受けて、義秋一行は矢島御所を捨て、若狭へと一時避難する。さらに同年九月、越前の朝倉氏のもとへと移る。義秋を義昭と改名する。

それ以前に十兵衛は、御相伴衆《おしょうばんしゅう》としての活動も続けながら、義秋の紐付《ひもつ》きで越前の朝倉家へ仕えている。ちょうど義秋が従五位下・左馬頭に任官したころだ。

次期将軍から下されたこの連絡官に対して、朝倉家の用意した禄《ろく》は五百貫、約千石強である。

新規召し抱えの家来の家禄としては破格に高いが、かと言ってそれは義昭の紐付きの連絡将校という要素ではなく、光秀個人の能力・力量を高く評価されたことが大きい。

その証拠に朝倉義景は、一年が過ぎた後も義昭を担いでの上洛には意欲的ではなかった。

しかし、このときも新九郎は思ったものだ。

以前の十兵衛の落魄《らくはく》ぶりを思えば、それでもたいしたものではないか。身なりもずいぶんと立派になり、郎党の二、三十人ほども抱えられる身分になったのだから、と。

事実、この噂を聞きつけたかつての郎党――甥《おい》である明智左馬助秀満《さまのすけひでみつ》、溝尾笙左衛門《みぞおしょうざえもん》茂朝《しげとも》などが、光秀の元に次々と馳《は》せ参じて来たという。

が、その感想に対して愚息は首を振った。

「あやつは、これしきでは満足すまいよ」

「まあ……そうか」

意味は新九郎にも分かる。

十兵衛の志は、自分の立場のみを自足させることではない。往年の土岐明智一族の繁栄を取り戻すまでは、あくまでも上昇志向に徹するであろう。

この時期と相前後して、織田上総介信長の長年の悲願であった美濃攻略が、ようやく実を結ぶ。

永禄九年には西美濃一帯を手中に収め、翌永禄十年には、ついに美濃国主の斎藤龍興を破り、尾張・美濃二ヵ国の太守となる。その石高は二ヵ国を合わせ、おおよそ百十万石である。

この時点で、京の近隣諸国では朝倉氏を抜き、最大規模の戦国大名が出現した。同時に信長は、美濃の国府であった『井ノ口』を『岐阜』と改称する。

十兵衛はこの時も岐阜を密《ひそ》かに視察した後、京まで足を延ばしてきた。

そして今、こうして新九郎と愚息の前に座っている。

十兵衛は言う。

故実に詳しく明敏な者なら、この改称から信長の今後の方向性を推し量ることは難しくはない、と。

ふむ、と愚息が軽くうなずき、

「察するに『岐』とは岐山《きざん》から取ったものか」

そう聞くと、左様、と十兵衛もうなずいた。

ん――？

意味の分からない新九郎に、十兵衛は説明した。

岐山とは唐国のほぼ中央にある山で、今から二千五百年ほど前に古代中国を統一した周王朝の発祥の地である。以来八百年、この王朝が栄えていたときに、現在の唐国土のすべての基礎が出来上がった。

さらには最近になって信長が使い始めた変わった印形の話を伝えた。

天下布武《ふぶ》。天下ニ武ヲ布《し》ク……。

つまり、と十兵衛は続けた。

「上総介信長は、天下に強い意思がある。事実、わしらが初めて出会った一年半前にも、前将軍の義輝様に拝謁するために上洛してきている。このたびの国府の改称や印形を見ても、天下への意思を激しく持ち続けている。この勢力を利用せぬ手はない」

そこで十兵衛は、もう一度二人をまじまじと見た。

「……わしは、その信長に仕えようと思う」

「なんと――」思わず新九郎は口を開いた。「せっかく仕えた朝倉氏を、袖《そで》にするというのか」

新九郎はここ数年、しばしば吉岡兵法所へと出向く。あの八坂の一件以来親しくなり、直光からその人となりを見込まれた新九郎は、吉岡の家業である染物屋が忙しいときなどに代稽古《だいげいこ》をつけることを頼まれている。

そこでも、この尾張の成り上がり大名の噂は折に触れて出る。たしかに勢いはあるが、やることなすこと常識的ではなく、気性激烈で、およそ心というものが何処についているか分からぬ人物、という評価がもっぱらだった。しかも部下の懈怠《けたい》、過失については容赦なく責め立て、それまでの身分や所領を取り上げるとも聞く。小者《こもの》程度の者なら平然と手打ちにすることすら、しばしばあるという。

仕える身としては、そんな主人の意に沿おうと努めるくらい、気苦労の多いものはないだろう。

「新たな仕官にしくじれば、また牢人《ろうにん》するのだぞ」

新九郎は念を押すように言った。

「仕方がない」それは十兵衛も覚悟の上らしく、重々しくうなずいた。「わしももう四十を過ぎた。このまま義景どのの元にいても、無為に日を過ごすばかりじゃ。実はこのたび、その下調べで美濃まで行ってきたのだ」

助けを求めるように新九郎は愚息を見た。自然、十兵衛も愚息を見る。

「愚息よ、思うところはあるか」十兵衛がさらに口を開いた。「わしがこうして京まで足を向けたのは、おぬしらの忌憚《きたん》ない意見を聞くためでもある」

愚息はしばらく黙っていた。

やがて口を開いた。

「まあ、わしがおぬしでも、そうするであろうな」

そう、賽《さい》でも放るように軽く言った。

「おいおい、愚息よ」

新九郎はますます慌てた。しかし愚息は構わず先を続ける。

「土岐明智氏と足利家の再興——その二つを考えれば、今の織田家のありようほどうってつけの大名はあるまい」

「そう、思うか」

すると愚息は少し笑った。

「おそらくはもう、藤孝どのや義昭どのとも相談して、その仕官の筋道も考えているのであろう」

十兵衛は大きくうなずいた。

「むろんじゃ」

愚息は、さらに苦笑した。

「なら、世捨て人のわしにここまで言わせることもあるまい」

いや、と光秀は軽く頭を下げた。「……であるが、さらに、もうひとつ聞きたい」

「なんじゃ」

「おぬしがもし上総介信長どのだとして、義昭様からの紹介状を持っていけば、わしをいかほどで召し抱える」

このときも、愚息はしばし無言になった。

が、ややあって愚息の吐いた言葉には、新九郎は一瞬耳を疑った。

「まずは朝倉どのの禄の三倍、つまりは最低でも新規三千石では召し抱える。……じゃが、その禄でも今の織田家にとって、おぬしの価値は安かろう。まずは五千石。あるいはそれ以上」

思わず新九郎は口走った。

馬鹿な、と。

「そんなことがあるわけなかろう」憤然としたあまり、さらに言葉を続けた。「いったいどこの大名が、何の功も上げていない新参者に、そんな侍大将なみの大封をいきなり用意するというのだ」

が、そんな新九郎の疑問にも、十兵衛は笑顔を絶やさない。

「やはり、おぬしもそう見るか」

そう愚息に問いかければ、

「当然であろう」と、愚息も返した。「さらにはこの俸禄も、おぬしの力量次第では、すぐに倍増していく」

十兵衛はふたたび静かに笑った。

「……いや、そこまで聞ければ、もう充分だ」

「そうか」

十兵衛は満足げにうなずいた。

「わしや藤孝どのの読みと、見事に一致している。おぬしの口からもそう聞ければ、これでほぼ確信を抱ける」

しかし、新九郎にはその二人のやり取りの意味が、まったくもって分からない……。

十兵衛が庵《いおり》を辞するとき、その門前まで新九郎は見送った。

そうそう、新九郎よ、と十兵衛は馬の口を取りかけ、不意に何かを思い出したように軽く口を開いた。

「おぬし、四つの椀《わん》の謎は解けたか？」

新九郎は少し苦笑し、首を振った。

「もうとうに、諦《あきら》めておる」

そうか、と十兵衛も笑う。

「お互い、凡じゃの」

言い捨て、軽く新九郎に会釈すると、すぐに馬上の人となった。

十兵衛が帰った後、新九郎は愚息に訊《たず》ねた。

先ほどからずっと思っていたことだ。

何故、織田家に対して何の功績も無い者が、そこまでに厚遇されるのか、と。

すると愚息は眼を細めて笑った。

「十兵衛、あやつはな、おそらくは複雑な気持ちながらも、この時を密かに待っておったのじゃよ」

「は？」

「じゃから、信長が美濃を併呑《へいどん》する時期をだ」

「……どういうことだ」

「あやつの土岐明智氏はな、十数年前、斎藤道三に与《くみ》したために滅び、一族は離散した。その道三を滅ぼした斎藤義龍、龍興の時代には、帰ろうと思っても美濃には帰れなんだ」

さらに愚息の話は続いた。

道三の時代、尾張の信長とはその愛娘・帰蝶《きちょう》を輿入《こしい》れさせたこともあり、比較的友好関係を保っていた。それどころか信長が尾張全土を平らげていく際には、道三は後詰《ごづ》めの兵を惜しげもなく送り、逆に信長も道三が滅びかけた際には、兵五千を率いて救援に駆けつけようとさえした。つまりは両国の間で、ごく自然発生的に同盟関係が出来上がっていたことになる。

さらには帰蝶の生母である小見《おみ》の方《かた》は、明智城城主の光継《みつつぐ》の娘である。この光継の長子の名を光綱《みつつな》と言い、これが十兵衛光秀の実父……となれば、十兵衛光秀と信長の正室は、祖父母を同じくする従兄妹《いとこ》同士ということになる。

考えてもみよ、と愚息は言う。

「上総介信長に、いかに忍人《にんじん》（非情人）との噂があろうとはいえ、道三に対して最期まで忠義を尽くした明智一族を、快く思わぬはずが無いではないか。しかも十兵衛と信長の室は従兄妹同士でもある。おそらくは信長も、明智一族の悲惨な末路は、室からの寝物語で散々聞いておろう。その象徴が、本来は土岐明智氏の総領であったはずの十兵衛だ」

し、しかし、と新九郎はなおも掻《か》き口説くように言った。

「その義理を含めても、いきなり十兵衛に五千石ということは、あまりにも夢物語に過ぎる。ありえぬ」

しかし愚息は、

「信長はな、大うつけと言われながらも、この十数年で領土を四、五倍にまで広げてきている」と、そんな新九郎の言葉が聞こえなかったかのように、さらに続ける。「それは戦術も然《さ》ることながら、戦略もあるということだ。ようは、内外への政治力がある」

「だから？」

「十兵衛は、その内外への政治の駒に、うってつけなのだ」

さらに意味が分からなくなる。

愚息はそんな相手にやや焦《じ》れて、さらに語った。

まずは義昭の昵懇衆としての価値。そんな男を配下に持つことは、義昭を奉戴《ほうたい》して上《じょう》洛《らく》を考える織田家にとっては大義名分上、朝倉家よりも何倍の価値もあろう、と。

さらには十兵衛個人の能力と実績を説いてきた。兵術兵法にも優れ、見目涼しく挙措穏やかで、尾張や美濃あたりの味噌侍《みそざむらい》とは違い、室町風の典礼故実にも精通している。京洛や畿内の情勢に明るく、諸国も巡り歩いている。各地の勢力を分析する経験も知識も豊富にある。上洛した際には、織田家の対外折衝役としてはうってつけの人材にもなる。

が、なおも新九郎は言った。

「しかし、それなら義昭どのの幕臣にも、和田どのや藤孝どのなど、格好の人材がいるではないか」

「まだ、わしの話は終わっとらんわい」

愚息は顔をしかめた。

「もうひとつ、織田家の内向きの事情もある。これは十兵衛の利害とも一致するが、信長は美濃を併呑《へいどん》して日が浅い。各地にはまだ抵抗を続けている在郷の氏族や、今までの織田家のやり方に不信感を持つ者も多い。つまりは人心が安定しておらん。じゃが、ここでもし十兵衛を破格の禄《ろく》にて召し抱えれば、本来は故道三に忠義を尽くした土岐源氏名流の嫡孫じゃ、厚く遇しても、美濃国内からの不満はどこからも出まい。それどころか十兵衛の元には、それら不満分子も含め、国内の郎党縁者がさらに続々と集まってくるであろう。当然、十兵衛も喜んで迎え入れる」

「あ――」

「信長にとっては土岐一族からの不信感を払拭《ふっしょく》する契機にもなり、不満分子の吸収もできる。かつ、十兵衛を頂点に血縁で繋《つな》がった強固な地場勢力を、一挙に織田家の子飼いとして内部に取り込むことも出来る」

愚息はふたたびにやりとして、

「どうじゃ、これでもまだ十兵衛が破格に処遇されることに、疑問があるか」

ようやく新九郎は口を開いた。

「しかし、それならば何故、最初から織田家に仕官しなかったのだ」

「じゃから、時を待っていたのよ」

「とは？」

まだ分からぬか、と愚息はさらに言った。

「織田家が尾張一国のみの主《あるじ》であるときに仕えても、信長には、他国者《よそもの》のあやつに分けてやるだけの所領も必然もないわい。また、故郷の美濃が尾張と敵対している限り、馳《は》せ参じてくる郎党・縁者もおらぬ。そのことは十兵衛にも充分に分かっておったはずだ。そして、尾羽うち枯らした状態のまま従兄妹の婿に微禄で仕えることは、あやつの矜持《きょうじ》が許さぬ。最初から一手の将として仕えたほうが、織田家内部での心証も、のちのち出世したときに違ってくる。ならばまだ、それまではいっそ朝倉家などの完全な他家に陣借りしていたほうがましというものだ」

「……ふむ」

「物事は常に両輪で動く。演じ手がいて、見る者がいる。担ぎ手がいて、その御輿《みこし》の上で踊る者がいる。それで初めて動き出す。ある意味で、十兵衛は自分の価値を高めるためにずっと動いてきた。そしてようやく義昭どのという翼を手に入れた。じゃがの、鳥も片翼だけでは飛べぬわい。十兵衛にとっての朝倉氏は、もうひとつの翼にはなりえなんだ。が、ここにさらに別の翼を持つ男が現れた。相手もまた、十兵衛という翼を欲しがっている。そういうことじゃ」

新九郎は、しばらく何も言えなかった。

ようやく、ひと言つぶやいた。

「なにか、いまひとつ納得がいかぬ。嫌な気分だ」

「そう言うでない」

愚息もしかし、そう窘《たしな》めたわりには、やや寂しげな表情をした。

「あやつも自分が何をしているか、充分に分かっているはずだ。気楽なわしらとは違い、他人の人生も背負っている。だから最初に、複雑な気持ちながらも、と言った」

「……なるほど」

「いずれにしても、演者でもないわしらがとやかく言う筋合いではない」

そう、話を締めくくった。

2

光秀は今、湖東の大地を圧するほどの軍馬の中にいる。

織田家の旅塵《りょじん》の中にある。

徳川軍を加え三万八千になった軍勢は、つい先日、美濃の岐阜城下を出立《しゅったつ》した。近江に入った時点で浅井軍六千が合流し、四万四千という途方もない大軍に膨れ上がった。

そのまま浅井領の南部を、まるで巨大な龍がうねり這《は》うように粛々《ぼうぜん》と行軍していった。

自軍ながらも、そのあまりの数の膨大さに、さすがに光秀も呆然とせざるを得ない。

時に永禄十一（一五六八）年の八月十一日——。

夕暮れが迫り、琵琶の湖に傾いた陽が差した。落日は、はるか西岸に霞《かすみ》たなびいて見える比良《ひら》山地の向こうに呑《の》みこまれていく。

やがて軍営の随所でおびただしい篝火《かがりび》が焚《た》かれた。

その篝火のすぐ先に、愛知川《えち》が流れている。

この東近江の愛知川の東岸までが、浅井氏の勢力範囲である。現在で言えば滋賀県彦根市の最西端に当たる。渡河をすれば、もうそこは六角氏の領土である。

愛知川以西の東近江から湖南地方にかけての六角氏の領土は、今で言う東近江市と近江八幡《おうみはちまん》市を中心に、南は日野や甲賀の山岳地帯まで及び、対して西方は琵琶湖の最南端——草津や大津辺りまでを、その勢力圏に含む。

この湖南地方は、見渡すばかりの水田風景の中に、五十丈から百五十丈ほどの高さの小山が、ぽつんぽつんと点在しているのが地形上の特徴である。

その小山の山頂や中腹に、六角氏は長い年月をかけて次々に山城を築城してきた。本城である観音寺城を繖山《きぬがさやま》の中腹に築いたのを手始めに、十八もの支城を作った。

むろんそのなかには砦《とりで》や居館程度の小さな山城もあるが、今、光秀の視線のはるか向こうにある山城は違う。こんもりした小山の頂には石垣を組み、曲輪《くるわ》を囲い、土塁を幾重にもめぐらした本格的な城郭がある。

和田山城である。

さらにその背後には、和田山を覆いこむようにして広大な尾根を広げ、巨大な影を落として聳《そび》え立っている丘陵が、暮夜の中にぽっかりと浮かんで見える。

六角氏の本拠、観音寺城のある繖山だ。

この山城は、全山に亘《わた》って要所要所に長大な石垣を連ね、その石垣と連携させた曲輪を千箇所以上めぐらしてある。ようは丘陵全体が巨大な針鼠のような、難攻不落の城《じょ》塞《うさい》と化している。この日の本でも、屈指の規模を誇る山城である。

さらにこの繖山の左隣にも、こんもりとした小山が連なっている。

ここにも箕作《みつくり》城という、和田山城同様の城郭を備えた山城が聳え立っている。

光秀はその暮夜の風景を眺めながらも、おそらくはこの三つの山城の周辺が今回の主戦場になるだろう、と読んでいた。

勝てるか、と言われれば、光秀は織田軍の最終的な勝利には疑問を抱いていない。

なにせ動員能力が桁違《けたちが》いなのだ。

織田軍の四万四千に対し、六角軍の動員能力はどう考えても封土の規模からして一万前後が限度であろう。

ただし、その勝ち方が問題なのだ、とさらに考える。

……が、まあ、それはいい。

現段階でそれは、この織田軍の頂点に君臨する信長自身が考えることで、新参者の将校である光秀が考えることなどではない。

それにしても、とつい感慨にふけってしまう。

このわずか半年間の我が身の変転を思うに、まるで夢のようだ――。

事実、織田家と接触を持ち始めてからわずか一年に満たぬ間に、光秀の境遇もさらに大きく変わった。

と覚えている。

義昭からの紹介状を持ち、信長に初めて拝謁したときのことを、光秀は今もありあり
「十兵衛、よう参った」

そう信長は大広間の高座に座るなり、声を放った。義昭からの使者としての初めての接見の場であるというのに、室町風の典礼を一切無視した、まさしく放ったとしか言いようのない野放図な喋《しゃべ》り方であった。

「音には聞いていた。兵介《ひょうすけ》や一鉄《いってつ》、伊賀守《いがのかみ》。喜んでおる。さ、近う寄れ」

声甲高く、逆順にものを省略して言う癖は、すでにこのころから徹底していた。

兵介とは故道三に仕え、今では信長に近侍している猪子《いのこ》兵介のことだ。さらには稲葉一鉄に、安藤伊賀守らからも、光秀の噂はかねてから聞いていた、ということだろう。それら土岐一族の名のある武将たちが、自分の来訪を喜んでいるという意味なのだと、光秀は推測した。さらに察するに、信長当人も喜んでいるらしい。

それにしても、と光秀は平伏しながらも密《ひそ》かに思う。

その言葉のわりには、どこに感情があるのかというような無表情な顔をぶらさげたまま、光秀をじっと見ている。しばし、言葉もない。

あまりにも無言のまま見つめられるので、光秀は緊張のあまり、額にじんわりと汗をかき始めた。近年とみに頭髪が薄くなり、よけいに頭部の汗が目立つようになった。

ややあって、

「そちは、汗かきか」

今度はそんな声が飛んできた。

はっ、と光秀はふたたび頭を低くした。予想だにせぬ問いかけに、ふたたび調子が狂う。腹も立つ。そんなことは、どうでもいいことではないか。

しかしながら答えざるを得ない。しかも生真面目な光秀の性《さが》として、より正確に……。

「恐れながら、三十の半ばを越したころより、ひどく頭部に汗をかくように相成ってござりまする。さらには緊張いたしまするると、より甚だしく……」

直後に信長は、
きゃはっ、
と笑った。

さらに、

「で、あるか」

と満足そうにつぶやいた。

人の身体的な特徴を直《じか》に聞いてくるその非礼さ。辺り憚《はばか》らぬ餓鬼《がき》同様の笑い声。まるで野人だ、と感じる。

おおよそ大名の子として生まれ、いったいどういう育ち方をすれば、こういうふうな人物に出来上がるものなのか。

しかし、ふと見上げると、信長のその顔がまだ笑っている。どうやら自分の答え方の何かが、この男の諧謔《かいぎゃく》のツボをいたく刺激したらしい。

なおも笑みを湛《たた》えたまま、信長は言った。

「わしはの、汗っかきが好きじゃ。わしも汗っかきじゃ」

さらに放り出すように言葉を続けた。

「汗をかかぬ男は好かぬ。分かるか」

光秀の頭は戸惑いつつも、しばし回転した。

つまりは信長同様、汗をかくほどに何事にも必死に取り組む家臣が好きだということであろう。その上で成果さえ残せば、どのような前歴や身分の男でも重用する。逆に代々の家臣であろうと、懈怠《けたい》する者、無能な者には見向きもしない。容赦なく切り捨てる。

……噂どおりだ、と思う。

十数年前に織田家に小者として仕えた木下藤吉郎は典型的な浮浪上がりで、ときには野伏《のぶせり》の一味に身を投じ、ときには針売りの行商で口を糊《のり》し、一時は美濃不破《ふわ》郡の窯元で奴隷として身を売っていたことさえあると聞く。

その同じ男が、美濃攻略の西美濃三人衆の調略や墨俣《すのまた》城築城の際には華々しい実績を上げ、今では一手の大将として活躍している。

甲賀生まれの滝川一益《たきがわかずます》の前歴にいたっては、ある意味でさらに救いようがない。元々は乱破《らっぱ》であるともいわれている。六角氏に微禄で仕えたときに同僚を刺し殺し、故郷を出奔。身を寄せた叔父《おじ》の家でも側室を寝取った挙げ句、その諍《いさか》いから叔父を殺している。ここにもまた居られなくなり、堺まで流れていたときに信長と知り合った。

そんな男も去年、今年と伊勢攻略の先鋒《せんぽう》として戦い、手練手管を尽くした調略・戦術により伊勢の国司・北畠具教《きたばたけとものり》を見事に下している。

すべて、この信長の凄《すさ》まじいまでの抜擢《ばってき》人事の成果である。

そこまでを素早く考えた直後、光秀はふたたび頭を低くし、今後の織田家と足利将軍家の紐帯《ちゅうたい》のために微力ながらも尽力する所存、さらには織田家に仕える以上、来るべき上洛《じょうらく》のために粉骨砕身する旨をはっきりと、しかし挙措正しく伝えた。

また、光秀自身、密かにその自信もあった。

なんの、浮浪上がりの藤吉郎や人殺しの一益など、その前歴を持つに至った性根の卑しさに比べれば、わし自身の実力、そして美濃での濃厚な血縁勢力の前では、いかばかりのことがあろう……。

信長は、さらに満足したらしい。

「もそっと、近う寄れ」

そう言って扇子で光秀を無造作に手招きした。

「聞こう。おぬしの意見を」

この礼儀知らずが、とふたたび光秀はむっとする。

わしは、猿回しの猿ではないわ——。

だが、相手に悪意がないのは分かる。むしろその表情や仕草から、自分に非常な好意を持ち始めていることが伝わってくる。感情が全身から剝《む》き出しになるのも、逆に制御が出来ないのも、この男の特徴なのだ。

仕方なく、光秀はさらに上座に向かって擦り寄っていった。

信長は質問を次々と繰り出した。京の情勢、三好三人衆や松永の人となりや、その軍団の特徴、また京に至るまでの障害である六角義賢の人物とその実質的な勢力、さらには有力家臣である蒲生氏や、果ては近江佐々木氏の分かれである乾氏のことまで、よくぞここまで調べ上げたものだと、光秀も半ば呆《あき》れるほどの細部にわたる長い問いかけが、半刻に亘《わた》って上座から降り続けてきた。

しかし光秀は、その一つ一つの質問に対し、まずは一般的な世間の評価を述べた後、次に光秀自身が実地で見て肌で感じた濃厚な主観を交えて語った。時にその二つの視点は、相反することもあったが、光秀は構わずに話し続けた。

というのも、光秀が主観を交えてその人物や情勢を分析してみせるときに、信長の笑みはさらに深くなっていったからだ。

光秀は話しながらも思った。

この男、分かっている。

わしの言う意味を、その意図を、完全に理解している——。

おそらくは相手もそう感じているであろう。

光秀は、ある種の感動さえ覚えていた。

およそ人としての快楽で、聞くほうも話すほうも、完全に相手の言葉をその機微《ニュアンス》・呼吸から理解しているという状態ほど、気持ちのいいものはあるまい。

自然、情勢分析をする弁舌にもさらに力が籠《こ》もった。

諸記によれば、この対面はなんと二刻に亘って続いたという。

ついに信長は大きく笑み崩れ、いかにも愉快そうに言った。

「十兵衛、ぬしはなかなかのものじゃな」

さらにこう付け足した。

「さすがに地縁もない越前で、新規五百貫で召し抱えられるだけのことはある。兵介らも騒ぐだけある」

はっ、と光秀はさらに頭を低くして、平伏した。

このおれという人間を迎え入れるにあたって、そこまで調べ上げているのか……。

「恐れ入りまして、ございまする」

すると信長はなおも笑いながら、目を細めた。

「じゃが家中からの嫉妬《しっと》も、劣らず受けたであろう」

これには光秀も、思わず言葉に詰まった。

その通りだった……戦国大名としての朝倉家の歴史は古い。五代百年にも亘って、越前一乗谷で栄えてきた。それだけにこの光秀の破格の新規召し抱えを快く思わぬ旧臣家老も多く、事あるたびに謂《いわ》れのない讒言《ざんげん》に苦しんだ。

しかし光秀もいい歳の大人ゆえ、男としての見栄もある。さすがに愚息や新九郎には語らなかったが、これまた妻の熙子には、ぐちぐちと長ったらしく、泣き言を並べた。これも、さらには昨年、美濃稲葉山の陥落を受け、義景の元に斎藤龍興が流れてきた。これもそれら老臣の手引きと強い推挙があったとも聞く。

明智一族を滅ぼした斎藤家と席を同じくすることは、嫡流である光秀には耐えられぬことであった。

この際、いっそ朝倉は諦《あきら》めて信長に仕えようと思い至ったのには、そういう理由もある。藤孝や義昭はむろん、熙子も諸手を挙げて賛成してくれた。

しばし無言であったが、信長はまたじっと光秀を見つめている。何か言わなくてはならない。

「新参者には、いかなる地でも苦労はつきものでありまする」

ようやく苦い記憶とともに、それだけを口にした。

すると信長は、

「違うぞよ、十兵衛」

と、刺すように言った。

「わしの織田家には、やっかみで讒言するような不心得者はおらん。また、その暇もない。わしが与えぬ」

「はい」

「――これ、たれかある」

信長は両手を打ち鳴らした。

すかさず小姓が屛風《びょうぶ》の陰から姿を現し、信長の前に片膝《ひざ》を突く。

「御前に――」

「奥の文箱《ふばこ》を持ってこい。三つ目だ」

小姓は歯切れ良い返事とともに、すぐに広間の外に退いた。

光秀には、三つ目、というその言葉が引っかかった。

この謁見に際し、上座の男は予《あらかじ》め、光秀をいかほどの家禄《かろく》で抱えるか思案したはずだ。

そして幾通りかの条件を、前もって用意した。

おそらくはそれが、三つの文箱に分かれて入れてある……。

そして今、光秀にこうして会い、その人物を確認し、直後に処遇を決めた。

自然、鼓動が高くなる……。

すぐに小姓が戻ってきて、信長に漆塗りの黒い文箱を捧《ささ》げる。

その蓋《ふた》を無造作に開け、中から書状を取り出しながら、信長は子どものように笑った。

「十兵衛、おぬしには美濃安八《あはち》郡、四千五百貫の知行を取らす」

言うなり、朱印状をぴらりと、光秀の前に放るようにして差し出した。

一瞬、光秀はわが耳を疑った。

四千五百貫といえば、石高換算ではほぼ一万石に匹敵する。後世で言えば、小さいながらも大名級の処遇である。

しかし、いったい誰が、まだ何の実績も示していない新参者にこれほどまでの待遇を与えてくれるというのか。

聞くところによれば、家中随一の出世頭とされる木下藤吉郎でさえ、尾張半国の当時から織田家に仕えているというのに、まだ二千五百貫の知行しか与えられていないのである。

「――いや、これは……」

と、さすがに光秀は度を失った。

「なんじゃ、十兵衛」

壇上の男が畳の上に落ちた朱印状を顎《あご》で示し、ふたたび笑う。

「これでは不満だと申すか」

と、とんでもございませぬ、と光秀は慌てた。さらに額から汗が噴き出る。

思わず上ずった声を出した。

「かほどまでに遇していただけるとは、この十兵衛光秀、身に余る光栄でございまする」

「励め」信長は鋭く言葉を吐く。「美濃は武辺者《ぶへんもの》の産地と名高い。まずは昔の郎党縁者から厳選して集めよ。他にも有能なものを取り立てよ。わが配下でも、最強の軍団を作り上げるのだ。これは、いわばその元手じゃ」

「はっ」

「功を成せ」さらに信長は片膝を乗り出すようにして、宣言した。「さすればこの所領に及ばず、往年の明智一族の隆盛が数年のうちに来ることは、このわしが請け合おう」

「ありがたき、幸せ」

光秀は今度こそ、本当に畳の上に這《は》いつくばった。


……いかに義昭の紐《ひも》付きとはいえ、さらには美濃源氏の名流とはいえ、新参者がいきなり新規四千五百貫で召し抱えられたという事実は、織田家内部でも衝撃をもって囁《ささや》かれた。

やがてその噂は美濃尾張に及ばず、近隣諸国にまで伝わり、光秀の元には朝倉家の時代にもまして、他国に離散していたかつての郎党縁者や郷里の者、美濃の他家から鞍替《くらが》えを希望する者たちが続々と集まり始めた。

その数、約八百名。

しかし一万石では、どんなに頑張ったところで、三百名を養うのが精一杯だった。

光秀はまず、かつての郎党縁者の中から、これはと思う人物を優先して召し抱え始めた。その選考を、明智左馬助秀満や溝尾笙左衛門茂朝らと共に行った。

まず一族譜代衆では、主だったところで、明智光近《みつちか》、明智孫十郎《まごじゅうろう》、明智光忠《みつただ》、池田《いけだ》輝《てる》家、奥田景綱、可児才右衛門、肥田家澄、藤田藤次郎、藤田行政、三宅秀朝、森勘解由などを率先して採用した。

それら集まってきた懐かしい顔を見るたびに、何度も光秀は涙ぐみそうになった。

いずれも、十数年前の明智城陥落の折には、最後まで籠城《ろうじょう》して徹底抗戦した末に、落ち延びた郎党や縁者たちである。

余談になるが、この中の一人である可児才右衛門の庶子も採用した。後年『笹《ささ》の才《さい》蔵《ぞう》』として数々の大名家を渡り歩き、敵味方から恐れられた可児才蔵である。

光秀は既に、この者たちだけは無条件に採用しようと腹に決めていた。

厳選せよ、有能な者を取り立てよ、と信長は言った。

しかし、なにも戦場の駆け引きが上手《うま》い者や剛勇の者のみが、有能というわけではあるまい。

……光秀が思うに、人間が持って生まれた本来の能力に、その素地に、たいした違いなどはない。それを、本人たちがある目的意識に向かってひたすらに磨き、鍛錬していくからこそ、能力が初めて他を圧する才能を生み落とすのである。

これは、新九郎を長年見ていても感じたことだ。

対するに、侍としての能力の第一は、決して主《あるじ》を見捨てず、実直で、懈《け》怠《たい》なく働くことであろう。

わが身に替えてでも主人の命を守ろうとする配下を数多く抱えていることほど、武将として心強いものはない。どんな戦況になろうとも寝返りや逃亡を心配することなく、心安んじて闘うことができる。

部下としての有能さとは、それに尽きる。そしてその気風は、後々採用していく新規召し抱えの侍たちの気持ちの中にも、明智軍の家風として伝播《でんぱ》していくことだろう。結果として、成り上がって間もない織田家武将の他の家臣団には見られぬ、鉄の結束を作り出す要因ともなる。

だから、これらの人物に関しては無条件で採用した。

事実、これから数年を経ぬうちに、こと実戦での精強さに関しては、織田家の中でも桔梗紋《ききょう》の陣屋――つまりは明智軍団のことだが――が最強ではないか、との評判を得る。

話が前後するが、この朝倉から美濃時代の初期にかけて採用した郎党縁者の中から、光秀が五十数万石の大大名になったときの『明智五宿老』と呼ばれる五人の侍大将たちが、すべて出揃う。

明智左馬助秀満、溝尾笙左衛門茂朝、明智光忠、藤田行政――これで四人。

そして最後の一人が、のちのちの明智家の筆頭家老になった斎藤利三《としみつ》である。通称は、内蔵助《くらのすけ》。

年齢も近い。光秀よりも六歳下である。

この斎藤内蔵助利三は当時、西美濃三人衆の一人、稲葉一鉄の家老を務めており、岐阜城下に光秀が腰を落ち着けた住まいの、ほど近いところにその屋敷があった。

斎藤義龍の治世の折から、有能な猛将であるという噂はしきりだった。稲葉一鉄氏素性もいい。故斎藤道三とは別系譜の、正統な美濃斎藤氏の一族である。稲葉一鉄の娘を正室にもらっている。つまり一鉄とは、舅《しゅうと》と婿の関係である。

そしてこの利三には、父母を同じくする実兄がある。

事情があって、実母が足利義輝の外様詰衆《とざまづめ》であった石谷正光《いしがいまさみつ》と再婚した。そのときに石谷家に婿養子として入ったのが、この利三の実兄である。名を、石谷頼辰《よりとも》という。

当然、光秀とは以前からの顔見知りで、光秀が次代の義昭に引き立てられてからは、元々は故郷を同じくする美濃源氏同士ということもあり、さらに親しくなった。

そういう石谷頼辰との縁もあり、光秀は織田家に仕えた当初から、利三とはごく昵懇《じっこん》の仲になった。

利三は、織田家に仕えて間もない光秀のために、あれこれと便宜を図り、家中の様々な噂や情報を教えてくれた。

ちなみに先の、木下藤吉郎の知行額を教えてくれたのもこの利三である。

それはともかく、当然、それら噂の中には、驚くべき高禄で抱えられた光秀に対して懐疑的なものも多い。

光秀は元来、神経が細い。周囲の目を気にしすぎる面がある。

ふと、その噂に対して気弱な言葉を口にすると、この剛腹な男はからからと笑い、

「なんの、言いたい者には好きに言わせておけば良いのでござるよ」

さらに、

「下世話な噂話など、屁《へ》のようなもの。おのれの尻《しり》も拭《ふ》けぬ飯粒《めしつぶ》どもの手慰みでござる。お気になさるな」

と、小蝿でも払うかのように軽く言ってのけた。

その物の喩《たと》えには、辛辣《しんらつ》ながらも妙な滑稽《こっけい》感があり、つい光秀も笑ってしまう。からりと乾いた精神性を持ち、性根も据わっている。さらには話してみればみるほど、その赤ら顔の精力的な見かけほどには、短慮でも粗暴でもない。さりげなく、絶えず周囲に気を配っている。

欲しい男だ、と密《ひそ》かに思った。

光秀が新たに郎党として採用した者たちには、勇もあり、実もある。さらには光秀の二人の股肱《ここう》である左馬助の物事を見通す怜悧《れいり》さ、笙左衛門の実務での篤実さにも満足を覚えている。

ただひとつ、統率して行く部将たちの階級に、こういう青竹を断ち割るような豪放な明るさが足りない。

仕官して半年ほどが経ち、光秀は、利三が舅の稲葉一鉄とうまくいっていないという噂を耳にした。

というより、一鉄の頑固さ、我の強さ、老人特有の融通の利かなさに辟易《へきえき》しているという話だった。ちなみに頑固一徹という言葉の『一徹』とは、この利三の舅の名に由来しているとも言われる。それほどに頑固者だったらしい。

むろん利三自らは、そんな話はしない。さりげなく水を向けても、

「まあ、舅とはそうしたものでござるよ」

と、さらりとかわし、平然としている。

この闊達《かったつ》さ。

やはり欲しい男だ、と感じた。

余談になるが、この利三の異父妹、石谷家で生まれた頼辰の妹は、遡《さかのぼ》ること五年前の永禄六年に、土佐《とさ》の長宗我部《ちょうそかべ》家に嫁している。

さらに石谷頼辰がこれより五年後の天正元年に光秀に仕えたこともあり、光秀は一時期、織田家内部で四国方面の申次衆《もうしつぎ》のような扱いを受ける。

それはともかく、このたびの南近江の観音寺城攻略では、光秀は当初から、信長から後詰めを命じられていた。当然、光秀自身の部隊には与力も付かず、わずかに手勢三百のままである。

十万石程度の大名所帯であれば、一手の侍大将に相当するが、この織田家の大部隊にあっては、所詮《しょせん》は数十人もいる中級将校の一人に過ぎない。しかも割り当てられた部署は、後方部隊でもあり、かつ予備隊でもある後詰めに過ぎない。

大局を見て戦術を考えるのは今のわしの仕事ではない、と光秀が思うのも無理からぬ

ことである。

それでも光秀は、内心では密かに焦《じ》れている。心逸《はや》っている。

おそらくはこのたびの上洛《じょうらく》にあたり、どう考えても、この六角氏攻略が軍事上の最大の山場になる。

その大舞台で是非、我が才を思うさまに発揮してみたいという気持ちを、どうしても抑え切ることが出来ない。

そんなことをつらつらと思っていたときに、ふらりと光秀の帷幕《いばく》を訪れてきたものがあった。

内蔵助利三である。

「やあやあ、明智どの」

そう言いながらも、光秀の前にどっかりと座った利三は、さて、と懐から小さな竹筒を取り出す。次いで片手に持っていた麻袋の中から、二つの土器《かわらけ》を取り出した。

その動作の意味するところは、明らかだ。

光秀はつい小さく言った。

「内蔵助どの、それはまさか、酒ではありますまいの」

織田軍の軍規は峻烈《しゅんれつ》だ。さらに信長が下戸ということもあって、臨戦態勢時での飲酒は厳禁されている。もし見つかれば信長の逆鱗《げきりん》に触れ、ただごとではすまないだろう。

が、利三はにっこりと白い歯並びを見せ、

「なんの、近くの小川から汲《く》んできた水でござるよ」

と、いつものようにからからと笑う。

「杯で酌み交わしても、なんの苦情も出ませぬわい」

ならば、と光秀もその土器を受けた。

が、竹筒から注がれた瞬間に分かった。つん、とした香りが鼻腔《びこう》を突いた。

思わず利三の顔を見る。

「な、水でござろう？」

相手は目を細めたまま、ぬけぬけと嘘を繰り返す。

釣り込まれて思わず光秀も苦笑した。

光秀は一面、感動屋でもある。

この男のさりげない優しさに、つい胸が熱くなる。

おそらくは織田家に仕えて間もない光秀の、陣中に知り合いも多くない無聊《ぶりょう》を慰めに来てくれたのだ。そして開戦前夜の無用の気の昂《たか》ぶりをほぐすために、こうして禁じられている酒を、こっそりと懐に持ってきた。

「たしかに、水」

そう言って、口元に持っていった杯を飲み干した。利三も飲む。二杯、三杯と互いに杯を傾けると、すぐに竹筒の中身はなくなった。

じわり、と血中に酒精が廻《まわ》る。やや心が緩やかになってくる。

「しかし、わしの部署はともかく、今日の軍議でも、とうとう正式な戦の配置は発表されませんでしたな」

気付けば、そう織田家の機密に関することを気安く口にしていた。

「いつものことでござるよ」

利三はのんびりと答える。

「いつも、と申しますと？」

「上様は、しばしばそうでござる」利三は答えた。「軍議では諸将らに、さかんに議論百出させられても、戦の直前になるまでは、その時々の戦略を滅多に口には出されませぬ」

「そうでありまするか」

「ましてや相手は六角氏でござる。甲賀の里との繋《つな》がりも深い。乱破《らっぱ》透破《すっぱ》の類《たぐい》が軍中に無数に紛れ込んでいるのは必至。であるからに、今回の配置発表は、まさしく戦の直前になりましょう」

なるほど、と光秀は内心、信長の意外な慎重さと思慮深さに舌を巻く思いだった。

通常は四倍以上もある兵力をもってすれば、単に平押しに押すだけでも、十中八九、城は落ちる。

しかし信長はそれでも、諸将の議論に耳を傾けながらも自分なりの攻略の戦術を密かに練っている。そしてその戦術が、事前に六角側に漏れることを恐れている。

より確実に、より味方の損傷を抑えて勝つためだ。

しかも今回の戦の場合は、特に短期決戦を目論《もくろ》んでいるはずだ。

やはり、と光秀は確信する。

たぶんそうだ。……暮夜から考えていた自分の考えと、ぴたりと符合する。

この戦、勝つのは当然で、ようはその勝ち方なのだ。

信長にとって明日の戦の相手は、すでに目前の六角氏だけではない。その背後に存在する京の勢力との心理戦でもある。

つまりは三好三人衆と松永久秀の軍勢だ。

京で長年暮らしてきた光秀が思うに、三好・松永軍は、いわば京という湖岸に打ち寄せる波のようなものだ。

相手が強いと見ればすぐに引き、弱いと見れば嵩《かさ》にかかって押し寄せてくる。将は日和見の傾向が強く、配下の畿内兵は惰弱で、数は多くともその軍勢の質は、日本最弱とも言われている。

もし難攻不落と謳《うた》われた観音寺城を世間が驚愕《きょうがく》するような短期間で落とせば、織田勢の圧倒的な軍事力と統率力は、すぐさま京まで伝達される。織田軍の最後尾が瀬田《せた》の橋を渡り終え、その先陣が粟田口《あわたぐち》に現れるころには、蜘蛛《くも》の子を散らすように京洛外から退散していることだろう。あるいは、すぐさま降参するか。

事実、永禄二年に越後の上杉謙信が手勢わずか五千を率いて上洛してきた折にも、この二勢力は息を潜めるようにして地下に潜った。そのあまりの意気地《いくじ》のなさには、京の童《わらべ》たちも呆《あき》れたものだ。

同じように信長は戦うこともなく、京を無傷で手の内に収めることができる。

逆にこの湖南の戦況が不用意に長引けば、どうか――。

六角氏と同盟関係を結ぶ三好らは、最悪の場合、得たりと京から出張ってきて六角の後詰めに入るであろう。

挙げ句、戦況はますます泥沼化する。

おそらくはその左右《そう》を確かめるため、すでにこの湖南の地のどこかには、三好・松永の間諜《かんちょう》も潜んでいる。

信長にとって明日の戦いは、そういう意味もあるのだ、と直感した。

不意に、近くから兵士たちのざわめきが聞こえた。

何事かと光秀と利三はついと立ち上がる。

見遣《みや》ると、無数の明智兵に囲まれて、見覚えのある顔が二つ、こちらに近づいてくる。

その顔を見た途端、思わず光秀は顔をしかめ、ついで苦笑した。

愚息と新九郎が、左馬助秀満を先頭とした五、六名の兵に伴われたまま、こちらに向かって近づいてくる。

「殿、これらのお二人が――」

先頭の左馬助が、やや戸惑いがちに光秀に声をかけてくる。その左馬助の言葉を遮るようにして、愚息が明るく口を開く。

もうよろしいですわ、と。

「あとはわしが申しましょうぞ。秀満どの、ここまでの御案内、いたく感謝いたしまする」

しかし、その次の光秀に対して発した言葉が、人を馬鹿にしている。

「おう、十兵衛、このたびはわしら、柳生《やぎゅう》の里まで行っておってな」

「ふむ？」

「ついでじゃからの、戦の見物にも、来てやった」

ふたたび苦笑しながらも、光秀は答えた。

「誰も来てくれとは、頼んどらんわい」

愚息に対しては、ついそんな軽口が滑り出る。

「まあ、そう言うな」愚息は光秀と利三の前まで来て、にっこりと笑う。「ここに至るまでは、随所で誰何《すいか》されて、ずいぶんと大変じゃった」

この大所帯の中ではさもありなん、と思う。

そしてふと気づく。

愚息と新九郎の周囲を取り巻いている自分の郎党たち……いずれも腕に覚えのある者たちだが、まるで二人の存在を恐れるかのように遠巻きにしている。

腰の据わりよう、さりげない身のこなし――見るものが見れば、やはり分かるのだ。

利三もそんな二人をしばし見つめていたが、ややあって光秀を振り返った。

「明智どの、このお二人は、けだし一乗院での――」

「左様」

光秀は言葉少なにうなずいた。

織田家中では、光秀が一乗院にてその手ずから義昭を救い出したことは、つとに有名な話である。

ただし、この二人の協力者のことを、名前と人となりまで打ち明けたのは、わずかに三名に対してだけであった。利三と、股肱《ここう》である左馬助と笙左衛門である。

三人とも口が堅い。安易に他人には洩《も》らすまい。

それ以外の人間には言わぬほうが良いと思った。

気楽な二人の人生に、要らぬ波風は立てたくない。

ところがその愚息と新九郎が、今はこうして意外にも織田家の陣中にまで来ている。

ともあれ、この二人が来ては、家士に聞かれては都合の悪い話も出よう。

そう判断した光秀は、陣中からやや離れた人気のない場所に、五つの床几《しょうぎ》を据えた。

愚息、新九郎、左馬助、利三を伴い、腰を据える。

「先ほどは、失礼をば致しました」

さっそく左馬助が軽く頭を下げた。

「かねがねお噂は伺っておりましたが、まさかご本人たちが、こうして陣中まで来られるとは思ってもおりませなんだゆえ」

利三も口を開く。

「お初にお目にかかりまする。拙者、斎藤内蔵助と申すもの」

ああ、と愚息は珍しく神妙に対応する。

「貴殿が高名な利三どのでござるか。わしは愚息でござる。して、この者は——」

言いながらも隣の新九郎を顎《あご》先で示した。

「玉縄新九郎と申す者でありまする」

利三は深くうなずきながらも、新九郎にはさらに好意的な目を向けた。

「新九郎どの、京洛《けいらく》での『笹《ささ》の葉流』の名は、遠くわしらの国にまで聞こえておりまするぞ」

するとと新九郎はかすかに笑った。

「世間の噂など、大げさなものでござる。百姓相手に棒振りを教える、流行《はや》らぬ剣術流儀に過ぎませぬよ」

「なかなか。ご謙遜《けんそん》を」

言いつつも、利三は愚息にも如才なく話題を振る。

「明智どのによりますれば、貴殿も相当に棒術をお使いだとか」

なんの、と愚息も白い歯を見せた。

「わし程度の腕では、道端の犬さえ追えませぬわい」

「いやはや――これまた」

この続けざまの惚《とぼ》け方には、さすがに利三も苦笑した。


この五名の初顔合わせは、すぐに終わった。

愚息と新九郎は、これから愛知川より半里の北にある集落に向かうという。

光秀は織田軍の陣中を抜けるまで、二人を見送った。

「しかし本当は何ゆえ、このわしを訪ねてきたのだ」

歩きながら光秀は愚息に聞いた。

「だから言ったであろう。戦の見物に来たのだと」

「まことに、それだけか」

ああ、と愚息はうなずく。

「ならば、わしの陣中に居続けても良いではないか」

「わしはの、これでも坊主のつもりでな」愚息は光秀をちらりと見て微笑む。「たかが功名のために数多《あまた》の人間が殺し合うを、間近で見たいとは思わん」

なるほど、と一旦《いったん》は納得しかけ、

「しかし、それでもこたびの戦は見たいのか」

「ああ」

「何故じゃ」

そう光秀がふたたび問いかけると、しばらくして愚息は答えた。

「……まあ、おぬしが仕えた信長という御仁が、どういう戦をやってのけるのか。これはおぬしの将来を占う意味でも興味のあるところじゃ」

今度は、本当に納得した。

つい光秀は、先ほどまで考えていた信長の戦略の推測を口にした。

「――ではないか」

そう光秀が問いかけると、愚息はにやりと笑った。

「十兵衛よ、おぬしはなかなかの知恵者だと思っておったが、存外じゃの」

「なに？」

「わしが信長なら、もう少し違う考えをする」

だが、それ以上は何も言わず、不意に話題を変えてきた。

「ところでの、軍中で瓢箪《ひょうたん》の馬印《うまじるし》を使っている武将は、いったいどなたじゃ」

すぐに思い当たる。

「木下藤吉郎どのであるな」

そう光秀が答えると、愚息は軽くうなずいた。

「ああ、あの草履取りから成り上がられた御仁か」

「それが、どうかしたか」

いや、と愚息は小首を捻《ひね》った。

「明日が戦だと言うのに、通りすがりに見た陣中は、妙に賑《にぎ》やかだったゆえな」

「……ふむ」

だが、光秀はそれ以上何も言えなかった。

生真面目過ぎるおのれの性分……何か、自分に足らないものを指摘されたような気がする。

ともかくも、愚息と新九郎とは、織田軍の北の果てで別れた。

それまで黙っていた新九郎が口を開く。

「わしらは明日以降、この戦が終わるまでは常楽寺《じょうらくじ》におる」

「そうか」

常楽寺とは、観音寺城から西方へ半里ほど行った、西ノ湖の畔《ほとり》にある古刹《こさつ》である。門前町も栄えており、逗留《とうりゅう》するには何かと便利だろう。

しかも一面の田園風景の向こうには、繖山の西側に拓《ひら》けた観音寺城の本丸が一望でき、さらにはすぐ隣にある箕作城の小山も見える。

まったくいい場所に陣取っての物見であることよ。

そう思うと、この常にのんびりと構えている二人に対し、悪意ではなく自然に笑みがこぼれた。

が、さらに新九郎は続けた。

「まあ、剣の勝負に絶対ということがないように、戦にも絶対ということはなかろう」

「ふむ?」

「万が一のときは、その身一つで常楽寺まで逃げてこい」新九郎は言った。「今後の出世も大事だろうが、それも命あっての物種じゃ」

あっ、と光秀は思った。

ようやくこの二人が陣中にわざわざ立ち寄ってきた意図を悟る。

たしかに万が一にも落ち延びる場合には、この二人さえいれば、落ち武者狩りの野伏《のぶせり》などに襲われても、手もなく蹴散《けち》らすだろう。

思わず涙ぐみそうになる。

が、そんな光秀の表情を見て、不意に愚息は破顔した。

「忘れたか十兵衛。聞けばおぬし、一万石で織田家に召し抱えられたというではないか。約束の黄金一枚が、まだ届いておらぬぞ」

「あ――」

これにはさすがに意表を突かれた。つい慌てて口を開く。

「す、すまぬ。この上洛戦が落ち着き次第、すぐに手ずから届けに参る」

「まあよい」

愚息はまた笑った。

「とにかく、命を粗末にするでないぞ」

そう言って、二人の後ろ姿は蛙のさかんに鳴く闇の中に消えていった。

しばしその闇を見つめたまま、つい微笑む。

むろん光秀は、愚息がおりに触れて口にするほど、本人が黄金にこだわっているとは思っていない。あの二人にとっては、金も浮世での身分も、どうでもいい。

ひとつには光秀へのからかいであり、そういう意味での愚息自身の守銭奴ぶった照れ隠しでもある。さらにもうひとつ理由を挙げるとすれば、黄金を人にあげられるような身分になったことを、その志向のある当の光秀と共に、単純に喜びたいだけだ。

光秀は思う。

翼を摑《つか》め、と以前に愚息は言った。

今、義昭と信長という両翼を手に入れ、光秀の前途は洋々と明るい。

しかし、おれにとっての本当の翼とは、実は利害なしに付き合えるこの二人のことではないか、と。


明くる永禄十一年の八月十二日――。

織田軍の全将校を集めた朝の軍議で、信長は矢継ぎ早に状況を説明した。

「未明に間諜《かんちょう》たちから情報が集まってきた。目前の和田山城には兵が六千弱、本城の観音寺城には義賢親子の馬廻《うままわり》衆が一千騎、隣の箕作城には三千弱の兵が詰めている。他の十六の支城には、それぞれ三百から百人程度しか配置されておらぬ」

さらに諸将を見回し、

「これを皆、どう思うか」

そう言って動く目が、不意に末席の光秀を捉《とら》えた。ふとその瞳《ひとみ》が軽く笑ったように感じる。

「十兵衛、申してみよ」

試されているのだ、新参者の、このおれの軍才を――。

そう感じた途端、はっ、と平伏して光秀は淀《よど》みなく答え始めた。

「敵は既に最前線にある和田山城を主戦場として想定。そのうえで我が織田軍の主力が和田山に取り付く頃合を見て、背後にある観音寺城と箕作城から順次に兵を繰り出し、織田軍の左右を攪乱《かくらん》させる所存」

すかさず、

「よう見た」

と、信長の上機嫌な声が降ってくる。さらに、

「わしは、その手には乗らぬ」

そう言い放った。

続けざまに各将に指示を繰り出していく。

「まずは一鉄。おぬしらは西美濃衆と与力一万を率い、和田山城をゆるく包囲するに留《とど》めよ」

太い声を出し、稲葉一鉄が頭を下げる。その隣の斎藤利三も同様に平伏する。

「次に勝家、可成《よしなり》。おぬしらは手勢五千をもって観音寺城のある繖山の西表に陣取り、山を下らせるな」

織田家の筆頭家老である柴田勝家と『攻めの三左』という異名を持つ森可成も畏まる。

「最後に、あとの三万の軍は、後詰めも含めてすべてわしが率いる。ただちに繖山の南から箕作山の麓《ふもと》一帯まで寄せ、箕作城の攻略に当たる。この先鋒《せんぽう》は、丹羽《にわ》長秀《ながひで》と佐久間《さくま》信盛《のぶもり》、木下藤吉郎とする」

「ははっ」

「長秀と信盛は兵三千五百を率いて、東の大手口から攻め上れ。藤吉郎は北の搦手口《からめて》じゃ。手勢二千四百を使え。あとの者は、すべて後詰めじゃ。苦戦するようなら、順次助勢の兵を繰り出す」

光秀はそれを聞きながらも、信長の斬新《ざんしん》な着眼点に内心呻《うめ》く思いだった。

敵の主城三つのうち、その城郭の整備具合と籠《こ》もっている兵員の兼ね合いを考えれば、もっとも落としやすいのは、この箕作城であろう。

しかも、その織田主力軍の位置取りが絶妙である。

観音寺城のある繖山と箕作城のある箕作山は、その大小の違いこそあれ、ほんの少しの距離を置いて連なっている連山のような位置取りである。つまりはお互いの城の戦況が見える。その間に、織田軍の主力は居座る。

六角の援軍が来ないことを前提として、織田軍の主力三万をもって攻めれば、わずか三千の籠もる箕作城が陥落するのは時間の問題である。早ければ一日、遅くとも数日内に落ちるはずだ。

山頂にある箕作城のその苦戦の様子は、当然、和田山の山頂からも、観音寺城の本丸からも手に取るようにして見える。六角勢としては、焦らざるを得ない。

しかし六角勢としては、救援に駆けつけようにもそれぞれの城の周囲を織田軍の別動隊が包囲している。動くにも動けない。特に観音寺城の真下には五千の兵、さらにそのすぐ横には三万の軍勢が箕作山の麓に渦巻いている。

救援の当てのない籠城戦《ろうじょうせん》ほど、兵の士気を下げるものはない。箕作城はやはり、短期間で落ちざるを得ない。

そして主力城の一つがすぐさまに陥落するのを目の当たりにすれば、常に眼下に織田軍の圧倒的な兵力を眺め続けている六角勢の恐怖は計り知れない。箕作城陥落と同時に、他の城の城兵も全面降伏してくる目が大きくなる。

そうすれば、織田軍は上洛《じょうらく》のための兵力をさらに温存することが出来る。

この男には、と上座でなおも喋《しゃべ》りつづける信長を見ながらも、密《ひそ》かに思う。

室町儀典に通じ、教養も豊かな光秀から見れば、色々と粗暴な面や、思わず軽蔑《けいべつ》したくなるような無作法な振る舞いも多い。

しかし、それを差し置いても、この着眼点は素晴らしい。

ふと、愚息の昨夜の言葉が脳裏をよぎる。

わしが信長なら、もう少し違う考えをする——。

おのれの能力を自ら高く恃《たの》む光秀である。

認めるのは癪《しゃく》だが、今の時点では自分より、信長の軍事能力が頭ひとつ抜け出ていると、嫌でも認識せざるを得ない。


軍議は、辰《たつ》の上刻には終わり、各将はぞろぞろと信長の帷幕《いばく》を出た。

その外で、偶然木下藤吉郎と足を並べる機会があった。

「やあやあ、明智どの」この小者上がりの武将は、相変わらず陽気だ。「いよいよこれからが本番でござるな」

……実は光秀は、この藤吉郎がやや苦手だ。

かと言って嫌いなわけではない。

むしろ、ある種の引け目がある。

わずか一年前に織田家に仕えた光秀の知行が一躍四千五百貫なのに対し、この藤吉郎は十数年も仕え続け、さらには華々しい活躍も続けているというのに、未《いま》だに信長からは、光秀の知行の約半分しか与えられていない。

その事実が、この本人を目にすると、なんとも恥ずかしく、かつ心苦しい。

実際、この戦いでもそうだ。

四千五百貫の身分である光秀は、わずかに三百名の手勢とともに単なる後詰めの役割に過ぎないのに、この知行二千五百貫の小男は、二千四百名もの与力を与えられ、しかも箕作城の搦手口攻略という重大な部署を任されている。

当然、光秀としてはややバツが悪い。そして新参者という要素を差し引いても、我がことが物悲しい。

「明智どのは、あれでござるか——」

なおも満面の笑みで、藤吉郎は不意に声密かに話しかけてくる。

「上様のこたびの戦略、一言で言って、どう思われる」

光秀はしばし黙った。

しかしすぐに答えた。

「脅し、ということでござろうな」

さらにこう続けた。

「そういう意味での、京の軍勢まで見据えた心理戦でござる」

すると藤吉郎は、あはっと笑い、光秀の肩を叩《たた》いた。

「さすがに明智どの、我が殿が破格にて召し抱えられるのも、当然でありまするな」

思わず光秀も笑った。

しかしそれは、すでにそこまで分かって訊《き》いてくるこの男も、同様ではないか——。

「木下どの、このたびの先鋒、御武運を祈っておりまするぞ」

つい、常になく親しげな言葉が口をついて出た。

「なかなか」

藤吉郎は、そう笑いつつ去っていった。


愛知川の渡河は、すぐに始まった。

まずは稲葉一鉄が率いる第一隊の一万が、六角勢の最初の前線基地である和田山をぐるりと取り囲む。

次に、柴田勝家と森可成率いる第二隊の五千が、繖山の西側前面に陣取る。

そこまでの布陣を認めたあと、織田軍の主力三万は、繖山と箕作山の間にじわりと動いた。

当然、第二隊と主力軍は、遠目からみれば連動しているように錯覚する。

「かかれ」

信長は下知《げじ》を下した。そして先鋒隊二組を叱咤《しった》し、恐るべき命令を出した。

「一日で揉《も》み落とすのだ。山頂を拝んだまま、明日を迎えられると思うな」

やはり、と光秀は思う。

信長の口から出る言葉は、いついかなる場合でも誇張はない。無意味なはったりもない。常にその言葉の意味のままの、至上命令である。

遮二無二に攻め上げ、本当に一日で落とす。それをもって本城に詰めている六角義賢を脅し上げるのだ……。

丹羽隊と佐久間隊、木下隊の総勢六千が、揉みあうようにしてそれぞれの攻め口へと向かう。

時に巳《み》の下刻である。

光秀は後方にあって、それら攻城の戦況を注意深く見つめている。

既に陽は、天高く上がっている。

やがて光秀の薄くなりかけた頭頂を、真上から焦がし始めた。

しかし戦況は、遠目にも芳しくない。

無理もない、と一方で光秀は思う。険阻な山城なのだ。その勾配《こうばい》もきつい。しかも山全体を巨木が覆っている。見通しが利かない。要所要所には曲輪《くるわ》もある。土塁もある。敵の伏兵が潜む場所は無数にある。

二刻が過ぎた。

ついに日が傾き始めた。

先鋒隊の奮戦もむなしく、戦況は依然、一進一退を繰り返している。

焦《じ》れた信長はやがて、次々と後詰めの隊を繰り出し始めた。二千、三千、五千……二手の攻城口を攻め上る兵の数は、見る間に膨らんでいく。

そのたびに周囲の部隊が、次々と信長直属の母衣《ほろ》武者に呼び出される。後方隊から歯が抜けるようにして人数が欠けていく。

それでも光秀の出番は来ない。その部隊三百には、まだ声がかからない。

何故、このおれを使わぬ――。

そう激しく渇望するように願う。

やがて申《さる》の下刻が近づき、ついに夕日が周囲の田園の水面《みなも》を照らし出し始めた。日没まで、もうあまり時は残されていない。

光秀も信長同様、焦れに焦れ始めている。

午後から目の前を何度も往復していた母衣武者が、ついに光秀の前まで駆けてきて、土埃《つちぼこり》とともに止まった。

「お呼びでござる。至急参られよ」

すぐに馬を疾駆させ、信長の本陣に飛び込んだ。

「十兵衛、来たか」

さっそく信長はせかせかと床几《しょうぎ》から立ち上がった。

「はっ、御前にただいま」

だが、信長は光秀のそんな言葉など聞いていない。次にその口から飛び出したのは、光秀の予想外の質問だった。

「うぬは以前、長光寺城に行っておったな」

「は？」

「行っておったな？」

さらに信長の声が甲高くなる。

しばし戸惑った光秀に、早くも癇走《かんばし》り始めている。白いこめかみに青筋が浮いている。

この男もまた相当に苛立《いらだ》っている。

直後に光秀はすらすらと答えた。

「はっ、三年前に細川どのと参りました」

事実そうだ。六角氏に義輝の助勢を頼みにいった。だが直後に、義輝は惨殺された。

信長はやや表情を和らげた。

「見たか」

またもや一瞬戸惑う。とにかくこの男は言葉の省略が激しい。

しかし今の信長の状況を考えるに、すぐに解けた。その意図もぼんやりと透けて見える。

「見て、登りましてございます」光秀はより正確に答えた。「小山の高さは八十丈ほど。山頂からは、繖山の中腹にある観音寺城がはっきりと見えまする。そのときは気づきませなんだが、当然、箕作山の城も見えるかと……」

信長は、その答えに満足したらしい。

「委細を、述べよ」

光秀は長光寺城に関して、記憶にある範囲でさらに詳しく説明した。

観音寺城の南西約一里の、平地の中に屹立《きつりつ》する小山の上にある。六角氏の支城の中では、箕作城に次いで、現在の場所からもっとも近い。

山頂に平城はあるが、砦《とりで》とも言っていいほどの小さな城である。石垣もなく、その防御能力は人家を守るに等しい。いわば居住用である。当然、多勢で攻め立てればひとたまりもないが、そこに至るまでの山道が箕作山同様に険阻で細く、大軍勢を率いて攻めるには向かない。

「山頂から平地へ下る道は、四つ延びていたと記憶しております。逆に言えば、山麓《さんろく》には、頂に至る山道が四本あることになりまする。当時の砦の守将は、乾次郎三郎。近江佐々木氏の一族であります」

信長の表情は、さらに柔らかくなる。

そしてその頃には光秀にも、この男の意図がはっきりと摑《つか》めていた。

「そちは、そのうちの道の、いずれを登った」

「行きは、山麓の南にある不動滝と申す岩室より登る道を」光秀は答えた。「帰りは北の山道を下り、妙経寺《みょうけいじ》の参道へと出ました。今しがた述べましたとおり、いずれの道も細く、木々深く、勾配もきつく険阻でありまする。おそらくは他の二本も同様でありましょう。でありまするからに、敵方にしますれば山頂の平城に籠《こ》もって防御するより、その山道にて兵を潜ませて戦うほうが、かえって防御能力は高いと見ました」

信長が初めて微笑む。この男が微笑むことなど滅多にない。おそらくは光秀の常日頃の観察力と、それを基にした洞察力に、相当な満足を覚えている。

はたして信長は言った。

「さきほど間者が戻ってきた。守将は、当時と同じく乾次郎三郎。頂に籠もる城兵は約三百――」

やはり、と光秀は思う。この男はすでにおれを呼びつける前に、そこまでの下調べをした上で呼びつけているのだ。

「十兵衛よ、やってみるか」

畏《かしこ》まりましてござりまする、と光秀は思わず叫ぶように言った。

信長は上機嫌のままうなずき、光秀を試すかのように、さらに訊《き》いてくる。

「山頂を取ったあかつきには、いかにする」

「篝火《かがりび》を盛大に焚《た》き、織田家の旗指物《はたさしもの》を四方に翻しまする」

「何故じゃ」

「六角勢に揺さぶりをかけるため」光秀は簡潔に答えた。「観音寺城と箕作城に籠もる兵に見せつけ、その威勢を、挫《くじ》くため」

「ふむ？」

なおも上機嫌ながらも、信長はかすかに小首を傾げる。

光秀はその仕草を見て、僭越《せんえつ》かとは思いながらも付け足した。

「さらには、京から出張って眺めている者どもへの、威嚇」

ついに信長は、白い歯を見せて笑い出した。

「十兵衛、ぬしはやはり、なかなかの男じゃな」

そう、初見のときに吐いた言葉を、もう一度口にした。

「畏《おそ》れ入りましてござりまする」

光秀もまた同様に畏まった。

「行け。わし直属の間者も、すべて引き連れて行け。四つの道をくまなく調べ上げよ」

「はっ」

「ついてはそちに、与力を六百ほど付けようと思うが、どう考える」

光秀は一瞬考えた。

今の時点での、双方の兵力は互角。光秀三百に対し、敵も三百……。

しかし城攻めには、兵力三倍の法則というものがある。城を落とすには、相手の三倍の兵をもって当たらなければ、まずは落城させるのはかなり難しいという考え方だ。だから信長は今、与力六百を光秀に与え、その総兵力を九百としようとしている。

だが、と光秀は思う。

……ただ単に兵力の差で勝つだけでは、面白くない。ここは是非、我が一手だけをもって勝利し、今までやや肩身が狭かった明智一党の名を、織田家全軍に轟《とどろ》かせたい。

さらには箕作城の苦境もある。信長としては今後の戦況も鑑《かんが》みて、出来るだけ予備兵をこの場所に温存しておきたいはずだ。

そこまで考えた上で、口を開いた。

「ありがたく存じ上げます。しかしながら初手は拙者の手勢のみで、まずはひと当てしてみまする所存」

信長は、さらに笑った。

「さすがに美濃衆は剛の者よ。その心がけ、殊勝である」

「畏れ入りまする」

「後詰めの与力六百は、要請があり次第、いつでも出立できるように待機させておく。梃子《てこ》摺《ず》るようなら、すぐに使いをよこせ」

最後に信長は言った。

「遅くとも夜半、出来れば戌《いぬ》の下刻までに、落とせ」

それで光秀は、信長が日没後も箕作城の攻略を続行する意図を悟った。

四半刻後、光秀は手勢三百を率い、夕暮れに染まった水田風景の中を、長光寺城に向かって進んでいた。

「殿、殿」

と、光秀の横に付いている左馬助がいかにも嬉《うれ》しそうな声を上げる。

「ついに織田家での、初陣でござりまするな」

うむ、と答えながらも、光秀の目は次第に近づいてくる長光寺城の小山に向けられている。向きながらも、なおも攻略法を考えている。

見渡す限り一面の平地を、整然と進んでいく光秀の一隊である。

当然その光景は、長光寺城に籠もる乾次郎三郎も眺めているはずだ。そして、こちら側のおおよその人数も把握し、今ごろは迎え撃つ準備を始めている。

「……」

やがて、その戦術が固まった。

長光寺城の麓《ふもと》まで行軍していった光秀一隊は、それから約一刻をかけて小山の周囲を念入りに巡った。

長光寺城に至るまでの山道は四つ。

山麓の北側と南側に、それぞれ二つがある。

北東には、妙経寺《ちょうふくじ》の脇を通って登る道。

北西には、長福寺付近から登る道。

南東には、不動滝から登る道。

南西には、福寿寺《ふくじゅじ》から登る道。

その四口を入念に見て廻《まわ》ったころには、すでに日はとっぷりと暮れ、周囲は闇に包まれていた。

しかしながら、さらに光秀は山の周囲をもう一巡するように指示を出す。

殿、と、さすがに日ごろは無口な笙左衛門もたまらずに口を開く。

「箕作城の苦境もありまする。何故このような悠長な真似をなされるのでござる」

「山頂にいる乾次郎三郎の兵を焦《じ》らし、四方の道に散らすのだ」光秀は答えた。「さすればおのおの兵が、七十から八十。わしがいずれの道を選んでも、こちらの兵力は四倍前後になる。つまりは、攻城に必要な三倍の兵力を上回る」

光秀は、かつて会った乾次郎三郎の人となりを思い出す。まだ若く、血気も盛んだった。いざとなれば打って出る人物のように感じられた。

言いつつも、さらに乾次郎三郎の立場になって考える。

山頂の平城に拠《よ》って戦うのは、その脆弱《ぜいじゃく》な防御力からして不利だと判断する。それよりも山道の途中のもっとも潜みやすい場所に兵を伏せて応戦しようとするだろう。

が、光秀が四つの道のいずれの一つを取るかは、相手には分からない。しかも光秀が、かつて通った近場の道から優先して登るとは限らないとも想像するだろう。それは織田軍が和田山城を半ば無視して、箕作城に取り付いたことを見ても明らかだ。

自然、四つの道にそれぞれ兵を等分に散らすしかない。

三百に対する七、八十。四倍の敵。

しかしそれでも乾は、道細く、木々深く、勾配《こうばい》もきつく険阻な場所を恃《たの》めば、しばらくは持ちこたえると踏む。そうやって応戦しているうちに、やがては他の道の兵たちが、ふたたび山頂を経て応援に駆けつける。そうなれば兵力は互角。今度は圧倒的に乾軍の優勢となる。そういう戦略だろう。

しかし光秀は、相手にその時間を与えようとは思わない。そのために鉄砲隊を五十、引き連れてきている。暗闇から躍りだして来た伏兵に一斉に射撃を加えれば、敵は間違いなく怯《ひる》む。その怯んだ隙を、他の道から援軍が来ぬ間に、一気に駆け抜ける――。

光秀はすでに心中、どの道を登るかを決めている。

南東の、不動滝の口から一気に登っていく。

そして、さらに一巡を始めながらも、事前にそれぞれの山道に放っていた四人の間者が戻ってくるのを待っている。

はたして北西口に放っていた一人目の忍びが戻ってきた。

が――。

「長福寺付近より山頂に至る道は、中腹に伏兵が百名ほど」

「なに？」

思わぬ結果だった。

「たしかに百名前後か」光秀は念を押した。「七十から八十ほどではないのか」

「先ほどまでまだ山中には西日が当たり、明るうござりましたゆえ、念入りに数えてまいりました。間違いはござりませぬ」

相前後して、南西口に放っていた二人目の忍びが戻ってくる。

「福寿寺より登った七合目あたりに、敵兵がおおよそ百名」

またた、と思う。

「たしかだな」光秀は繰り返した。「百名なのだな？」

こちらの忍びも、一人目同様、西日のことを言い、間違いないと答えた。

おかしい、と光秀は思う。

さらにこの忍びは報告した。

「なお、山頂の砦《とりで》はもぬけの殻にてござります」

「ふむ……」

思わず光秀は考え込んだ。

山頂がもぬけの殻――それはいい。想定内だ。しかし、その二つの山道の伏兵の人数が問題だ。

北西口に敵が百。南西口にも敵が百。

これでもう乾次郎三郎は、その手の者の三百のうち、すでに二百の城兵を使っている。

残りは百のみ。

おかしい、とふたたび光秀は思う。

残りの百名を、南東の不動滝口と北東の妙経寺口の中腹に、それぞれ五十名ずつ配置しているか。

いや、それは考えられない。四つの道に対し、この兵力の散らしよう……どう考えても釣り合いが取れていない。

では、乾はどう考えているのか――。

しばし考え込んでいるうちに、愕然《がくぜん》として気づいた。

おそらく乾次郎三郎は、見たのだ。

夕陽に照らし出された光秀の鉄砲隊の筒先を。

そして乾は、さらなる賭《か》けに出た。

四つの山道のうち、一つを捨てて、残り三つに百名ずつを投入した。

さすれば攻城戦における彼我の勢力は一対三。これで完全に均衡が取れる。鉄砲隊を持ってこられたとしても、地形と森の闇を恃みに、しばらくは踏みとどまれると読んだ。

そうやって応戦しているうちに、同じように援軍が駆けつける。四つに三つの可能性で、勝利を得られると踏んでいる。

逆に四つに一つの可能性で、光秀が無人の山道を登ってくれば、そのときはあっさりと諦《あきら》め、城を捨てるつもりだ。

光秀はさらに待った。

残る二人の忍びが、南東の不動滝口と北東の妙経寺口からそれぞれ戻ってくるのを。

しかし約束の刻限を過ぎても、その二人はいっかな戻ってくる様子がない。

少しずつ、焦り始める。

不動滝口と、妙経寺口。

いったいどちらの山中に百名の伏兵が居て、他方は無人なのか――。

ついにしびれを切らした光秀は、戻ってきた二人の忍びを、ふたたび不動滝口と妙経寺口に派遣した。

しかしややあって、ほぼ同時に戻ってきた二人の忍びの報告は、無残なものだった。

「かの者は、殺されておりました」

「こちらの朋輩《ほうばい》も、また同様」

「なに?」光秀はますます意外に思った。「では、不動滝口と妙経寺口にも、兵が潜むと申すか」

「さにあらず」忍びの一人が答える。「山道を入ったすぐのところに、死体が転がっておりました。あの刺し傷から見て、甲賀の手の者が予《あらかじ》め見張っており、入ってきたところをすぐに殺したものと思われます」

「妙経寺口も、また同じ手口にて」

それでうぬらは、すごすごと戻ってきたのか。

つい叱りかけようとして、止めた。

戦闘は、潜んでいる側の圧倒的な有利に終わる。深入りすれば、この二人もおそらく殺されていた。結果、光秀はこの報告を聞けなくなる。だからこの二人は、すぐさま戻ってきたのだろうと推測した。

苛立《いらだ》つ心を抑え、状況をもう一度冷静に考え直す。

最初、光秀は南東の不動滝からの攻略を考えた。いずれの道にも伏兵が居るのであれば、やはり三年前に実際に登った道を使うのが何かと得策だったからだ。

しかし今、北西と南西の登り口には百名の伏兵が潜むのが分かった。

残る二つの道のいずれかに、残りの伏兵百名が潜んでいる。逆に言えば、他方は無人。できることであれば、その伏兵が存在しないであろう道を、一気に駆け上がりたい。最初に決めた不動滝のままがいいのか、それとも妙経寺口に変えるか。

……待てよ、と光秀は思う。

最初に予定していた道を含む四つの山道のうち、二つを登る可能性が消え、残る二つのうち、一つは無人。

どこかで聞いたことがある話だ。似たような状況に、以前に出くわした。

直後、

（あっ――）

と閃《ひらめ》いた。

愚息の四つの椀《わん》。

石が入っているのは、四つに一つ。

さらにはそれが半分に減り、二つに一つ。

これだっ、と感じる。

似ている。今の状況は、あの愚息の四つの椀の賭け事に酷似している。

しかし、分からない。

残る二つの椀に入っている石は一つ。

同じく残る二つの道のうちの一つも、無人だ。

やはり確率は半々ではないか。

なのに何故、結果は常に圧倒的な愚息の勝ちになるのか。

むろん偶然ではない。『理《ことわり》』がある、確固とした勝ち率がある、と愚息ははっきりと言っていた。

それは、あの三つの賽《さい》の結果を見ても明らかだ。

……たしか、常楽寺に逗留《とうりゅう》すると言っていた。

そう思った途端、光秀は慌ただしく筆と懐紙を取り出した。

さらさらと書いていく。

ぐそく殿
左記四つ道の内、三つ道に伏兵が居り申し候。そのいずれかは不明也。無人の道を進みたく候也。
北東の道
北西の道
南東の道〜一に候補に選び候。
南西の道

次の懐紙を取り出し、さらに書く。

後刻、左記の×には、伏兵が見つかり申し候也。
北東の道
北西の道　×
南東の道〜一に候補に選び候。
南西の道　×

さらに三枚目を取り出し、

残るは二つ道に候。
北東の道
南東の道〜一に候補に選び候。
右記の道いずれか無人の方を進みたく、是非お答え乞《こ》い申し候。
明智じゅうべえ

と書き連ねた。

「左馬助っ」

光秀は大声で明智左馬助秀満を呼んだ。

「そちは、愚息の顔を覚えておるな」

はっ、と戸惑いがちながらも左馬助は答える。

「この懐紙三枚を持って、西ノ湖の畔《ほとり》にある常楽寺にすぐさま出立せよ。ここから北に一里の場所じゃ。そこに、愚息と新九郎がいる」

「は？」

ますます左馬助は不審そうな顔をする。

「わけはあとで話す」せかせかと光秀はまくし立てた。「よいか。出来る限り急げ。愚息にこの懐紙を見せよ。そして答えを聞いたら、すぐまたここに戻ってくるのだ」

さらに、拝み込むようにして付け足した。

「急いでいるのだ。さ、頼むっ」

今度は左馬助もはっきりと片膝《ひざ》を突き、頭を下げた。

「承りまして候」

さっそく左馬助は騎乗の人となり、馬蹄《ばてい》の音を轟《とどろ》かせながら闇の中に消えていった。

光秀はその後ろ姿を見送ってから、三百名の郎党を振り返った。

みな、不安そうな顔をしたまま、黙りこくって光秀を見つめている。

さっそく筆左衛門が物問いたげに口を開く。

「殿、これはいったいぜんたい、どういうことでござるか」

ふと、おかしくなる。

「このわしが、気が触れたとでも申すか」

「そのようなことは……じゃがですな、上様からは疾《と》く落城をと……」

なおも焦《じ》れて口ごもる筆左衛門を、光秀は目線で制した。

「しばし、待て」

そして郎党すべてを見渡しながら、努めて冷静な声で、もう一度繰り返す。

「左馬助が帰って来るまで、しばし待て。一里の道をあの速度で往復して帰ってくるのだ。四半刻もかからん」

山裾《やますそ》の暗闇の中、じりじりと時が経っていく。

はるか遠くから、無数の人の叫び声のようなものが、風に乗って時折かすかに聞こえる。この闇の中でも、まだ箕作城の攻城戦は続いているのだ……。

時の経過が、粘つくようにして光秀の神経に貼り付く。肌を湿らせる。

やがて、待ちに待っていた馬蹄の音が遠くから響いてきた。

光秀は思わず床几《しょうぎ》から立ち上がる。

馬蹄の音は次第に大きくなり、ついに前方の闇の中から左馬助が姿を現した。

「殿っ」

左馬助はそう叫ぶなり、光秀の目の前で馬から飛び降りた。その首筋が汗で光っている。よほど馬を鞭《むち》打ってきたのだ。

「ご苦労」

そう光秀が言った直後、

「これにてござりまする」

と、左馬助が懐から懐紙を取り出した。

さっそく光秀は、その汗に湿った書状を開く。

そこには、簡潔にこう書かれてあった。

じゅうべえ殿
北東を選ばば、四つに三つは無人の道にて思《おぼ》しく候。
御武運お祈り申上げ候也。
ぐそく

ふむ、と光秀は興奮のあまり、思わず吐息を洩《も》らした。

四つに三つ。つまりは北東の妙経寺口から山道を進めば、七割五分もの高確率で伏兵は存在しないと明示してある。

やはり理はあるのだ。そしてその勝ち率も、確固としてある。

直後には顔を上げ、思わず叫んでいた。

「者ども、このわしに続け。目指すは北東の妙経寺口ぞっ」

あとはもう遮二無二馬を疾駆させた。

妙経寺の横に馬を打ち捨て、境内の横から延びる山道を一斉に駆け上がっていく。

駆け上がりながらも、光秀はまるで念仏でも唱えるかのように心中で繰り返していた。

四つに三つ、四つに三つ、四つに三つ……。

願わくば、その七割五分であってくれ――。


伏兵は、存在しなかった。

途中、何の障害もなく、光秀とその配下である明智の一党は、長光寺城を易々と征服した。

光秀は頂に立ち、無人の平城に盛大に火を放ち、織田家の旗指物を四方八方に掲げた。

ややあって、はるか遠く、箕作山の麓《ふもと》から沸きあがった地鳴りのような歓声が、風に流れて聞こえてきた。明智軍の攻城が成ったと知ったのだ。

光秀は思わず微笑む。

織田軍の規模からすれば、ほんの小さな勝利だ。しかし大局を揺るがす、大きな勝利だ。

しかも通常の攻城戦であれば九百の兵を要するところをわずか三百名で征し、さらにはその兵を一人も損じてはいない。

快挙である、と自分でも感じた。

やがて、箕作山を上へ上へと登っていく無数の松明《たいまつ》を光秀は見た。のちにこれは、木下藤吉郎の戦術であったことを知る。

遠近の両面から戦意を挫《くじ》かれた箕作城はこの数時間後、わずか一日で陥落する。その陥落を知った和田山城の兵も驚愕《きょうがく》し、戦わずしてそのほとんどが逃げ散った。

むろん、本城の観音寺城も同様である。六角氏主従の千騎も、翌日の未明を待たずに甲賀へと落ち延びていった。

これ以降、光秀とその明智の一党は、織田家の中で一躍重きをなすに至る。

……だが、むろんそれは、光秀一人だけの功績に帰するところではない。

第五章　上　洛

1

六角氏の勢力をわずか一日で粉砕した織田軍の圧倒的軍事力は、すぐに噂の早馬となって周辺諸国を駆け巡った。

当然であろう。

源平《げんぺい》以来、四百年の長きにわたり栄え続けた近江源氏の名門が、たった一晩にして壊滅したのだ。

そしてその影響も、当然のことながら大きかった。

織田軍が京方面に放っていた間諜《かんちょう》によれば、すでに三好勢は続々と摂津、河内方面に落ち延び始めているという。十八支城のうち、最後まで抵抗を続けていた日野城主の蒲生賢秀《かたひで》も、ついに降伏勧告に応じた。

信長はそれらの報告を受け、ますます上機嫌になった。

「此度《こたび》の働き、みな大儀であった」

諸将たちの居並ぶ満座の前で、そう一声放った。

さらに高声を張り上げ、次に続けた言葉は、下座にいる光秀にとって思いもかけぬものであった。

「特に明智の十兵衛、木下藤吉郎の戦いぶりは、上洛《じょうらく》の初手から我が織田軍の面目を、天下に施し示したものである」

なんと……。

平伏《ひれふ》しながらも、光秀は感動に我が身が打ち震える思いであった。

間違いなく耳にした。

しかも、このわしの名が、先に呼ばわれた。

このたびの六角氏攻略で重要局面を任されていた木下藤吉郎の火責めに似た獅子《しし》奮迅《ふんじん》ぶりは、たしかに衆目の一致するところであろう。

しかし、と光秀にも密《ひそ》かな自負がある。

それでも長光寺城の陥落を目の当たりにしなければ、箕作城があのようにすぐさま落ちることはなかったはずだ。

しかも木下軍が落城させるに際してかなりの兵を損じているのに対し、我が勢は一兵卒たりとも損じていない。

おそらくはこの小さな、しかし驚愕の事実もまた、数日を経ずして在京のしかるべき筋には伝わるだろう。さらに織田軍の精強ぶりは京洛外で喧伝《けんでん》されることとなる。

その効果の戦略的意味を、高座に腰を据えているこの野人も、よく理解している。藤吉郎よりも、光秀の長光寺城攻略の成果を一段高く見ている。

　案の定、諸将が散会したあと、光秀は信長に呼ばれた。

「十兵衛よ、こたびはようやった」

「は――」

「もはや京までの道に、うるさき小蠅どもはたからぬ」

「恐れ入りまする」

「瀬田より、先鋒《せんぽう》を命じる」なおも上機嫌で信長は重大な一言を告げた。「さらに粟田口からは全軍より一足先に入り、市中に制札を立てよ」

　はっ、と光秀は平伏した。

　平伏しながらも、光秀はさらなる感激に心を震わせた。

　およそ武将として生まれて、王城の地に先陣を切って足を踏み入れることほど名誉なことがあるだろうか。

　しかも筆頭家老である柴田勝家や丹羽長秀、佐久間信盛や林通勝《はやしみちかつ》ら、織田家譜代の重臣を差し置いての大抜擢《ばってき》である。

（この男は新参者に過ぎぬわしの能力を、すでにそこまで認めているのか――）

　そう思うと、さらに感動もひとしおだった。

　むろん、それ以外にも光秀に先鋒を命じた信長の意図は分かる。

　その膨大な本隊が洛中を埋める前に予《あらかじ》め入洛し、京者の感覚が分かる光秀のやりかたで、市中を安堵《あんど》せしめよ、ということだろう。

京の地理・情勢に明るく、公卿《くぎょう》幕臣や寺院門跡にも伝《つて》の多い光秀にとって、この先鋒の役割はうってつけである。公卿の位階役職名を満足にも読めぬような織田家の他の武将とは違い、折衝のときに必要な室町風の礼儀作法にも明るい。

「して、その制札の内容は、いかがいたしますか」

光秀は訊《たず》ねた。

「乱暴狼藉《ろうぜき》の停止」信長はさらに具体的に言った。「一銭斬り。そう明示せよ」

つまり、織田軍は市民に対して暴行や盗みを働かない。たとえ一銭でも盗む者は斬り捨てる、ということだ。

分かっている、と光秀は感じる。

遠く平氏や木曾義仲の例を引くまでもなく、京で驕《おご》った者で長い政権を保ったためしはない。

またこれが、この男が社会に要求する倫理観なのだ、と改めて感じ入る。

信長は、今までも自らの支配下となった領土ではこの『一銭斬り』という刑罰を、楽《らく》市楽座《いちらくざ》という施策と併せ、しきりと明示している。領民を安心させ、ひいては領土内での商品流通と経済活動を活発化させるためであろう。

信長はさらに言った。

「その際、手持ちの兵では不足であろう。千ほど与力を授ける」信長は言った。「望みはあるか？」

　希望する与力をつけてくれるというのだろう。

　織田軍の将は、それぞれが持つ郎党以外は、制度的にはすべて信長直属の部下ということになっている。武将に与えた知行地も信長自身が管理し、そこからの禄《ろく》も、信長から直接支払われている。つまりは木下藤吉郎における蜂須賀《はちすか》小六《ころく》や、稲葉一鉄における斎藤利三は、一見その完全なる部下のようでも、実は信長の前では同等の直臣なのだ。意地の悪い見方をすれば、織田軍の将はすべて、信長個人の使用人に過ぎないともいえる。

「十兵衛、いかに？」

　信長は答えを促してきた。

　はっ、と光秀は少し躊躇《ためら》いながらも口を開いた。「できますれば、斎藤内蔵助利三どのとその一党をお借りしたく……他の与力に関しましては、上様の良きように」

　果たして信長は、ふむ、と小首を捻《ひね》った。

　言ってはしまったものの、光秀も内心、忸怩《じくじ》たるものを感じている。

　微妙な要求であろう。たしかに一鉄も利三も、信長の前に出れば同じ直臣である。が、二人はもともと西美濃衆の遠い縁者にもあたり、さらには婿舅《むこしゅうと》の関係でもある。その婿だけを西美濃衆から引き抜くとなれば、この人事は一時的にせよ穏当なものではない。

　が、信長は直後には快諾した。

「まあ、よかろう。一鉄には言って遣わす」

「ありがたき、幸せ」

桑実寺《くわのみ》に身を寄せていた義昭と幕臣衆も、数日後に織田軍に合流した。

「聞いたぞ、十兵衛」

さっそく拝謁に伺った光秀に、声を弾ませて義昭は言った。

「一兵も失わずに長光寺城を落としたこと、織田家ではもっぱらの評判であるそうな」

光秀はますます頭を低くした。

「おそれいりまする」

「わしも鼻が高いわ」

言っている意味は分かる。光秀は織田家の家臣であると共に、未《いま》だ幕臣の一人でもある。仮にも武門の棟梁《とうりょう》である義昭にすれば、そのお気に入りの身内衆が織田家に対して大いに武名を上げてくれたという気分なのだろう。

むろん、褒められて光秀も悲しかろうはずがない。むしろその鳴るような評判は、不遇の時代が長かった光秀にとっては、堪《た》えようとしても堪え切れぬほどのうずうずとした快楽を伴うものであった。

その下座に侍《はべ》っている藤孝も控えめに笑っている。

「十兵衛どの、さらにはこのたび、上洛での先陣を任されたそうであるな」

「もったいなくも左様にございます」

光秀は、この年来の朋友《ほうゆう》には、やや口調を緩めて親しげに答えた。

その後、その藤孝と二人だけで話す機会を得た。

「いよいよ年来の夢がかなうときが、今やすぐそこであるな」

そう藤孝が、感慨深そうに口を開いた。

むろん光秀も同感である。

「まったくもって」

言いながらも、つい大きくうなずいた。

すると藤孝は、静かな笑みを浮かべた。

「ときに十兵衛どの、言うには多少礼を失するが……」

「なんでござる」

が、藤孝はさらに思い直したように失笑し、首を振った。

「いや……まあ余計なこと。ご放念されよ」

――ん？

しかし相手がそう言う以上は、それ以上訊《き》くことは憚《はばか》られた。

光秀は今、織田軍四万三千の先陣を切って、瀬田橋を渡っている。

光秀の横では斎藤利三が上機嫌で笑っている。

「いやはや、恩にきますぞ」

光秀もまた、この男に対しては好意的な笑顔を向ける。

「なにがでござる」

「明智どのの引きにて、こうして共に京に一番乗りできますること」利三は白い歯を見せる。「武士《もののふ》として生まれ、これ以上の男冥利《みょうり》がありましょうや」

光秀はふたたび微笑む。

好漢、愛すべし、と感じる。

いよいよ明日に京入りを控えた前日、山科《やましな》盆地で一泊した。

暮夜の陣中を歩いているとき、雑兵たちの奇妙な小《こ》唄《うた》を耳にした。光秀が近くに居るとも知らずに歌っている。

上様の　お気に召すもの　一に金柑《きんかん》　二に鼠《ねずみ》

思わずむっとする。

織田家譜代の重臣を差し置いて、織田家で昨今めきめきと頭角を現し始めている出頭《しゅっとう》人《にん》の代表格といえば、光秀と藤吉郎をおいて他にない。そしてこの二人には、もう一つの共通点がある。

二人とも、薄禿《うすはげ》だということだ。

ただし、その禿《は》げ方はそれぞれに違う。

光秀がまんべんなく頭髪が薄くなり、頭頂部の頭蓋《ずがい》が透けて、その鉢の形が金柑に似ているのに対し、藤吉郎は斑《まだら》に、かつ無様に禿げ散らしている。

人の身体的特徴に敏感な信長は、時おり二人に対して癇走《かんばし》ることがあると、光秀を『この、キンカ頭っ』と容赦なく怒鳴りつけ、藤吉郎に対しては『禿げ鼠がっ』と罵倒《ばとう》する。

家臣ながらも、無礼極まりない男だ、と時おり堪《たま》らぬ気持ちになる。

この野人——信長なりに自分と藤吉郎を相当に気に入っているのは分かる。分かるが、それにしてもこれが果たして、毅然《きぜん》たる一個の男子を遇する態度であろうか。

しかも今、雑兵どもの小唄にまで歌われているのだから、光秀としてはますます不快にならざるを得ない。

同時に、これだったのか、と感じる。

藤孝が伝えようとして躊躇《ためら》ったのは、おそらくはこの下卑た唄のことなのだ。

さらには——。

自軍の陣地まで戻ってきたとき、光秀の足軽たちまでもが、この小唄を陽気に口ずさんでいるのを耳にした。

　上様の　お気に召すもの　一に金柑　二に鼠

雑兵たちはなおも滑稽《こっけい》な節回しを付けながらも、せっせと野営の作業に勤しんでいる。今度こそ本当に憤慨した。いっそ斬り捨ててやろうかとも一瞬思い、さらにはもの悲しくなり、最後にはふと思い直して、苦笑した。

どうやら彼らは、自軍の大将である光秀をむしろ誇りとして、この小唄を歌っているらしい。

不本意である。大いに不本意ではあるが、ならば、それはそれでよいか……。

翌日、光秀と利三の率いる先陣は、ついに京の七口の一つである粟田口に立った。なおも進み、三条大橋の袂《たもと》まで近づいたときのことである。

気づくと、路傍に平伏している武士装束の男が数人いる。

光秀は左馬助を、その用向きを聞かせるために遣わした。

左馬助が馬を降りても、その男たちは上体こそ起こしたものの、土の上に膝《ひざ》を突いたままだった。その土民のように卑屈な態度を、なおも光秀は遠目から眺めている。

やがて左馬助が手渡された懐紙を持ち、引き返してきた。

「あれなる者らは、松永弾正どのの手のものでござる」左馬助は言った。「上様への書状を託されましてございまする」

「ふむ？」

光秀は束の間迷った。明らかに降伏する旨の書状だろう。ならば、書状はおいおい誰かに託して信長に届けさせ、先陣としての自分の役目を優先すべきか。

が、松永という人物が人物だ……。

当世、悪逆と言えば、これほど煮ても焼いても食えぬ極悪人もいないだろう。

五年前、主君の嫡男を毒殺して三好長慶《ながよし》を廃人同然に追いやり、三好一党を半ば掌握したのを皮切りに、急速にその暴虐ぶりを公然と現した。三年前、前将軍の義輝を攻め殺した永禄の変も、光秀の記憶には生々しい。さらには奈良での戦闘中に東大寺を大仏ごと焼失させてしまったのも、つい去年の話である。

この織田軍の上洛《じようらく》に際しても、あの姦人《かんじん》は何を企んでいるか分かったものではない。

やはり、信長にすぐさま届けたほうがいいだろう。

しかも、自ら遣いに走ったほうがいい。

そう判断し、馬首を翻《ひるがえ》すや否や、遥《はる》か後方を進軍する信長の本陣まで駆けに駆けた。

「なに、弾正の遣いとな」

信長はすぐに全軍を停止させ、騎馬を降りた。

光秀を従え、木立の下までせかせかと歩いていく。

それにしても、とその背中を見つめながら光秀は変に感心する。

ここまで腰の軽い大名というものが、果たして他に存在するだろうか——。

信長は木陰に立ったまま、その書状を無造作に開いた。

しばし読み込んだあと、一声、いかにも愉快そうに高笑いを上げた。

「弾正に伝えよ」明快に信長は言った。「数日内にわしの本陣を訪ねて来いと。ただし、その従者は三人までとする」

その口調、その内容……まさかと思う。

上様、と思わず光秀は上ずった声を出した。

「まさか、松永をお赦《ゆる》しになる気でござりましょうや」

「まさか、とは何だ」

いかにも気楽そうに信長は答える。

「あの老い馬は使える。このまま敵として捨て置けとでも申すか」

し、しかし、とさらに光秀は額に汗を噴き出しながらも、必死に抵抗した。

「かの者は、義昭様の実兄であられる前将軍の義輝様を弑《しい》し奉《たてまつ》った大逆人ではございませぬか」

「そこだ」

と、信長は投げ捨てるように言った。

「あの老いぼれは、我が亡き岳父《がくふ》に似ている。常人のなさざることを平然とやってのける」岳父とは、信長の舅《しゅうと》である故斎藤道三のことであろう。「おぬしと同じく有能で、善悪問わず汗っかきでもある。そこが、気に入っている」

愕然《がくぜん》として、思わず言葉に詰まる。

怒るかもしれない――。

そう思いつつも、ようやく次の一言を口にした。

「公方《くぼう》様に対し、あまりにも畏《おそ》れ多いとはお思いになりませぬか」

この野人は、部下からのこういう差し出口をもっとも嫌う。時には気が触れたように叱り付ける。

が、意外にもこのときの信長は怒らなかった。

かわりに束の間、不思議そうに光秀をまじまじと見てきた。

「十兵衛よ、そちの目には映らぬのか」

そう、決定的な言葉を口にした。

「公方であれ、飯は食うし女も抱く。鼻もほじる。さらには糞便《ふんべん》も垂れるものぞ」

そのあまりの言いざまに、光秀はしばし絶句した。

不敬どころではない。これではまるで貴人を地下人同様の階級にまで引きずり落とし、扱《こ》き下ろし蔑《さげす》むに等しい発言ではないか。

「そ、そのような……」

しかし、信長はもう取り合わなかった。

「行け」と、そっけなく手を払った。「これ以上、無駄に行軍を止めるな」

「……はっ」

ふたたび馬上の人となった光秀は、三条大橋まで急いで駆け戻り始める。しかし馬を鞭《むち》打ちながらも、つい漠然とした不安に陥らざるを得ない。

織田家に仕えて以来、信長に関して聞いた噂をあらためて再認識させられる。

物の怪《け》はむろん、神や仏も、わしはこの目で見たことがない。みなも見たことがなかろう。

しばしば家中で、そう公言して憚《はばか》らぬという。

つまりは騙《まやかし》だ。おらぬのだ――。

それが、この徹底した合理主義者の物の考え方であった。

光秀は、思う。

神仏さえ敬わないどころか無神論を展開する男に、その頂点に位置するとはいえ、所《しょ》詮《せん》は人間界の存在である公方や天子を心底敬うことが、果たして可能か。

答えは、どう考えても否《いな》だ。

……ふと、愚息のことを思い出す。

つい少し笑う。

今からもう、八年も前のことだ。

細川邸の門前で足蹴《あしげ》にされ、さんざん怒鳴り散らされた挙げ句、言われた。

わしがこの世で心の底から敬いたまうのは、ただ一人、釈尊のみだ。だが、それとて元は同じ人間ではないか。ましてやわしやおぬし、この新九郎、細川どのとて同じ人間。いったいどれほどの違いがあるというのだ――。

似ている、と感じる。

この二人の〝人の世〟を見る原理は、酷似している。

だが、そこを基点とした人の世に対する方向性がまったく違う。

愚息なら、だからこそ同じ人間同士で階級の差こそあれ等しく慈しみ、暮らし合っていければいいと考えるだろう。

しかし信長は違う。

むしろ、その視点に立った上で、およそ人倫の上に立った権威という権威を地べたまで引き摺《ず》り下ろし、その虚飾を無残なまでに喝破していく。白日の下に晒《さら》していく。

たしかにそれはある意味、正しい目線なのかもしれない。

されどその視点を、天下を欲する男が持っているとすれば、どうか。

神仏さえ恐れぬ男が、今後ますますその力を付けていくとすれば、どうか。

坂道を転げ落ちていく巨石のように、誰にも歯止めが利かなくなるのではないか……。

やはり光秀は不安になる。

と言うよりも、何か行く末に空恐ろしいものを感じてしまう。

織田軍の上洛後、その予感をさらに強める出来事があった。

信長は、京の南郊や摂津に残る三好軍を短期間で掃討した。本来は藤孝の居城であった勝竜寺城《しょうりゅうじ》も、岩成友通《いわなりともみち》からなんなく奪還した。藤孝が歓喜したのは言うまでもない。

同じように和田惟政には摂津芥川山《あくたがわやま》城を陥落後、すぐに与えた。義昭を擁立した有力幕臣への、実質的な恩賞に等しい。

さて、残るは大和の処理である。

話はやや前後するが、信長は上洛後、その本陣を東寺に構えた。

松永弾正久秀は、信長が命じたとおり、その二日後にわずかな従者を引き連れてやってきた。

今、信長は講堂の大広間にいる。

光秀も京の市政官の一人として、その脇に侍《はべ》っている。

目の前に平伏している松永久秀は、永正《えいしょう》七（一五一〇）年の生まれと聞くから既に六十間際だが、とてもそのような老人には見えない。

血色よく髪は黒く、白い面長で、若かりし頃には相当な美男であっただろう面影が、今でもありありと口元や鼻筋に残っている。その若年には三好長慶の衆道《しゅどう》相手だったとも噂されている。

ただ、時おり見せるその滑《ぬめ》るような目つきだけは、やはり尋常なものではない。

その松永の前に、高名な唐物茶入《からものちゃいれ》がある。

九十九髪茄子《つくもなす》、である。

茶人ならその名を知らぬ者はない国宝級の名品で、三代将軍義満《よしみつ》のときより足利将軍家で愛用されてきた。松永久秀は、この九十九髪茄子を降伏の手土産として献上してきている。

信長は、上機嫌である。

松永はしばし、降伏を赦された御礼を殿中言葉でくどくどと並べ立てていた。

信長は適当にうなずいていたが、不意に乾いた笑い声を上げた。

「もうよい、弾正」

「は？」

「わしの耳にはそちの室町言葉など届かぬ。じゃがな、そちの評判は昔からとくと耳にしておる」信長はまた愉快そうに笑った。「どれもこれも、無残なまでに悪い」

松永は平伏したまま、さすがに無言になった。

「神をも恐れぬ所業とは、のう弾正――」この野人の悪い癖で、またしても片膝《ひざ》を乗り出すような姿勢をとる。「わが岳父同様、まさしくそちのことであるな」

松永はなおも頭を低くした。しかし依然、無言である。

信長は、さらに語りかける。

「弾正よ、そちゃ神仏を信じぬのか」

今度はゆっくりとその顔が上がった。

「はて……」

松永は、どう答えていいものやら迷っているようだ。挙げ句、他人事として逃げた。

「なにやら世間では、神仏は尊ぶべきもの、と申しまするな」

信長の表情から笑みが消えた。

この男は、曖昧《あいまい》な答え方を誰にも許さない。

「もう一度聞く」そう鋭く刺すように言った。「神は、いると思うておるのか」

繰り返すが、場所は東寺——空海《くうかい》が興した七百年以上の歴史を誇る巨刹《きょさつ》、教王護国寺《きょうおうごこくじ》である。

「答えよ、弾正」

松永の表情が、じわりと変化した。心持ち、背筋も張る。目元に凄《すご》みのある笑みを浮かべ、その両頬にもうずうずと微笑を差しのぼらせた。

どうやら腹を据えたらしい。信長の背後に鎮座しているあまたの如来像や菩薩《ぼさつ》像を眺め回しながらも、このかち後世にまで残る有名な言葉を平然と言ってのけた。

おそらくは、いますまい、と。

「もしいたとしても、人間のことなど、ことさら興味も持たぬかと思われます」

「何故じゃ」

「人間といえども、所詮《しょせん》は流転する万物のひとつ」なおもゆるゆると笑いながら、松永は続ける。「あまたを照らす彼らも、それほど暇ではありますまい」

あっ、とその瞬間、光秀は腰が砕けそうになるほどの衝撃を味わった。

たしかにそれは、一面の真実だろう。

この男、やはりただ者ではない。さすがにこの乱世を、身一つでのし上がってきた梟《きょう》雄《ゆう》だけのことはある。それなりの真実を密《ひそ》かに見つめて生きてきている。

だがそれは冷えた目でこの浮世を見れば、人間も結局は虫けらや石ころに等しいという、死ねば単に泥に戻るのだという、恐るべき虚無の世界に漂うことにもなるだろう——。

直後、堂内に信長の弾《はじ》けたような高笑いが響いた。

「弾正よ、ぬしに一万の兵を貸し与える。大和一国を平らげよ」

……光秀は感じる。

明らかに今の松永の答えを愉快に思っている。面白がっている。つまりは、その精神のどこかで共感しているということだ。

やはり、またしても底の見えない古井戸を覗《のぞ》き込むような、そんな不安に陥らざるを得ない。


それはともかく、信長のこの処置に激怒した者がいる。

清水《きよみず》に陣を張っている義昭である。

「織田弾正忠《だんじょうのちゅう》は、気でも狂ったか」と、顔を真っ赤にして怒鳴った。「あの蠍《さそり》は、我が兄を殺した国賊であるぞ」

当然の感情であろう。そしてこの国の武門の棟梁《とうりょう》としても当然の倫理観である。

が、信長は歯牙《しが》にもかけない。

「武略ある者は、たとえ蠍でも使う。それだけのことでござると、公方《くぼう》に伝えよ」

そう光秀に命じた。

複雑な気持ちながらも、さっそく光秀が清水寺へ発《た》とうとすると、

「待て」

信長は、思い直したように引き止めた。

「行くのは、明日でもよい」

その言い方に、光秀はふたたび危うい気持ちを覚える。つい信長の嫌いな念を押した。

「明日、でございますか」

うむ、と信長はうなずいた。やはりこの男は、公方のことをその程度にしか考えていないらしい。

「それよりもな、今日はおぬしにあらためて問いたいことがある」

「何でござりましょう」

すると信長の表情は一転して、好意のある視線を光秀に向けた。

「先般の長光寺城の攻略は、見事であった」

「は……ありがたきお言葉」

言葉少なに光秀は答える。誇っていいことなのにも拘らず、じわりと不安が募る。

「とくに一兵も損じることなく成し遂げたこと、我が織田家の非常な誉れである」

「はい――」

光秀は、ますます言葉少なになる。

「どう判断した」

案の定、信長は一足飛びに結論を聞いてきた。

「聞けば透破《すっぱ》どもは、残る二口のうち、どちらに伏兵が潜んでいるかまでは分からなかったと申すではないか」

「……」

「何故そちは、伏兵がおらなんだ道を選ぶことが出来たのだ」

光秀は、さらに言葉に窮する。

「勘か」さらに興味深げに信長は聞いてくる。「残るは二つに一つ。半々に、賭《か》けたか」

この質問には、ようやく口を開いた。

「恐れながら、さにあらず」光秀は答えた。「四つに三つまでの確信は持ちまして、妙経寺口を駆け登りましてございます」

ふむ、と信長は光秀の顔を覗《のぞ》き込んできた。好奇心剝《む》き出しの、まるで子どもの顔をしている。

「はて。四つに三つ、とは何じゃ」

「仮に四回、同じような状況に遭遇しましたとして、うち三回は無人の道を進むことが出来るということにござります」この質問にも、なんとか光秀は答える。「つまり、一回にての確率は七割五分での成功を見込めまする」

信長は、ますます意味が分からないという顔をした。

「しかし、その根拠は何じゃ」

「……」

「そちは今、七割五分の勝ちを収めると申す」矢継ぎ早に信長は聞いてくる。「が、道は二つに一つ。やはり半々ではないのか」

分かる。自分の額から、じわりと汗が滲《にじ》み出している。

「その理《ことわり》を申せ。わしに説明せよ」

信長の顔に、徐々に苛《いら》立《だ》ちの表情が見え始める。おそらくは光秀が、その理を知っているのにも拘らず、もったいぶっているのだと勘違いしている。内心、泣きそうなほど情けない思いに駆られる。

「答えよ、十兵衛」

ついに信長は命令するように言い放った。

2

そもそものっけから、十兵衛の様子がどこかおかしいとは思っていたのだ。

愚息に約束の黄金一枚を差し出したときも――いつもの十兵衛ならこういう場面で、慎みながらも鼻高々になっている様子を隠しきれないものだが――このときばかりは、どこかおずおずと新九郎たち二人の様子を窺《うかが》っていた。

　やがて、その話が始まった。

「なんと――」

　途中まできたとき、思わず新九郎は絶句した。

「さすればおぬし、信長にすべてをぶちまけたと言うか」

「ああ」

「この愚息や、わしのことも か」

　十兵衛はますます身を縮ませる。

「……そうだ」

「賭け事もか」

「うむ……」

「まさか、わしらのそもそもの出会いから、全部か」

「すまぬ。この通りじゃ」

　ついに十兵衛は両手を突いて謝った。

「そうでもしなければ、殿の誤解を解くことは出来なんだ」

　なんとなく事情は分かる。その経緯も、うっすらと透けて見える。

　折に触れ、十兵衛から噂に聞いて知っている。信長は何が嫌いと言って、ありもしない西方浄土《さいほうじょうど》を売り物にする坊主と、戦場では物の役にも立たない兵法者ほど、毛嫌いしているものはないらしい……。

新九郎は、あの常楽寺に駆けつけて来た左馬助秀満の前で、愚息がしたためた手紙の内容を知っている。

おそらく信長は、愚息のことを持ち出した途端に機嫌が悪くなった。そしてその手紙の内容どおりに十兵衛が攻め口を選んだと知れば、
うぬは、坊主の〝卦《け》〟などを信じて兵を用いたと申すか。

などと、激怒したであろう。あるいは十兵衛に聞く人となりでは、怒りに任せて刀の柄《つか》に手をかけるぐらいはやったかも知れない。

当然、十兵衛としては、新九郎たちとの関係や賭け事の詳細に至るまで、必死に弁解せざるを得ない。

それにしても、と新九郎は目の前で頭を下げている十兵衛を改めて見遣《みや》る。

この男の不器用さ加減ときたら、どうだ。

いざというときはきっちりと肝を据えることも知っているくせに、その気構えのないときには、すぐにうろたえる。腰砕けになり、挙げ句、余計なことまで口走る。

理が分からなければ、唐の兵術書あたりから学んだとでも適当にごまかしておけば良いのだ。そういう相手を呑《の》んでかかるような器用さ、あるいは機転が、この男にはまったく備わっていない。

新九郎は内心、とてつもなく憂鬱《ゆううつ》になってくる。

この話の帰結が、もううっすらと透けて見えるからだ。

ふと愚息を見る。

当然のことながら、この男もまた不機嫌そうだ。

「いやはや、なんという馬鹿だ」そう、当人を前に言い放った。「呆《あき》れてモノが言えぬとは、このことだ」

「すまぬ」

十兵衛はふたたび頭を下げる。

愚息は深い溜息《ためいき》をついた。

「それで、なのだが……」なおも言いにくそうに十兵衛は続ける。「上様に会って、その理を説明してもらうのは可能であろうか」

やはり――。

新九郎もつい溜息をつく。どうせこんなことだろうとは思っていた。しかし、必要があるならいざ知らず、誰が信長のような感情がどこにあるか分からぬ人間に会いたいと思うものか。

二人の不機嫌そうな無言を気にしてか、さらに十兵衛はおずおずと口を開く。

「上様はの、申し上げてみたところ、いたくおぬしらのことがお気に召されての」

すると、愚息が吐き捨てるように言う。

「その上様というのは止めろ。少なくともわしらの前では止めろ。聞いているこちらまで胸糞《むなくそ》が悪くなる」

「では、殿と言い直そう」すかさず十兵衛は訂正する。「どうか、会ってはもらえまいか。そして、四つの椀《わん》の理を説明してはもらえまいか」

「気が、乗らんのう」愚息は口を尖《とが》らせる。「わしらはな、十兵衛、おぬしに雇われているわけではないわ。なのに何故、信長ごときに拝謁せねばならん」

つい新九郎は笑い出しそうになる。

この相変わらずの不羈《ふき》の精神に、思わず喝采《かっさい》を送りたくなる。

吹けば飛ぶような荒れ寺の貧乏坊主のくせして、上洛《じょうらく》を開始するや否や瞬く間に近江・京を席捲《せっけん》し、時代の寵児《ちょうじ》に躍り出た織田弾正忠を、信長ごとき、と言い放つ。

そうじゃ、そうじゃと、新九郎もつい愉快になり、その尻馬《しりうま》に乗る。

「何故わしらが、信長に会わねばならん」

が、十兵衛は譲らなかった。

「頼むっ」

と、二人に手を合わせてひたすら拝んできた。ばかりでなく、今度は本当に床に額を擦り付けてきた。

「頼む。この通りじゃ。わしのためではない。わしのこれからに土岐明智一族の命運がかかっておるのだ」

「……」

「悲運続きだった一族の存亡が、わしの出世にかかっておる。わしはもう金輪際、郎党たちを二度と路頭に迷わせとうはない。頼むっ」

新九郎と愚息は顔を見合わせた。

そして改めて思う。

この十兵衛が、こうして誰から強制されたわけでもなく自ら背負っているものが、その未来への覚悟が、この男の行動原理でもあり、だからこそ、ついつい自分たちもこの男に肩入れしてしまうのだ、と。

「やれやれ……」

ついに愚息は承諾した。

「ただし、礼は弾んでもらうぞ」

「むろん」

「おぬしからではない。信長から、直接いただく」

「は？」

「わしの答えに得心がいかずば、この首、即刻信長に呉《く》れてやろう」愚息は気楽に言い捨てた。「ただし、得心がいった場合は黄金三十枚をいただくと、信長に伝えよ。それが、顔見せをする条件じゃ」

「そ、それは……」思わず十兵衛が口ごもる。「また、なんとも法外な」

「法外か」愚息は初めて笑った。「じゃがな、あの長光寺城の攻略が及ぼした成果を考えれば、そしてそのモノの考え方を今後の戦略に生かせれば、信長にとっては安い買い物よ」

3

それから十日ほどが経ち、光秀は二人を伴い、東寺の陣所へと赴いた。

東大宮の大路を踏む自分の足元が、多少心もとないのが分かる。

実は光秀は、昨夜は過度の緊張のあまり、夜半過ぎまでまんじりともしなかった。鶏の声を聞いた未明に、ようやく束の間の眠りに落ちただけだ。

無理もない……。

つい先日、愚息の言い分を信長に復命した。

「なに――」

一瞬、その白い額に青筋が浮かび、光秀は思わず肝を冷やした。

「黄金三十枚、不可ならばその首を取れと申すか」

「はっ」

しかし直後、恐る恐る信長の顔を見上げると、意外にもこの野人は破顔していた。

「面白し」

信長は碁石でも弾《はじ》くように言った。

「つまりその坊主は、命を賭《か》けると申すのだな」

その上機嫌を一瞬は奇異に感じたが、直後には納得もする。

愚息の示唆によって長光寺城が落ちた事実は、この男にもよく分かっている。しかも一兵卒も失わず、その軍令からわずか二刻あまりで陥落したことを考えれば、たしかに愚息の言うとおり、この黄金三十枚は後払いの報酬としては、むしろ安いだろう。

しかも信長は、その答えが気に入らなければ、愚息の首をすぐに刎《は》ねても良いのだ。

光秀は、さらにそれ以前にあった会話を思い出す。

あの間道を選んだ理由を説明できず、ついに愚息の存在を白状したときのことだ。

「実は、それがしには二人の朋友《ほうゆう》がおりまする。一人は兵法者。もう一人は坊主。その坊主のほうが、それがしに進言してございます」

「何故、黙っていた」

「上様は、僧侶《そうりょ》と兵法者がお嫌いと聞き及んでおりましたゆえ」

事実そうだ。公卿《くぎょう》、僧侶など働きもせずに庶民の上に貴族然として胡坐《あぐら》をかき、徒食するものが、この男は大嫌いだった。そして兵法者も、おのれの技術を誇るだけの存在で、実戦ではむしろ有害無用のものと考えている。

しかし信長は、からからと笑った。

それは、人によるわ、と。

「わしに利をもたらす者ならば、閻魔《えんま》とでも添い寝してやる」

なるほど、と光秀は改めて感じ入った。これが、この男の思考法なのだ。そういう意味で、自分の利害に異常に明るいこの男は、最初から二人に対し好意的なのだ。

それでも光秀は、内心の不安を抑えきることができない。

愚息の答え如何《いかん》によっては、その首が飛ぶのだ。あるいは、たとえ答えが理に適《かな》ったものでも、難解複雑で信長の意に沿わなければ、首はないかもしれない。

信長はその指向として、常に明晰《めいせき》なるものを好む。

そのときは、と密《ひそ》かに思っていた。

……熙子よ、許せ。

このわしが、愚息に代わって詰め腹を切る――。

そう昨夜に覚悟を決め、光秀は今、大路を歩いている。やはり溜息は出る。足も宙に浮き気味になる。

ふと思い出す……大事なことを言い忘れていた。

背後をいかにも暢気《のんき》な足取りで付いてきている二人を振り返り、口を開く。

「いちおう、殿には礼を失せぬように、くれぐれも頼むぞ」

「なんじゃ、それは」さっそく愚息が顔をしかめる。「謂《いわ》れもないわしらに、信長の前で蝗《いなご》のように這《は》い蹲《つくば》れとでも言うか」

これだ、と光秀は心底ウンザリする。この男はいつもそうだ。本来、人の存在に身分の上下はないという信条の下、いついかなる場合にもその言動を押し通そうとする傾向が甚だしい。そしてその一事が、この男における処世の最大の欠陥だ。

だが信長は、自らは思うがままに振る舞うくせに、他者に対しては寸毫《すんごう》の非礼も許さぬ男なのだ。下手をすれば些細《ささい》なことで手打ちになる可能性もある。

だから光秀は諭すように繰り返した。

「礼だ。対人関係を円滑にするために必要なものだ。些細なことで諍《いさか》いが起こってもつまるまい。なにも卑屈なまでに平伏せよとは申しておらん」

「阿呆《あほ》か」愚息はさらに憎まれ口を叩《たた》く。「わしは、いつものわしのやりかたで挨拶《あいさつ》をする。何の不都合がある」

ついむっとして言い返そうとした瞬間、不意に新九郎が口を開いた。

「まあ、よいではないか、愚息」そう、懐手で笑った。「わしらは今日、もともとこやつの顔を立てるために向かっている。そう、我を立てるものではない。挨拶の一つぐらい丁寧にしたところで、罰は当たるまいよ」

その穏やかな口調には、つい光秀も笑った。

大人になったものだ、としみじみと思った。

新九郎のことだ。

おそらくこの男の剣を通じての境地は、ますます玄奥を極めている。だからこんな場合でも、常に落ち着き払っている。

見ると、いつの間にか愚息も苦笑していた。

「まあ、では十兵衛の顔を立ててやるか」

新九郎は、軽くうなずいた。

「なるように、なる」

……その何かを暗示するような言葉に、光秀は不意に確信する。

この男がその気にさえなれば、居並ぶ小姓の刃《やいば》の中を掻《か》い潜り、信長の首を刎ねるぐらいのことはやってのけるかも知れない。

たぶん、この男の落ち着きと穏やかさは、その自信からも来ている……。

信長は、御影堂《みえい》の中で待っていた。

「愚息、新九郎とやら、よう来た」

そう、左右に小姓を近侍させたまま、高々と声を上げた。

光秀は隣の二人に、頭を下げるよう必死に目配せする。いかにも仕方なさそうに、愚息も新九郎も平伏した。

信長は、さらに上機嫌に言葉を続ける。

「そちら二人は一乗院にても、義昭どのの救出にいたく尽力したと、十兵衛から聞く」

だが、そこで信長は言葉を区切った。光秀の横に座っている愚息と新九郎を、高座からじっと眺めている。

束の間の無言が過ぎた。信長は、明らかに二人の反応を待っている。その持ち前の好奇心を剝《む》き出しにしている。

　ややあって、愚息が口を開いた。

「まあ、こやつに頼まれれば、否とは言えませぬでな」

「で、あるか」信長は軽くうなずく。「友垣であると申すか」

「まずは、そのような」

　ふむ、と信長は首を捻《ひね》る。光秀が見ていても、この男が何を考えているのかは相変わらず読み取れない。

「これに――」

　と、信長は自分の傍らを無造作に顎《あご》で指し示した。すぐさま小姓がその三方にかかった白絹を取る。十枚ずつ封に閉じられた黄金の塊が三つ、姿を現した。

「約束の黄金がある。が、ぬしの答え如何《いかん》によっては、わし手ずから、その首を刎ねる」

「もとより承知の上」

「坊主よ」信長はじわりと身を乗り出す。「博打《ばくち》で命を無くしたとあれば、ぬしはとうてい西方浄土とやらには行けぬぞ。良いのか」

「構いませぬ」

「何故じゃ」

「西方浄土など、有りもせぬもの」愚息は淡々と答える。「しょせんは、後世のまやかし坊主の拵《こしら》えた世迷言《よまよいごと》でござる」

信長は初めて目元で笑った。

「では聞く。人は死ねば、どうなるのだ。どこに行くのだ」

「どこにも行きませぬ。死んだその場で土に還る。それだけでござる」

「心はどうじゃ。わしが今、こうしてそちを見て、考えている魂はどこに行く」さらに信長は切り込む。「なくなるのか。これまた土に戻ると申すか」

「おそらくは、なくなり申しまするな」愚息は答える。「元々が、なかったものでござるゆえ」

「なに？」

「ではお聞きしまする」愚息は改めて顔を上げた。「織田どのは、赤子のときの記憶がお有りでござろうか。呑《の》むために乳母《めのと》の乳をまさぐり、吸った記憶が」

信長は黙り込んだ。すかさず愚息は言う。

「つまり、そういうことでござる。魂は、五体ありて初めて生じたもの。その元が消えれば、これまた消えるが道理でござる」

うむ、と信長は首を少し捻った。

「ではそちは、何ゆえ頭を丸めておる。意味がないではないか」

つまり人は救われもせず、死後の浄土もなければ、仏の道に入った意味がないということであろう。

「釈尊を尊ぶゆえにございまする」愚息は、このときばかりは長い言葉を続けた。「しかし釈尊は、死後の世界があるとは一度も申しておりませぬ。また、そのような来世へと続く個の利益を得るために、仏の道を説いたのでもござりませぬ」

「では、何を説いたというのだ」

「粗々《あらあら》に申せば、むしろ、この人の世の無意味なる必然を自ら悟れ、ということでござりましょう」

「ふむ？」

「人に限らず、万物が無常であるという儚《はかな》さ。翻って過ぎてしまえば、人の苦悩もその一つに過ぎぬという頓悟《とんご》。さらに言えば、それらの意味での宇宙との一体感……つまりはそれが解脱、涅槃《ねはん》の境地ということでござりましょうな」

ふむ、と信長はもう一度うなずいた。

「……そちは、どこでそれを学んだ」

「この日の本よりはるか海南にある国、シャムにて」

「アユターヤか」

その打てば響くような反応に、愚息はうなずく。

「シャムの日本人町アユタヤにて、古き仏典より知り申した」

信長は瞬間、酢を飲んだような顔になり、直後には得心がいったような表情になった。

「そちは、倭寇《わこう》じゃったな」

愚息は、これまた静かに答える。

「若き頃はそうでござりました。時には人も殺《あや》め申した」

「肥前《ひぜん》の松浦《まつうら》党か。あるいは薩摩《さつま》の坊津《ぼうのつ》か、堺《さかい》か」

「松浦でござる」

すると今度は、信長はその顔全体で微笑んだ。

「すべてが理に適う。収まるべき所へ収まってゆく」そう、上機嫌で言った。「さすがに十兵衛が頼りにするほどの男じゃ。よもやまがい物でないとは思うておったが、ぬしも、なかなかのものじゃな」

光秀は、聞きながらも思う。その感想が、信長がときに発する最大級の褒め言葉であることを知っている。

愚息もわずかに微笑む。

「なんの、道端にあまた転がっている糞聖《くそひじり》の一人に過ぎませぬよ」

信長は、さらに笑った。今度はその顔を新九郎に向けた。

「新九郎とやら、そちも、この京洛《けいらく》では、なかなか評判の武芸者であるそうじゃの」

すると、新九郎は穏やかに笑みを浮かべた。

「しょせんは、芸者の輩《やから》でござる」

「しかし、強いであろう」

はて、と新九郎はやや答えにくそうだ。「これまでの勝負で、たまたまそれがしより強き者に当たらなかった……それだけのことでござりましょう」

「これまで、とは何年を指す」

「十年ほどでござる」

「十年の長きにわたり、無敗」信長はなおも押し付けるように言う。『笹《ささ》の葉』新九郎よ。充分に、強いではないか」

「……」

「わしはのう、ここ数日、手練《てだれ》の透破《すっぱ》どもに命じてそちを遠望させた」いかにも愉快そうに信長は言う。「斬り付けるどころか、到底その足元にも踏み込めませぬ、と一様に報告してきおったわ」

あっ、と光秀は愕然《がくぜん》とする。万事において実証主義を好むこの男――すでに戦が始まったときには、その勝負は決まっていると言って憚《はばか》らぬこの男――勝負の前に、可能な限り勝つための条件と情報を積み重ねていくからだ。そして時に、人に興味を持った折にも、その傾向がはなはだしく表れる。ちょうど、光秀が初めて拝謁したときのように……。

「さて、楽しみじゃの。どうやら本物らしき男が二人」

信長は言い出しながら、片膝《ひざ》を少し動かした。

「道を選んだ理《ことわり》も、おそらくは面白き故《ゆえ》あってのものであろう」

愚息は軽くうなずき、懐から四つの椀《わん》を取り出した。

「では、よろしゅうござるか」

ふむ、と信長はうなずいた。

愚息は、椀を畳の上に伏せて並べた。さらには袖《そで》口から三つの石ころを取り出した。

「まずは論より証拠。実演いたしまする」

信長はなおも満足そうにうなずく。

「この四つの椀が、長光寺城に至る間道と思《おぼ》し召せ」愚息は説明を続ける。「さらにはこの椀の中に入れる三つの石ころを、伏兵と見たてまする」

「うむ」

「では伏兵を潜ませまする。しばし目をお瞑《つむ》りくだされ。近侍する方々は、目を開けたままでもよろしゅうござる。しかと、伏兵の潜む場所を見届けられよ」

つまり、と光秀は密《ひそ》かに思う。この賭《か》けに偽《いつわり》はないということを、石を入れた椀と空いている椀が最後まで動かないことを、その近侍の目により証拠立てようとしている。

信長も同じことを感じたらしく、微笑む。

「やはり、まやかしはないのだな」

「無論でござる」愚息は言いつつ、光秀と新九郎を振り返った。「おぬしらも、この際やってみるか。自分の力で、分かりたいか」

「分かりたい」

これには光秀と新九郎も、同時に反応した。

「では、ぬしらも目を瞑れ」

光秀は目を瞑った。新九郎もそうだろう。おそらくは二人を見て、信長も瞑った。

しばし、衣の擦れる音がする。愚息が伏せた四つの椀のうちの三つに、石ころを入れているのだ。

「では、おのおの、目を開けられよ」

愚息の前に、相変わらず四つの椀がある。しかしやはり、そのいずれの三つに石が入っているかは、光秀から見ても分からない。

愚息は信長を見ながら言う。

「四つの椀のいずれか一つが、空でござる」愚息は言う。「どの椀が、空と思し召される。まずは勘でお示しくだされ」

「では、一番右じゃ」

信長が答える。

愚息がうなずく。

「先日、十兵衛もそう決めた後、まずは間道のうちの二つに、伏兵がいることが分かり申した」

言いながらも、左から順に椀を、二つ開けた。

当然、中から二つとも石――伏兵が出てきた。

残る椀は二つ……。

さらに愚息は言う。

「さて、残る間道は二つ。そのいずれかに、さらにもう一隊の伏兵が潜んでいることも、十兵衛は知り申しておりました」

たしかにそうだ、と光秀も苦い思いと共に思い出す。

二つに一つ。あのとき、おれは迷いに迷っていた。ついには愚息に助けを求めた。

愚息が信長を見たまま微笑む。

「ここでもう一度、ご思案くだされ。最初に決められた椀で行くか、あるいは椀を変えられるか」

信長はしばし考え込み、口を開いた。

「……最初に決めた椀のまま行く」

「何故でござる」

「我が勘を信じたい気持ちが、一つ」信長は言った。「それにの、衆議で一度決めた戦術は、なかなか変えにくい」

「そうでござるか」無表情に愚息が答える。「では、十兵衛と新九郎、おぬしらもその決定に異議はないか」

光秀は、つい新九郎と顔を見合わせる。

あの長光寺城の際、愚息は選択を変えろと言った。しかし、こうして眺めれば、最終的な局面では、どう考えても二つに一つではないか。あのときに変えたのは、光秀もまだ気づいておらぬ何かの要因があったのではないのか。

それに、これを戦場として捉《とら》えれば、やはり信長の言うことが正しい。軍議、あるいは衆議というものは余程のことがない限り、一度決めたあとに覆すと、最初の決定では予期していなかった事後混乱が起きるものだ。

やはり、今の信長の考えに不満はない。

「異議はありませぬ」

そう光秀が言うと、

「それがしも」

と、新九郎もうなずく。

愚息はそこまでを確認して、

「では、参りまする」

言いつつ、同時に残る二つの椀に手をかけた。

右の椀が空なら、信長の勝ちだ。伏兵のいない間道を選んだことになる。

しかし、椀が同時に開けられたとき、石は、その右から出てきた。

左の椀が、空だった。つまりは外れだ。

うむ、といかにも心外そうに信長が唸《うな》った。

「ひとまずは、やり続けていきまする」

愚息は静かに言う。

信長が目を瞑る。光秀と新九郎も同様だ。

ふたたびの衣擦れの音が、かすかに響く……。

「では、目をお開け下され」

光秀は目を開ける。

愚息の前に四つの椀が伏せられている。

「どれになさる」

「今度は、左端じゃ」

信長が言う。

愚息は右端の椀と、左から二番目の椀を開けた。二つとも中から石ころが出てきた。

「残るは再び、二つに一つ」愚息は言う。「どちらかに伏兵が潜み、どちらかにはおりませぬ。はて、どうされる？」

信長は一瞬迷ったようだが、それでも直後には言った。

「……最初に決めた椀のままでいく」

愚息は、二つの椀を同時に開けた。

石は、左側から出てきた。残る右は空である。

またしても信長の負けだった。

「さらに続けまする」

間を置かず、愚息は言う。

光秀が目を開けると、三回目の椀が並んでいた。

信長は右から二番目を選んだ。それを受け、愚息が右端と左端の椀を開ける。二つからそれぞれ石が出てくる。

「さて、残るは二つ……どうなさる」

何故か、今度の信長はすかさず答えた。

「最初のままでよい」

その妙に拘《こだわ》った言い方に、愚息が口を開く。

「何故でござる。すでに二回とも外れ申した」

「確かめたいのだ」信長はやや苛立《いらだ》ったように言う。「途中で変えたりしておれば、分からなくなる」

一瞬遅れて、光秀にもその意味が分かった。つまり信長は、この場で当たり率を、実際に検証しようとしている。目をころころ変えていては、分からなくなる。

愚息は同時に二つの椀を開けた。

信長が示した椀は、空だった。

初めて伏兵のいない間道を選んだことになる。だが、信長の顔に笑みはない。

当然だろう、と光秀は思う。信長にとって、偶然の当たり目は成果ではない。確信して当たりを引いてこそ、成果であり実績であろう……。

さらに賭けは続いた。

信長は、常に最初に指名した椀《わん》を動かさなかった。

四度目。

また石が出てきた。信長の負け。

五度目、六度目、七度目と、さらに信長は負け続ける。それでも眉《まゆ》一つ動かさず、信長は最初の椀の指定を動かさない。

八度目。指定した椀は空だった。信長の勝ち……。

しかし、さらに続く九回目、十回目では、信長は負けた。

まるで、魔術でも見ているかのようだった。

何故だ、と光秀は改めて不思議に思う。

どう考えても、最後には二つに一つ。半々の確率ではないか。なのに何故、愚息の側が圧倒的に勝ち続けていく。

信長は、開いた四つの椀をじっと見つめている。

「どうですな」愚息はその手を一度止めて、信長を見上げた。「これで、十度目が終わり申した。結果、それがしの八勝。まだ続けられまするか」

「続ける」

信長は即答した。そして少し笑った。

「四つに三つの確信を持ちまして、と十兵衛は先日申した。ぬしの文《ふみ》にも書いてあったそうな。つまりは七割と五分。十度ぐらいでは端数は出ぬ。足らぬわ」

足らぬわ、とはまだまだ試行が足りない、ということであろう。それを受けて、愚息は賭《か》けを続けた。信長は依然として目を変えない。

十五回目の試行までで、信長側から見れば、三勝十二敗になった。

依然として信長の勝率は二割、逆に愚息の勝率は、八割。

二十回目……五勝十五敗。二割五分。逆は七割五分。

三十回目。八勝二十二敗。二割七分の弱、対する七割三分の強。

四十回目。十勝三十敗。二割五分。七割五分。

ついに、五十回目まで来た。

結果、信長の勝率は、十三勝三十七敗。二割六分。逆は七割四分。

たしかに愚息があの時に文で書いたとおり、ほぼ四つに三つ、あるいは四つに一つ……

……二十回目以降、両者の勝率は〝二割五分と七割五分〟前後を見事に漂っている。

それでも信長は、愚息に続けるよう視線で促す。また懲りることもなく、同じ目に張り続ける。

光秀は、見ていて妙に感心する。

この厭《あ》くことのない執拗《しつよう》さ、精神の貪婪《どんらん》さ……ある種の愚直さ、と言ってもいい。この男にはそれがある。だからこそ、十年の長きにわたって美濃を攻め続けることが出来たのであろう。

つまり、と実質的な主《あるじ》に対して不遜《ふそん》ながらも密《ひそ》かに思う。

何かを成し遂げるに足る能力とは、頭の出来不出来ではない。その資質、あるいは気質の問題なのだ。

六十回目。十五勝四十五敗。二割五分。対して、七割五分……。

やはり、四つに一つしか、信長は勝てていない。

「ふむ……」

今、信長は眉間《みけん》に皺《しわ》を寄せている。

「どうなさる」愚息が静かに口を開く。「今度は、続けざまに、変える目のほうに賭けなされまするか」

「いや——それはいい」

あっさりと信長は断った。

「結果はそちの逆に同じであろう。意味がない」

そうだろう、と光秀も思う。逆に変える目に賭け続けていれば、四つに三つは勝ちを収めることは、今までの累積を見ても明らかだ。

愚息はそれを聞き、笑った。

信長もやや苦笑する。

「なにやらこう、頭蓋《ずがい》の裏が痒《かゆ》いわ。見えるようで、見えぬ」

「何故じゃと、思《おぼ》し召されるか」

「目が、惑わせられる」信長は答えた。「四つの間道が、二つ減る。二つが残る。その際に、本来見えていたものが惑わされる」

「とは？」

「本来は当たり目として、四つに一つ、逆に四つに三つであるはず。それが二つに一つで、半々に落ちる。目が惑う」信長は繰り返す。「しかし二つに一つでも、半々ではない。結果もそれを示しておる」

愚息は、うっすらと笑った。

「そこまで分かれば、半ば分かったも同然でござる」

「で、あるか」

左様、と愚息はうなずく。

「いかがされます。もう少し分かり易い方法もござるが」

いや、と信長はふたたび首を振った。しばし、愚息の前の四つの椀を見つめる。自分で考える、ということなのだろう。

ややあって、

――おや？

という表情を信長が浮かべた。

それまで真剣そのものだった顔つきが、徐々に明るいものに変わっていく。

愚息よ、と信長は口を開いた。

「この椀、もっと増やせば、どうなる」

はて、と愚息は首を傾げる。「増やすとは、いかほどでござる」

そして石を九個入れる。

「十個にする。さらに増やして、百個。うち九十九
信長はさらに憑《つ》かれたように早口になる。

「さらには二十個にする。いや……五十でもよい。さらに増やして、百個。うち九十九の椀に、石を入れる。いや、千個じゃ。対して石は、九百九十九——」

直後、信長は弾《はじ》けたように笑い出した。その高笑いが、堂内に響き渡った。

愚息も、明るく破顔した。

「解け申したな」

うむ、と信長は激しくうなずく。

「愚息よ、ぬしはまったく面白き男じゃ」

そう言って、さらに膝《ひざ》を打って笑い出す。その笑いは止まらない。よほどおかしいのか、しまいには全身が震え、腹を抱えて笑い転げ始めた。

光秀はもう、呆然《ぼうぜん》としている。

このように愉快そうな信長を、いまだかつて見たことがない。

しかし光秀には分からない。

椀を増やす。石も増やす。が、結局は二つに一つになるのだ。結果は半々。同じではないのか——。

思わず新九郎を見遣《みや》る。彼もまた、戸惑った表情を浮かべている。

「十兵衛よ。まだそちには分からぬと見えるな」

不意に、そんな信長の声が飛んできた。

はっ、と思わず頭を下げた。額から、じわりと汗が滲《にじ》む。

悔しい……。

不意に、そう思う。

常に心のどこかで信長のことを、野人と捉《とら》えていた。その資質を、ともすれば自分よりやや軽く見がちだった。

しかし目の前のこの野人は、半刻も経たないうちに分かった。かたやわしは、実戦でそのやり方を行ったのにも拘らず、月を跨《また》いでも、いまだに見えていない。

この男には分かって、わしには分からぬ何かがあるのだ——。

一瞬、目の前が暗くなりそうなまでに絶望的な気分になる。決定的だった。

悔しい。そして不甲斐《ふがい》ない。

人間、単純なことだからこそ、その本質的な部分での能力の差を見せつけられることほど、辛《つら》いことはない。

「不覚にも……」

あやうく起こりかける嫉妬《しっと》の高ぶりを抑え、ようやく、その一言を口にした。

信長は、なおも上機嫌だ。

「新九郎も分からぬか」

そう、高く声を上げる。

新九郎は、仕方なさそうに苦笑した。

「やはり、それがしは一介の芸者馬鹿にしか過ぎませぬな」

信長は、また笑った。

「では、やって進ぜよう。わしも、いまいちど確認したい」

言いつつ、左右の小姓を振り返った。

「そのほうども、厨房《ちゅうぼう》や庫裡《くり》から椀を百個、集めてこい。わしの前に伏せて並べよ」

しばらくして、信長の前に椀《わん》がずらりと横一列に並んだ。

信長は、愚息の使っていた石のひとつを、摘み上げた。

「この石を、椀のいずれかに入れる。二人とも、目を閉じよ」

言われるように、目を瞑《つむ》った。

「一巡しながら、適当に入れよ」

信長の声がする。

はっ、と小姓の声が響く。

「入れても、足を止めるな。すべてを一巡して戻れ」

小姓が立てるかすかな足摺《あしずり》の音が聞こえる。やがて、聞こえなくなった。

「目を開けよ」

しばらくして、信長は言った。

言われたとおり、光秀は目を開けた。

目の前には依然として、伏せられた百個の椀が、漆色の黒光りに光っている。

「十兵衛よ、このいずれに——」信長は、百個の伏せた椀を扇子の先で撫《な》でるように指し示した。「石が入っておると思う？」

そう言われ、思わず口ごもる。

無茶だ、と感じる。この膨大な百個の中の一つなのだ。どれを指し示したところで、当たる目は百分の一に過ぎない。

そうじゃ、と信長はまるで光秀の心を見透かしたように言う。

「どれを選んだとしても、答えの分からぬそちらにとっては同じことじゃ。では新九郎、とりあえず選べ」

一瞬の間があり、

「では、右端から五番目を選びまする」

と、新九郎は答えた。

「そちに聞く。ぬしが選んだその椀は、いかほどの当たり目か」

「まずまず、百分の一、でありましょう」

信長はニヤリとした。

「で、あるな」

次いで、愚息に目元で微笑んだ。

「やってくれ」

阿吽《あうん》の呼吸で愚息が軽くうなずき、立ち上がる。

百個の椀の前まで進んで行き、無造作に椀を開けていく。どんどん開けていく。

結果、九十八個までを外し、新九郎が示した椀と、中ほどにあった椀の一つが、伏せたまま残った。

「さて、これで二つに一つじゃ」信長は言う。「新九郎、改めて、どちらに賭《か》ける」

その瞬間、

……あ。

と光秀は思った。

どう考えても、愚息が残した椀に、ほぼ石が入っている。うまく理屈では説明できないが、その勝ちの目として考えれば、絶対にそうだ。

でなければ、愚息がわざわざその椀を残すはずもない――。

案の定、新九郎は答えた。

「もう一つの椀でござる」

「何故じゃ」信長はさらに笑みを見せる。「先ほどのように結果は二つに一つ。半々ではないか」

新九郎は、やや戸惑った。

「……違うように、思われまする」

「わけを、申せ」信長は言う。「言うておくが、愚息が残したから、などという理由は、理屈にならぬぞ」

これには光秀も、また分からなくなった。

新九郎も、しばらく無言だった。

光秀は再び必死に考える。さらに額から汗が滲む。

間違いなく、ほぼ入っている。

しかし絶対ではない。絶対ではないのだ。

何故なら、百に一つの目で、新九郎の示した椀に石が入っている。

――ん？

……待てよ。

わしは今、何を思った？

と、いうことは、その対になる事実は……。

あっ。

ああぁっ――。

今度こそ頭を打ち砕かれるような衝撃に見舞われた。本当に腰が伸び上がった。

「そ、それがしが」

と、気がついたときには思わず上ずった声を上げていた。

「それがしが、新九郎に代わり申し上げてよろしゅうございまするか」

信長が、その顔を光秀に向けた。

「では、答えよ」

「いくら最後に二つになり申しても、最初の椀の当たり目の率は、依然として変わりませぬ。つまりは百分の一」焦るように光秀は言った。「となると、椀を変えたほうが、百に九十九の率で、当たりまする」

「何故じゃ」

「自明の理。残る九十八の椀は開いてござりまするゆえ、石はこの二つのどちらかには必ず入っておりまする。それゆえ、『ひとつ』という事実から最初に選んだ椀の当たり率を引けば、残る椀の当たり率が出るのでござりまする」

そうだ、と言いながらも改めて感じる。

新たに出現した二つの椀のみという事象に、ついつい視覚が惑わされる。だが、元々あった、今は開いている九十八の椀の存在を、常に忘れてはならぬのだ。

しばらく黙っていた愚息が、久しぶりに口を開いた。

「十兵衛よ、聞くが、では四つの椀の場合ではいかがする」

その考え方の根本が分かれば、あとはもう簡単だった。

「最初に賭《か》けた椀が当たるは、もともと四分の一。これは、変わらぬ」すらすらと光秀は答える。「開いた二つの椀が空な事実を含めれば、当然、残る一つの椀が当たるは四分の三。よって、もう一つの椀に変えたほうが、七割五分にて当たりを引く」

　愚息はそれを聞き、笑った。

「ようやく、解けおったわ」

　ややあって、
　ああ、と、新九郎も間の抜けた声を上げた。

「ようは、四つの椀のことを、最後まで思い続けることが肝心なのでござるな」

　愚息よ、と信長が微笑む。

「この理《ことわり》は、五つに一つや、三つに一つでも対応できるな。さらには逆に五つに四つ、八つに五つ、あるいは千に百……数字の組み合わせは無限にある。考えようでは、戦術にも使えるの」

「そうでござる。さらに申せば、人事の抜擢《ばってき》にも応用できまする」

「ぬしは、この理をどこで学んだ」

　この答えは、一瞬遅れた。

「……強いて申すなら、釈尊からでござりまするかの」

　ほう、と信長ははたして小首を傾げた。

「そのようなことを、釈迦《しゃか》が申しておったのか」

　申されておりますとも、と愚息はここぞとばかりに力強くうなずく。

　あぁ、と光秀は内心、危うく感じる。そして少しおかしくなる。

案の定、愚息の熱弁が始まった。

「この世は常に流転し、変化していくもの。今一時の世は、永劫《えいごう》の過去より未来へと果てもなく流れていく宇宙の、時の営みの、ほんの塵芥《ちりあくた》の一場面に過ぎませぬ。その意味において存在はしても、限りなく空、あるいは無。しかし前後の繋《つな》がりとして見れば、無限大の実《じつ》……それらが表裏一体となって溶け合い、たがいに共振し、今というこの時と世界は成立しているものでござる。かりそめの一場面にいたずらに惑わされず、その背後にある連続する必然を見よ、と釈尊は申されておるのです。その意味において、人と浮世との関係も、また然《しか》り。元々は相対《あいたい》しているものではなく、溶け合い、互いに内包しているものでござる」

そう、西田幾多郎《にしだきたろう》がこの時代に生きていれば、泣きながら手を握ったであろう言葉を吐いた。

これには、さすがに信長も苦笑した。

「もうよい。なにやらわしの苦手な話になってきた」

そうでござるか、とやや不満そうに愚息はつぶやく。

「今の場で言えば、二つの椀になった背後には、たとえ目に見えなくとも、常に四つの椀の勝ち率が内包されている、と申し上げているのでござるが」

「それは、分かる」

信長は、扇子を軽く上げた。

「じゃがの、わしには過去も未来もない。ただひたすらに今を生きるのみじゃ」

「お言葉を翻すようですが、それも、釈尊の教えにござりまする」

信長は、軽く顔をしかめる。

「だから、もう分かったと申しておろうが」

光秀は、そのやり取りに多少の滑稽《こっけい》を感じながらも、やはり両者の間には、精神の深い溝が広がっていることを感じざるを得ない。

この自己をしか信じぬ徹底した無神論者に、釈迦の論理を説いても伝わるはずがないではないか……。


ともあれ、愚息は約束どおり、信長から黄金三十枚を下賜された。

「ときに、どうじゃな、そこな二人」

信長の機嫌は、ふたたび上向きになっている。

なんとなく光秀は予感がする。家臣の登用にも貪婪《どんらん》なこの男は、良き人材となれば目がない。はたして、予想したとおりのことを言い始めた。

「愚息、そちはわが良き相談役として、新九郎はわしの近侍として、この信長に仕える気はないか」

二人は顔を見合わせた。

が、愚息はすぐに向き直り、明るく笑った。

「ありがたき思《おぼ》し召し。ですが、わしにはちと荷が重うござる」

「このまま破《やぶ》れ寺の坊主でよいと申すか」

愚息はうなずいた。

「人間、気楽が一番でござる。物事も、よう見えてきますしの」

ふむ、と信長は目の端で笑った。

「それも、釈迦の教えとやらか」

「左様」

信長は、仕方なさそうにまた笑った。

「欲のないやつじゃ。して新九郎、そちはどうか」

はい、と新九郎はやや頭を下げた。

「……恐れながら、それがしも同様」

何故じゃ、と信長は首を捻《ひね》った。

「愚息は分かる。世外の男じゃ。だが新九郎、ぬしが血汗に塗《まみ》れて修行をやり、幾たびの命のやり取りをしたは、遊びではあるまい。世に出るためではないのか」

そう捻《ね》じ込まれ、新九郎は一瞬黙り込んだ。

しかし、すぐに口を開いた。

「かつては、たしかにそういう思いもござりました。数々の真剣勝負を思えば、今も生きているどころか、五体満足なのが不思議でござります」

「で、あろう」

「ですが、この五、六年、よくよくおのれを見つめまするに、それがしが兵法を続けるは、どうやら剣の理を追求するがただ面白き故でございました。剣の理は、頭の鈍いこのわしにも何事かを与えてくれまする」

　ふむ、と信長がうなずくと、新九郎は軽く笑みを浮かべた。

「それで、充分でござる。この命がけの半生を、今さら金や栄華に換えたいとは思いませぬ」

　信長は、笑い出した。

「十兵衛よ。そちの馴染《なじ》みは、そちを含め、つくづく抹香臭いのう」

「恐れ入りまする」

「じゃがの、なにやらわしは、いい気分じゃ」

　これには光秀も思わず頰を緩めた。

　新九郎よ、と信長は呼びかけた。

「万が一、愚息がわしの機嫌を損じたとあれば、ぬしはこの場でわしの首を取らんとする覚悟であったろう」

　すると新九郎は、口元に微笑を浮かべた。だが、何も答えなかった。

　信長は、また笑った。

「十兵衛よ、この二人のごとく、そちの周辺にさらに良き者を集めよ。励め。さすれば桔梗紋《ききょう》の陣屋は、わが織田家でますます重きをなそう」

「はっ」

事実、このあとの光秀の出頭ぶりは、凄《すさ》まじかった。

京の市政官を務めていた翌年正月、本圀寺《ほんこくじ》の変にて足利義昭を襲撃してきた三好の軍を撃退し、ますます信長からの信任が厚くなる。

さらに越前、近江の戦でも華々しく活躍し、このわずか二年後、元々は比叡山の所領であった近江の滋賀三郡十万石を与えられ、琵琶湖畔の坂本に城を築く。その出世の速さでは古参の木下藤吉郎や滝川一益を瞬く間に抜き去り、柴田勝家、丹羽長秀など譜代家老をも差し置き、織田家の家臣では初の国持ち大名へと成り上がる。

天正《てんしょう》三（一五七五）年には、惟任《これとう》の姓を賜り、従五位下である日向守《ひゅうがのかみ》の官職を与えられ、惟任日向守光秀となる。

さらにその四年後、各地を転戦しながらも、難攻の山国と言われていた丹波《たんば》と丹後《たんご》二国を細川藤孝と共に平定。新たに約三十万石を信長から拝領する。計四十万石。畿内では最大勢力の、堂々たる国持ち大名の出現である。この民政にも有能な男は領内の治水、殖産にも異常に熱心で、最終的には自領の総取れ高を五十余万石にまで育て上げる。

信長は、時が経ってもよほど光秀のことを信用していたものと見える。

京から東に比叡山を越してすぐの坂本城に続き、西には、老《おい》ノ坂を越えて間もない丹波の亀山と、さらには福知山《ふくちやま》に築城を許した。この丹波丹後の二国の平定と同時に、細川藤孝や筒井順慶《つついじゅんけい》ら、近畿にある織田家系列の大名のほとんどを、光秀の与力に付けた。

光秀は、それらすべての所領を合わせると、山城、丹波、丹後、近江、大和と、いわば畿内の最重要地域である五ヵ国、計二百四十万石の指揮権を握った。

後世に近畿管領とも称された所以《ゆえん》である。

……史書は言う。

光秀はその才幹はありながらも、秀吉や家康に比べ、人としての愛嬌《あいきょう》が足りなかった。だから人がついてこず、肝心なときに天下を取り逃したのだ、と。

しかし、果たしてそうであろうか。

あるいは、人の愛嬌とは、ちょうど政治家がその票田を耕すために人々に振りまく愛想と利権のようなものだと言ってしまえば、それまでだが。

史書は、あるいは歴史の正当性は、常に勝者の側によって作られる。喧伝《けんでん》される。敗者は、歴史の中で沈黙するのみである。

第六章　菜の花

1

「ではお師匠、行ってらっしゃいませ」

一番弟子が道場の玄関まで出てきて、慇懃《いんぎん》に大小を差し出した。

いや、と新九郎は少し笑い、首を振った。

「要らん。腰元がうるそうて、かなわん」

重くもある。その重さを、時に面倒に思う年齢でもある。

慶長《けいちょう》二（一五九七）年の晩春――。

気がつけば十兵衛……光秀の享年とされる五十五歳を、一つか二つ、すでに越えてしまった自分がいる。

この時代、人は死ぬと、十兵衛などという『字』ではなく、初めてその本名である『諱』――この場合は光秀だが――で呼ばれる。

新九郎が綾小路《あやのこうじ》に道場を開いてから、十五年が過ぎた。秀吉の天下統一も七年前に終わり、一見この世は平らいだかのように思える。が、まだまだ世相は荒い。洛中《らくちゅう》でも夜半を過ぎれば、余興に任せての辻斬《つじぎ》りが横行している。

「ご冗談を。瓜生の里までお越しになれば、戻りは夜半にはなりましょうに」

「まあ、もしそうなっても――」と、新九郎は腰元の鉄扇を軽く叩《たた》いてみせた。「これ一本で、たいがいの相手はなんとかなるだろう」

くすり、と弟子は笑った。

「もしなりませずば、どうされます」

「それは、それまでのこと」新九郎も苦笑し、淡々と答えた。「死ぬるだけだ」

言い捨て、小路を抜けた。大路を北へと進む。足取りは若年の頃と変わらず、若竹を削《そ》ぐようにさくさくと軽い。

新九郎の生活もまた、ずっとそうだ。相変わらず気楽な日々を送っている。風邪一つ引かず、息災でもある。稽古《けいこ》での適度な運動に、充分な睡眠と粗食。食うにも困らず、いつ道場を閉じても死ぬまで遊んで暮らせるほどの金はある。

十五年前、十兵衛が死んだ直後に、愚息と別れた。そのときに、無理やり押し付けられた金だ。

信長から貰《もら》った黄金が三十枚、そして光秀が出世のたびに持ってきた黄金が、約四十枚、愚息との共同生活でいつの間にか貯まっていた明銭が、銀に換算して五十貫ほどあった。

その半分を、愚息は押し付けてきた。

「これはの、十兵衛の縁により出来た金じゃ。わしとおぬしが共に暮らす縁も、十兵衛が作った」

じゃから、とさらに言葉を続けた。袂《たもと》を分かつに際して、おぬしはこの半分を受け取るべきだ、と。

そうかも知れない、と感じた。褒美ではなく、義務なのだ。

だから黙って受け取った。

新九郎はなおも大路を北に進んでいく。大地が温まっている。春も盛りである。両側の土塀から、早くも葉桜が見え始めている。

先の二月に、二度目の朝鮮出兵が決まった。慶長の役である。かつての織田一族の栄華の名残は、もう、この京洛のどこにもない。

長男の信忠《のぶただ》は信長と共に死に、信雄《のぶかつ》、信孝《のぶたか》といった次男以降も、信長の弟の一人である信包《のぶかね》も、すべて今の太閤秀吉《たいこうひでよし》によってその巨封を召し上げられるか、ないしは間接的に殺された。唯一その嫡孫である秀信《ひでのぶ》だけが、美濃国岐阜の十三万石を領し、かろうじて小大名として飾り武将の地位を得ているに過ぎない。

しかし、そのことはまだいい……弱肉強食の戦国の必然でもある。

京侍や町衆たちも密かに眉《まゆ》をひそめるのが、秀吉は織田一門をそこまで圧殺しておきながらも、信長の姪《めい》でもあり、信雄、信孝らの従兄妹でもあった娘――茶々《ちゃちゃ》を側室にし、子どもを孕《はら》ませ、産み落とさせたことだ。京者ならずとも、みな、その茶々の実父である浅井長政《ながまさ》と、次の養父である柴田勝家、実母のお市《いち》の方を、秀吉が滅ぼしたのだということをよく知っている。いかに秀吉が金銀や祭りで世間を幻惑して見せようとも、その出来事の連なりが、この太閤に成り上がった元浮浪児の人品をよく表している。もし信長個人が生きていたら、その主筋への貶《おとし》め方は秀吉を八つ裂きにしても飽き足らなかっただろう。

かと言って新九郎自身、秀吉個人を嫌いなわけではない。

金銀と、女と、巨大建造物が呆《あき》れるほどに好きだったこの稀代《きだい》の大俗物は、その俗物性ゆえに自他の欲望に驚くほど目配りが利き、その欲という目線に立って人を動かし、天下を我が物とした。良い悪いではない。それだけのことだ。

だが……。

この太閤の立場がもし光秀だったら、今の世はどうなっていただろう、と時に夢想することがある。もし、あの生真面目そのものの性質で今の世を治めていたら、と。

昔を思い出し、少し笑う。

それにしても光秀の几帳面《きちょうめん》さと新九郎たちに対する昵懇《じっこん》さというものは、織田家に仕えてからも相変わらずだった。

洛中においては市政官としての業務に忙殺され、畿内では武将として血塗《まみ》れの転戦を繰り返しているというのに、その激務の最中を縫って、時おり愚息と新九郎の住まいに足を運んできた。

それも出世したからと言って、晴れがましくやって来るのではない。人目を避けるかのように、日が暮れてから、供も連れずにただ一騎でやって来る。そして鞍《くら》の後ろには、決まって酒と味噌《みそ》、乾し魚などを結わえて来る。

その地味な懐っこさが、この男の可愛げでもあり、身上でもある。

根が田舎者だからだ、と新九郎はむしろ好意を持って感じる。

漢学や古典、兵学から連歌に至るまでの実学・社交の教養があり、室町風の言葉遣いや殿中儀典にも通じ、一見その所作や人間関係への対応の錬度などは、非常に洗練されている。が、長年にわたってその日常の処世を良く観察してみると、所詮《しょせん》は美濃の山深い村落で生まれ育った田舎者に特有のものだ。

聞けば聞くほど、光秀の生い立った土地は、新九郎の育った相模大船や愚息の故郷である肥前松浦などと比較しても、交通の要衝《ようしょう》、あるいは人的交流の盛んな場所からは、よほど外れた草深い田舎にある。海や港、という流通の拠点でもあり、店持ちの商人や馬借、辻売り、傀儡師《くぐつし》、廻船《かいせん》問屋や米問屋など、室町時代になって新しく勃興してきた人々の行き交う地域で生まれ育ってはいない。人格の形成期に、良くも悪くも流動的な人の波に揉《も》まれていない。ようは、擦れていない。人見知りなのだ。

そんな人間にありがちな傾向として、いったん親しくなった相手には、ちょうど愚息や新九郎に対するように、まるで親族のように懇ろに接し、自分の弱さも平気で曝《さら》け出す一方――また、そういう可愛げが、新九郎や愚息が光秀を放っておけない理由でもあったのだが——そうでない相手に対しては、気持ちの上でつい垣根を作りがちだった。

さらにはその警戒心を、丁寧な室町言葉や礼儀作法で相手に感じさせないように、自らを韜晦《とうかい》していく。

しかし、と新九郎はこの歳になって思う。

織田家以外の対外交渉の場ではその礼儀正しさは好まれるものの、家中では、果たしてどうであったろうか。

織田家は、その成り立ちとして出来星大名の最たるものだ。父の信秀も、尾張の守護である斯波《しば》氏の血筋ではなく、守護代の織田家——それも本流の岩倉《いわくら》織田家の系列ですらなく——庶流である清洲《きよす》織田家の、さらにその配下の三奉行の一人であったに過ぎない。そもそも本家の岩倉織田家ですら、その祖は越前国織田庄から流れてきた神官であったという噂が、この当時の尾張にはあった。

その織田家系列の、さらに木っ端に過ぎぬ奉行の家が、信秀の時代に大いに勃興する。さらに信長の代になって、血塗れの同族抗争を繰り返しながら、ようやく尾張一国を統一するというような成り上がりようだった。

当然、信長の配下には、その主君に負けず劣らず出自の定かならざるものが多い。

その家臣群の中で、光秀の正統な土岐源氏一族という出自は群を抜いて輝いていた。

粗野で殿中作法も知らず、漢籍も読んだことのない無教養同然の同僚からしてみれば、光秀の家柄やその慇懃《いんぎん》な態度や言葉遣いは、かえって軽い反感を招きかねなかったのではないか、と新九郎は推測する。

事実、光秀の口から出た織田家中の話を今になって振り返ってみると、その直属の五家老と細川藤孝を除けば、ある程度まで腹を割って話せる相手は、光秀にはいなかったようだ。

また、周囲から妬《ねた》まれるほどに、家中での出頭振りが凄《すさ》まじかったとも言える。

むろん、光秀自身の軍事と民政の能力は、没後、こうして十五年が経った今振り返ってみても、天下の逸材と言えるほどのものだった。

しかし見方を変えれば、その才能は、信長が欲していた時期と重なったから大きく花開いたのだとも言える。あの時期の信長には、光秀という人材がその履歴も含めて必要不可欠だったのだ。越前遠征では、一時期朝倉家に仕えていた光秀の知識と経験が大いに役に立ち、義昭との連携や朝廷との折衝でも光秀は有能だった。

なによりも信長が気に入っていたのは、その小勢のときから発揮していた明智一隊の異常なまでの粘り強さだったようだ。光秀の的確な指揮の下、一糸乱れず整然と進退を繰り返し、たとえ劣勢になっても、必要があれば根を張ったようにその持ち場・役割を死守する。その兵の精強さは、常に友軍であった徳川家康《とくがわいえやす》の一党を除けば、おそらくは織田軍最強であっただろう。

織田軍団の泣き所として、その軍容がいくら膨大であろうとも、所詮は出来星大名の寄せ集め所帯に過ぎなかったということがある。兵の大部分は信長が短期間に征服した各国からの寄せ集めで、そういう意味で織田家への忠誠心など最初から期待できようはずもなく、勝ち戦のときは勢いと欲に駆られてみなよく立ち働くものの、いったんその戦が互角か劣勢になると、驚くほど脆《もろ》かった。

その成り立ちを考えれば当然なことながら、信長もこの自軍の弱さに関しては常に苦り切った思いを抱えており、ときにはその不甲斐《ふがい》なさに怒り狂った。

そんな寄せ集めの軍団の中で、桔梗《ききょう》紋の一軍だけは、その軍勢が大きくなるにつれてますます傑出した強さを見せた。

新九郎が思うに、ひとつにはこの光秀軍の中核が、ほぼ明智系美濃源氏の郎党で占められていたことによる。いわば、血族の連盟だ。

光秀も意識して、そのような血縁や地縁の人物を配下に集めた形跡がある。彼らは織田家などへの忠誠心はなくとも、鎌倉幕府勃興以来の美濃源氏――ひいてはその同族の名流である明智氏に対する同胞意識、土岐氏という血の同心円状にある血族への信仰心は、十二分に持ち合わせていた。

そして、その結束をさらに強めたのが、光秀の配下に対する人心掌握術であった。

……いや、術というほど意識的なものではあるまい。光秀の性格上の特徴は、地味ながらも人に対する優しさにあった。自らが長く辛《つら》い貧窮の時代を過ごしたからでもあろうが、特に自軍の部下や立場の弱い者、慣れ親しんだ相手に対する同情と慈しみの心は、新九郎から見ても甚だしいほどに持ち合わせていた。

例えば光秀の配下であり、戦場では常に勇猛果敢であった斎藤利三が、信長の命により稲葉一鉄の組下に戻されかかったことがある。しかし斎藤利三は舅《しゅうと》の稲葉一鉄を好まず、光秀の下を離れるのを嫌がった。それを知っていた光秀は、頑として信長の人事発令を拒んだ。

信長という魔王の君臨する織田家では、たとえ譜代の重臣である柴田勝家や丹羽長秀などでも、いつ何時その機嫌を損じ、放逐されはしないかと、どんな命令にも唯々諾々《いいだくだく》として従っていた。その中でのこの光秀の人事拒否の態度は、自滅の道を選ぶにも等しい、恐るべき越権行為だと言っていい。

「日州《にっしゅう》っ。おのれはっ」

そう怒り狂った信長に足蹴《あしげ》にされ打擲《ちょうちゃく》されても、すでに当時、従五位下、日向守の官職にまでなっていた光秀は、まるで土民のようにひたすら耐え続けた。

そして陣屋に戻ったとき、不安の中にあった利三に、

「そこもととは、今では血を分けた兄弟も同然。その気持ちを裏切る真似は、死んでも致さぬ」

と、優しさと気遣いの裏返しである、矜持《きょうじ》の言葉を吐いた。

この言葉が、光秀という人間を表していた。

男女関係においてもそうだ。

光秀はその最晩年まで、どんなに地位が上がり、経済的に余裕が出来ても、糟糠《そうこう》の妻

の熙子が病臥《びょうが》に陥り、奥向きの家政が廻《まわ》らなくなるまでは、決して側室を持とうとしなかった。この時代、大名階級の暮らしをしている者で、その奥に側室を置かなかったという武将は、それだけでも相当に珍奇な例である。

ちなみに光秀が丹波を治めていた頃に、人に語った言葉がある。

　仏の嘘をば方便といい、武士の嘘をば武略という。
　これをみれば、土民百姓はかわゆきもの也。

自らに都合のいい仏の解釈を民衆に信じ込ませ、その上がりで安楽を貪《むさぼ》る坊主。武略という名の謀略や駆け引きで人を騙《だま》し殺し、他家を攻め滅ぼしていく武士。

それに比べれば、自らの生活を守るために運上金や年貢をごまかす土民百姓の嘘など、可憐《かれん》なものではないか。非は非としても、あまりひどく罰せぬよう――。

この言葉にも、光秀という苦労人の、人間観や社会倫理への感覚、民政に対する姿勢が如実に出ている。

意外に思えるかもしれないが、光秀の右の感覚は、その主君であった信長の持つ世界観に酷似している。育ちも、あるいは感情や行動の発露のさせ方もまったく正反対の二人ではあったが、その社会の原理を見据える視点では、両者の考え方はその微妙な色合いこそ違え、ほぼ一致していた。

例えば信長は、その仏の本道から外れ、教団の利益拡大のために仏の教えを唱える一向宗や、世俗の権力に塗《まみ》れて形骸《けいがい》化していった比叡山などを、異常なまでに憎悪した。そもそも一向宗（浄土真宗）の遥《はる》かなる開祖である親鸞《しんらん》自身が、その死に際に「親鸞は弟子一人も持たず候」と言い残し、自らの教えの組織化を明確に否定しているのだ。そのように清貧を全うした開祖の意に反して教団を組織し、教団利益のために変質を繰り返し、念仏を唱えさせることによって土民百姓を戦場に赴かせた後世の一向宗を、信長が許せるはずもない。

光秀もまた、宗教というものの持つ過去からの英知には尊敬の念を抱いていたが、かといって、その知的権威の上に傲然《ごうぜん》として胡坐《あぐら》をかく当時の僧侶《そうりょ》までをも尊敬するという、べたついた心根は持っていなかった。

たとえば光秀は、福知山城の築城の際にも、石垣の礎石が足りなくなると、平然と石仏を砕いてそれを礎石にするという乾いた合理性を持ち合わせていた。その石仏の礎石は、現在でも福知山城の石垣のいたるところで見ることができる。

仏は仏としても、石は石。ましてやその権威の上に甘んじている一向宗や叡山の僧侶たちになど一片の神仏も宿っていない、という考え方だったのだろう。ひとつには、釈尊の教えを我が身のために利用しようともしない愚息の暮らしぶりをずっと傍《はた》で見てきて、何か感じるものがあったからかも知れない。

同じようなことは、武士と領民についても言える。

信長は、人に使われる端武者と、彼らの頂点に立つ武将では、その言動に政略性・政治性を含むという意味において、倫理観がまったく異なるものだということを——あるいは無意識だったかも知れないが——常に他の大名との外交の駆け引きで示していた。現代風に言えば、人間集団の頂点に立つ武将の思考法は、組織の利益を第一に考える法人の動きとして捉《とら》えるべきで、個人として見るべきではない、ということだろう。

民衆に対してもそうだ。

信長は個人としてみれば、怒り狂うとすぐに小者を手打ちにし、部下に対しても領地召し上げの上で放逐するような忍人ではあったが、それでもその民政の基本姿勢は、一貫して領民に対して優しいものだった。百姓への年貢の率も穏当で、豪商と提携して田畑を開拓し、馬借や商人に対しては、関銭《せきせん》や座の特権を廃止した楽市楽座を施行し、さらにはその流通を一段と活性化させるために、さかんに道を整えるなどの土木工事を行った。

光秀もまた、そうだ。丹波の由良《ゆら》川では洪水防止のための大規模な治水工事をしたり、地子銭の免除、年貢の率を低く抑えたりなど、その民政は、商人、百姓の暮らしを豊かにすることを常に主眼に置いていた。

不合理な因習を廃し、民を富ませ、流通を盛んにすることが、最終的には自国の富強に繫《つな》がる最も効果的な施策だということを、信長も光秀も共通認識としてよく分かっていた。

だからこそ信長は、光秀がときにその持ち前の融通の利かなさによって彼を激怒させることがあっても、依然光秀の力量と社会への指向性を好み続け、畿内の最重要地域の支配を任せ続けた。

ばかりか、例えば石山本願寺《いしやまほんがんじ》との天王寺砦《てんのうじとりで》の戦いでは、砦に籠もる光秀軍約二千五百が一万五千の一向勢に囲まれて危うく死地に陥りかけたとき、遠望していた信長は発狂せぬばかりに気を高ぶらせ、

「あれを見よ。十兵衛が死ぬる、死ぬるぞ」

と、手勢わずか三千を率いて敵陣に突撃を開始し、自身が右大腿《だいたい》に銃弾を受けてもなお怯《ひる》まず、鬼神の働きを見せて砦の中に突入し、光秀を見事にこの窮状から救い出している。

ちなみに信長が寡兵をもって大軍に立ち向かったのは、桶狭間《おけはざま》の戦い以降では、この戦しか存在しない。信長は、常に彼我の利害・力量の計算に長《た》けており、戦力が相手を上回るまでは、決して行動を起こさなかった。

この挿話は、信長がただの利害に長けた忍人ではなく、必要とあらば我が命を賭け物にしても部下を救い出しに行く人物であったことも物語っている。また、それほどに信長は光秀という人物を買っていたのであろう。

このときばかりは光秀も後日、愚息と新九郎の前で涙を滲《にじ》ませながら信長への感謝の念を口にしたものだ。

「あのとき上様が駆けつけてくれなんだら、すでに我が命は尽き果てておったであろう」

……そう、と新九郎はやはり確信する。

やはりどう考えてみても、光秀はその晩年まで信長に重用され、その才を愛し続けられていた。

思い起こせばあの事変の起こった年——天正十（一五八二）年は、光秀は年初めに姿を見せたきり、二人の前には二度と姿を現さなかった。その年の初めから三月まで甲州征伐に出かけていたこともあるが、すでに甲州から戻ってきた頃には、おぼろげながらも信長を討つという構想が芽生えていたのだろう。

そして決起がもし失敗したとき、新九郎たちに迷惑が及んではという思慮もあり、二人のもとにはあえて寄り付かなかったのではないか……。

気づけば鴨川を渡り、愚息のすむ瓜生の里まであと五町というところにまで来ていた。夕暮れが近づいている。

ここ十五年、絶えて訪れていなかった懐かしい景色が、うっすらとした春霞《がすみ》の中にたなびいている。

寺の近くの坂道まで来ると、十二、三歳くらいの野良着を着た小僧が、川べりで大根を洗っていた。見覚えがある。三日前に新九郎の道場に遣いに来た小僧だ。

愚息には衆道の趣味はない。聞けば、近隣の村から持ち回りで適宜、雑用の小僧を出しているのだという。

「愚息が、そう求めたのか」

そのときに新九郎は聞いた。

いいえ、と小僧は首を振り、苦笑した。「むしろお師匠は、迷惑がられておられます」

「なんと」

「要らぬ気遣いをするな、と」

新九郎はつい笑った。愚息は光秀とほぼ同じ年齢であった。となれば、もう七十にはなる。相変わらずの性根の据わり方のようだ。そしてその頑固な性格を、変わらず里人から愛されている。

新九郎は川べりに背を向けている小僧に声をかけた。

あっ、と小僧が慌てて立ち上がる。

「よいよい」

新九郎は手振りで押さえ、境内のほうに軽く顎《あご》をしゃくった。

「いるかね」

はい、と小僧は元気よく答えた。「おそらく本堂におられます」

案内しようとする小僧をさらに押し止《とど》め、一人でゆるい坂道を登っていく。

本堂の前で草鞋《わらじ》を脱ぎ、段を上ると、そこに愚息がいた。板間に寝転がり、ちょうどあくびをしかけていた。

が、そのあくびが途中で止まり、新九郎のほうを見た。

「来たか」

そう言って、昔と変わらぬ白い歯並びを見せた。

うむ、と新九郎も言葉少なにうなずく。「来た」

十五年ぶりの挨拶《あいさつ》は、それだけだった。

言いながらも愚息に近づいていき、改めてその姿を見る。

さりげなく観察しながらも、軽い驚きに包まれる。さすがにイガグリの頭部は真っ白になっているものの、血色の良い顔には染み一つなく、額と目尻《めじり》の他は、皺《しわ》一つ刻み込まれていない。袖《そで》から剝《む》き出しの腕もそうだ。肌に張りがあり、よく肉も付いている。

この男の上に、いったい歳月というものは流れなかったのだろうか。

愚息も黙って新九郎を見ている。ややあって、口を開いた。

「息災のようじゃの」

つい新九郎も言った。

「おぬしも、変わらぬ」

すると愚息は笑い、イガグリ頭をくるりと撫《な》でてみせた。

「白くなったわい」

これには新九郎も笑った。

「で、何用でわしを呼んだ」

うむ、と愚息はうなずいた。「実は先日、そこの石段から足を踏み外しての」

「ほう？」

「そろそろわしも、終《しま》い支度をしたほうがよさそうじゃ」

その一言で、兵法者の新九郎には何が言いたいかよく分かった。あらゆる武術というのは、実はその足の裏でしっかりと地面の感触を捉えていることが、動きの基本なのだ。その足にきているということは、見た目にはいくら若くとも、平衡感覚や筋力も、それなりに老衰してきているということだろう。

でなければ、かつてあれだけの棒術を使っていた男が、無意識にでも注意して下るはずの石段を踏み外すことはない。

「どうするのか」

「まだ体が動くうちに、肥前に帰る」愚息は答える。「西海の空の色が懐かしくもある。そのまま故郷で土くれになる」

ふむ、と一瞬遅れて新九郎はうなずいた。死期を悟った獣が、死に場所を求めて生まれた場所に旅立つようなものだ。

「では今宵《こよい》は、別れの宴というわけじゃな」

「その意味もある」

返してふたたび、新九郎の顔をじっと見た。

「なんじゃ」

「おぬし、今も十兵衛のことを思案することはあるか」

言葉に詰まった。

現に、ついさきほどまでそのことばかりを考えながら、ここに着いたのだから。

「それ。その顔じゃ」

愚息は、ズケリと指摘した。

「まだ、わだかまりがあるな」

「あるといえば、ある」ようやく新九郎は答えた。「何故あんな大それたことを仕出かしたのか。転じて今のような世になったのか……やはり、どこかで納得がいっとらん」

世間では天正から文禄《ぶんろく》、そして慶長の世になった今でも、時おり暇話にまかせて様々な憶測がひそひそと噂されている。

光秀には内裏からの勅命が密《ひそ》かに下っていた、あるいは今の太閤《たいこう》が周到に仕組んだ罠《わな》だった、さらには内府（徳川家康）との黙契が出来ていた上での事変だった、はたまた、利三の妹の嫁ぎ先である長宗我部氏との共同作戦になるはずだった、などなどだ。

ただ、そんな噂を耳にするたびに、かすかに苛立《いらだ》つ自分がいる。

なぜ苛立つのかは、分からない。

そのことを口にした。

愚息は単にうなずいた。

「わしらは、他人というわけではなかったからの」

「それもある」新九郎は言った。「だが、それだけだろうか。我が心に、もっと何か隠れた思いがあって、苛立つのではあるまいか」

やれやれ、と愚息はふたたび仕方なさそうに笑った。

「新九郎、おぬしも相変わらずじゃのう。ぬしにも分からぬ心の在《あ》り処《ど》を、わしに探れというのか」

これには新九郎も苦笑した。

「わしは、今も変わらず鈍のようじゃ」

「まあよい」

愚息はようやく起き上がって、新九郎の前で胡坐《あぐら》をかいた。

「その苛立ちは、わしもときに持つ。つまりは、こういうことじゃろう」

「とは?」

「一つ目は、もし光秀が生きて今もこの世を治めていたとしたら、間違っても昨今のような愚かな出兵はしなかったろう、ということじゃ」

思わず新九郎はうなずいた。

文禄の役、慶長の役と二度にわたる朝鮮出兵は、今も続いている。その戦費捻出《ねんしゅつ》のために国内の民は重税にあえぎ、地方では田畑を捨てて逃散するものが引きも切らないという。現に四条河原には、そういう浮浪者が溢《あふ》れかえっている。大名たちは大名たちで、何のための戦いかさっぱり要領を得ぬまま、彼の地にその将兵を引き連れて行き、敵味方の双方三十万という兵が血みどろの殺し合いを行っている。

朝鮮の民にすれば、さらにたまったものではないだろう。不意に他国から攻めてきた敵にその田畑を踏み躙《にじ》られ、女は犯され、食糧は奪われ、食うものも食わずに各地で絶望的な抗戦を強いられている。

愚息はさらに言う。

「あの猿はな、本能寺の変の後、やること為すことが上手《うま》く行き過ぎて、逆に耄碌《もうろく》したようじゃ。自分が亡き右府《うふ》（信長）にでもなったつもりでおる。自我が膨れに膨れ上がった挙げ句、おのれを〝日輪の申し子〟くらいに思い上がり、他人の国を土足で踏み躙ってもなんとも思わぬ愚物に成り果てておる」

「……」

「じゃが、あの猿めは、とうてい右府の器ではなかろう。器でもない者がその真似をしたことに、この国と彼の地の悲劇がある。ようは、そういうことじゃ」

ああ、と新九郎は腑《ふ》に落ちる。

民も大名たちも、その人心が豊臣政権から離れ始めているのだ。表面上はこの独裁者に従いながらも、その実は、もうこんな政権はうんざりだ、と感じ始めている。

それで、五年ほど前までは絶えて噂されなかった光秀のことが、ふたたび庶民の口の端に上るようになってきている。

光秀は、その教養のある育ちから来るものか、あるいはその生来の生真面目さ、小心さに由来するものか、常に含羞《がんしゅう》の人でもあった。

あの男ならば、たとえ本能寺の変という大それた事件を起こした後でも、このような狂気の沙汰《さた》に近い出兵は起こさなかったであろうという確信を、民はおぼろげながらも摑《つか》んでいるのだろう。

かといって、それを公言するには今の豊臣家の存在が怖い。だから、形を変えて、何故に明智は信長を殺したのか、という理由探しに留《とど》まる……。

勝手なものだ、と思う。

主《しゅ》殺しという事実によって、光秀は周囲から寄ってたかって攻め滅ぼされた。むろん、攻め滅ぼされても仕方のない暴挙を光秀は起こした。

しかし攻め滅ぼしたほうも、新九郎に言わせれば五十歩百歩だった。主殺しを誅伐《ちゅうばつ》するという秀吉の御旗《みはた》の下に集まってきた者は、その倫理には是も非もない。単に勝ち馬に乗って我が運命をここぞとばかりに切り開こうとする、欲得まみれの武将ばかりだった。

「思うに、こんな世のありさまでは、今の豊臣の世も先々長くないのではないか」

つい、そんな言葉を口にすると、愚息もはっきりとうなずいた。

「利に釣られて集まってきた人間は、利によって去る。ましてや太閤は衰弱が甚だしいとも聞く。当然の成り行きだろう」

ふと先ほどの言葉を思い出した。

「先ほど、一つ目はと申したな」

「おう」

「では、二つ目はなんじゃ」

愚息はしばし思案していたが、口を開いた。

「結局は、あの変を起こした十兵衛が、あたかも誰かの操り人形であったかのように、今も噂されていることよ」

あ……。

それだ、と思う。まさに言い得て妙だ。

「いつか、おぬしと十兵衛にも言ったの。演じる側、それを受けて演じ返す側……物事は常に表裏一体となって変化し、うごめき、進む必然なのだ、と。決して片面だけでは動かぬ」

うむ、と新九郎は唸《うな》った。そう言われれば、はるかな昔に聞いたことがあるような気もする。

さらに愚息は、先ほど新九郎が思っていた通りの言葉を続ける。

「やれ太閤の陰謀だった、やれ内裏の勅命が出ていた……世間では色々と取り沙汰されている――が、いかに周りが囃《はや》す手を叩《たた》いても、当人にその気がなければ踊り出さぬものよ」

そうじゃな、と思わず声を出して同意する。

愚息はさらに続ける。

「それを世間では、まるで十兵衛自らには意思がなかったかのように言っている。わしは、そこに腹が立つ。いかに周囲に唆《そそのか》されたとはいえ、十兵衛は男ぞ。逆賊と呼ばれる覚悟は充分承知のうえで、主殺しに決起したはず。ならば松永弾正のように、潔く汚名を着て散ったという世評こそ、まだしもあやつの本望だったはず……それを、あたかも操り人形であったかのように噂される不甲斐《ふがい》なさ、どこか浅薄な同情を誘うような昨今の世評は、やつも望んではおらなんだろう」

「そうじゃ。十兵衛も男じゃ。きっとそうであったろう」

と、さらにわが意を得たりと繰り返す。

愚息は、そんな新九郎を見て、笑った。

「となれば、わしらが今宵やることは一つ。十兵衛が何故あの事変を起こしたかを、あやつ自身の身になって、わしらが二人でとことん考え抜いてやる。それが、何よりの供養だとは思わぬか」

うむ、と新九郎は、激しくうなずいた。

2

気づけば、日もすっかり暮れていた。

新九郎は徳利を愚息に傾けながら、改めて口を開いた。

「しかし、何故あやつは、あんなことをしでかしたのかのう」

これまた世評で言われているように、光秀が信長のことを恨んでいたとは新九郎も思わない。

光秀は、信長によって牢人《ろうにん》同然の境涯から見出《みいだ》され、抜擢《ばってき》につぐ大抜擢を受け、織田軍団の中で最大勢力の一つになった。さらに言えば、その地位を手に入れたことにより、明智氏の旧郎党・親族はおろか、直属軍だけでも一万三千の兵を食わせていけるまでの大身になった。この一点に関するだけでも、光秀が信長から得た恩義は絶大なものがある。

その考え方や気性に多少の対立はあったかもしれないが、光秀自身も信長の厚遇ぶりには相当に感じ入っていたようだ。

例えば丹波を平定後の天正九（一五八一）年に、光秀は『明智光秀家中軍法』を定めている。この家中軍法の最後の項で光秀は、

『我は石ころの如く沈淪《ちんりん》したものから召し出され、莫大《ばくだい》な兵と封土を預けられた。武勇無功の輩《やから》は国家の費えである。しかるに粉骨砕身に忠節を勤めよ』

と書いている。

石ころの如く落ちぶれ果てていた自分を、ここまでに引き立ててくれたのは信長である、と明記している。

そのような光秀が、時に苛烈《かれつ》に扱われようと根に持つはずがないと感じる。

ただ、と思う。

光秀は織田家に仕えてからというもの、相変わらず気楽に暮らしていた新九郎たちとは対照的に、歳を経るごとに老け方が甚だしくなった。頭部は見事に禿《は》げ上がり、額や口角にも次第に深い皺《しわ》が刻まれ、なによりも光秀を老人臭く見せていたのが、常に何かに追われ、いつも疲れ切っていたその表情であった。

いつの世でも、仕事のできる人間には恐ろしく仕事が集まってくるものだ。

信長からの指示を完璧《かんぺき》に遂行すればするほど信任が厚くなり、さらに多方面の軍事作戦を任せられ、その忙しさは年を追うごとに倍、三倍、四倍というように加速度的に増していった。膨大な仕事量が、その光秀個人の才能という器からこぼれ落ちそうな瀬戸際で、常に奔走していた。信長から与えられる任務と領地が増すにつれて、光秀の精神的な疲労は甚だしくなっていったようだ。

もともと気が小さく、気が鬱《うつ》しがちの光秀であったが、それでもある時点までは、かろうじて出頭人らしい誇りと朗らかさを保っていた。

決定的に精神の均衡を崩し始めたのは、天正四（一五七六）年に、妻の熙子が死んでからのように思える。

このときばかりは光秀も、二人の前で号泣した。

「何を慰めに、何を楽しみに、わしはこのうち生きてゆけばよいというのか」

その光秀の悲嘆ぶりには充分に同情しながらも、

やはり、この男は、これか――。

と、その時の新九郎は思ったものだ。

この悲痛な愚痴の一言に、十兵衛の本質が表れている、と。

たしかに光秀には才幹はある。そしてその才幹を支える気概もある。しかしその気概とは、広く天下を望んで自ら進んで持ったものではなく、多分に宿命付けられたものであったろう。

生まれながらにして持った美濃源氏名流としての矜持《きょうじ》、そして一族の離散という憂き目からの、失地回復への自責の念……つまり、（我は、こうありたい）と思うより、（我は本来こうあらねばならぬ。いや、あるべきだった）という責務の意識が、光秀の行動原理のすべてにおいて先行していた。

いわば血の義務と言ってもいい。

それが光秀を駆り立て、動かし、信長の後押しもあって、晩年には畿内でも最大勢力の大名に成り上がった。

光秀自身、その境遇を喜んではいたが、しかし決して楽しんではいなかったように見える。

新九郎は思う。

仕事が出来る能力と、それを絶え間なく受け入れることの出来る度量は、また別の問題なのだ……。

この場合の度量とは、自ら選んだ道を楽しみながら生きる人的な器量、というほどの意味だ。

たとえば新九郎は、誰に言われなくとも、つい剣を振って型を練習してしまう自分がいる。昨日より強くなりたい、という気持ちは五十半ばを過ぎた今でもあるが、それよりも、とにかく剣を振りたい。剣を振ること自体が愉悦だからだ。だからむろん、それに付随する道場での稽古《けいこ》や弟子たちの指導も、また楽しい。

愚息にしても、仏に関しての漢籍、あるいはシャム文字やパーリ語という天竺《てんじく》の言葉で書かれた原始仏教の経典を、暇さえあれば何度も何度も読み返していた。

新九郎が聞くと、読むたびに新しい発見があり、興奮するのだと言う。そして新しい発見がないときでも、その書いてある論理に浸ることが、楽しいのだと言う。

その本来の主眼とする生き方を通じて、人生を楽しんでいる。

極論すれば、もし愚息と新九郎に哀《いと》しく思う妻がいたとして、その伴侶《はんりょ》が死ぬ。おそらくはあの時の光秀のように、大いに悲嘆にくれるだろう。

しかし、だからと言って、

(これから何を楽しみに、生きてゆけばよいというのか)

などという愚痴は決して出てこないだろう。

愚息も新九郎も、ただ一人生きることになったとしても、なおその人生の楽しみは残る。

しかし、光秀には武将として生きる覚悟と義務感、その達成感や栄華における喜びはあったにしても、武将としてこの世を渡ること自体には、あまり喜びを感じていなかったのではないか……。

むろんそれは、社会の原理を見据える視点――つまり政略上の視点では同じだった信長との、戦略上の差異における苦悩もあったのかもしれない。

例えば元亀《げんき》二（一五七一）年、比叡山焼き討ちの後の、光秀の憔悴《しょうすい》ぶりは目を覆うばかりだった。

このときの織田軍の指揮は、主に二人の武将が執っていた。光秀と現太閤の秀吉である。比叡山の焼き討ちを信長に諫止《かんし》したのは、織田家臣の中で、光秀ただ一人であった。秀吉は何も言わなかった。案の定、軍議の席で光秀は信長から一喝された。

しかし、実際の行動は違う。東南の近江坂本から攻めあがった光秀は、信長の指示通り、忠実に虐殺を履行していった。一方、逆側の洛北《らくほく》から攻めあがった秀吉は伽藍《がらん》塔頭《ちゅう》に火を放ち、一見焼き討ちを行っているように見せかけながら、実は僧侶たちをこっそりと逃していた。

原理としては分かる。叡山の集団など、すでに仏の道を忘れた単なる世俗集団だった。僧であって僧でない。しかもその権威をもって反織田の旗幟《きし》を鮮明にし、世の動きに対して常に嘴《くちばし》を容れ続けた。

この集団を無力化せねばならない、というところまでは、光秀と信長の原理は同じだった。だが、無力化するその戦略が違った。

信長は、叡山の僧たちを根絶やしにする道を選んだ。

光秀はその篤実な性格として、まずは彼らを叡山から追い払ってみればいいという考えだった。そこまでせずとも、という臆《おく》する気持ちもあっただろう。

そう諫言した挙げ句、
十兵衛っ、と、苛立《いらだ》った信長に大喝された。

「分かっておるくせに、余計な差し出口をきくなっ」

……たしかにそうだった。どちらがより戦略的に確実かというと、たとえ倫理的には疑問でも信長のやり方に利と即効性があるのは、光秀にも頭では分かっていた。

そして理屈では分かっているからこそ、良心の呵責《かしやく》にひたすら耐え続け、信長の指示通りに虐殺を遂行した。やるからには徹底的に根絶やしにしなければ、ふたたび彼らが結集したときに、さらに強力な反織田勢力になるのは分かり切っているからだ。

しかし、その残虐な自軍の行為が、本来は穏やかな心根を持つ光秀自身をどれほど傷つけたかは想像に難くない……。

さらには天正三(一五七五)年、光秀は信長から、京のある山城の隣国であり、近畿攻略の重要拠点である丹波と丹後の征伐を命じられる。

この時期、すでに信長は西国の大勢力であった毛利氏討伐の方針を鮮明に打ち出していた。そして大枠として、山陽道を秀吉に、山陰道から攻めあがる役割を光秀に与えた。

しかし、この丹波という土地そのものが、まさしく難攻不落の要塞《ようさい》のようなものだった。

丹波は、福知山周辺を除き、そのほとんどの地域が深い山塊に覆われている。平安・鎌倉以来の古い土豪がその山裾《やますそ》や峰や谷に無数に住み着き、それぞれが己の家柄を病的なまでに誇ることが甚だしく、滅多なことでは他家の軍門に降《くだ》るということを潔しとしない。しかも長年の政略結婚の結果として、旧家同士の血が入り乱れ、外界から見れば、それら大小の豪族勢力がどこでどう繋《つな》がっているのかもなかなか読みづらく、まるで魑《ち》魅魍魎《みもうりょう》の跋扈《ばっこ》する中世の巣窟《そうくつ》そのものであった。

かといって平野でもないので、それまでの織田軍の常套《じょうとう》手段のように大軍を用いて、ひた押しに押して一気に攻め潰《つぶ》すという方法も取れない。

結局は小部隊ごとに山裾《やますそ》を掻《か》き分け、谷を這《は》うようにして進み、それら無数の土豪を一つずつ、まるで床に飛び散った大量の米粒を一粒ずつ米櫃《びつ》に戻していくようにして攻め滅ぼしていくしか手はない。さらには攻城の途中で、血縁で繋がった近隣の豪族が暗闇の中から不意に襲いかかってくるような煩瑣《はんさ》な事態も、しばしば起こった。

逆に言えば、そのような攻め難い国だからこそ、信長は、常に手堅く粘り強い仕事を遂行する光秀を見込んで抜擢《ばってき》したとも言える。

が、この国の攻略には光秀も最初からほとほと精神的に参っており、

「まるで闇夜の中で、蜘蛛《くも》の糸を一本ずつ解きほぐしていくようなものじゃ」

と、新九郎たちにこぼすこともしきりだった。

一方、秀吉はこの時期、平地の多い播州《ばんしゅう》を比較的順調に攻略していた。

この差異が、信長を苛立たせた。この男の計画では、山陽道、山陰道、その両輪のどちらも、ほぼ同じ速度で進軍していくのが理想だった。でなければ、毛利に対する最前線がいびつな形になり、その境界線の不用意に飛び出た部分を敵に突かれる可能性があった。

信長は丹波が攻め難い国であることを充分に承知の上で、光秀を激しくせっつき、さらにはその競争心を煽《あお》り立てた。

「あの猿めは、すでに播州を平らげる勢いぞ。それを、ぬしはなんじゃ」

光秀はさらに焦った。焦るあまり、戦いに無理を重ねた。光秀の与力大名である細川藤孝と組んで、力攻めに砦《とりで》を落としたり、後顧の憂いを無くすために敵対する一族を皆殺しにしたり、謀略を使って土豪を騙《だま》し討ちにしたりした。

その最も救いようのない例では、丹後の名門守護だった一色氏を滅ぼした経緯が挙げられる。

一色氏が攻略し難いことを知った光秀と藤孝は、一計を案じた。謀略の実行者は藤孝である。藤孝は和平を装って一色義定《よしさだ》に自分の娘を嫁にやった。そしてその酒宴の席で、藤孝の嫡男である細川忠興がやにわに太刀を抜き、婿である義定をその妹の目の前で斬《ざん》殺《さつ》した……ちなみに忠興、この年わずかに十七歳である。

いかに信長の大方針があるとは言え、そして丹波平定の後、いかに土着の地侍や国人を慰撫《いぶ》してその配下に組み入れようと、それまでの自分の強引極まりないやり方に、光秀が激しい自己嫌悪の念を感じないはずがなかった。

現に、丹波と丹後の征服が成った天正七（一五七九）年頃には、光秀はもう傍《はた》から見ても、すっかり疲れ果てているようだった。その年も、五十は越えていた。

「わしは、そろそろ限界かも知れぬ」

そう、ポツリと洩《も》らしたこともあった――。

新九郎がその時のことを口にすると、愚息も溜息《ためいき》をついてうなずいた。

「そういう意味では、あやつは気の毒であったな」

「わしにはもう、あのころには気持ちがすっかり参っていたように思える」

「かも知れぬな」

「しかし、それでも十兵衛は、右府を恨んではおらなかったとは思うが」

新九郎がそう同意を投げかけると、愚息はさらにうなずいた。

「右府に拾い上げられなければ、十兵衛は明智氏の隆盛を取り戻すことはおろか、再興することも叶《かな》わなんだろう。ましてや十兵衛は、その最期まで右府に才幹を愛され続けていた。当然じゃ」

「ならば個人的な感情から、あの本能寺を起こしたということは、あり得ぬな」

新九郎は自分にも念を押すように、そう結論付けた。

だが、愚息はしばらく何も言わなかった。

黙り込んだまま、杯を二度、三度と口元に運んだ。

「何故、押し黙る」

「……上手《うま》く言える言葉を、探していた」

愚息はそう言い、杯を置いた。

「おぬしならば、右府に対してどう出る」

「とは？」

「つまりじゃ、たとえその治世の原理には共感しておっても、そのやり方が苛烈《かれつ》極まりなく、付いていけぬと思ったら」

一瞬考えて、新九郎は答えた。

「わしなら、その立場を辞する。右府のもとを去る」

するとと愚息は笑い出した。

「十兵衛には、到底できぬ相談よ」

「何故じゃ」

「十兵衛が織田家を去れば、棟梁《とうりょう》を失った一万三千の桔梗紋《ききょう》の軍団はすぐに解体される。日の本の統一を急ぐ右府により、一族と郎党は地理的に最も近い柴田勝家と秀吉の軍団に吸収される」

「……」

「勝家は譜代の家臣や尾張者への身贔屓《みびいき》が激しく、十兵衛と秀吉は出頭人争いを十年以上にわたって続け、その家臣同士も反目し合っていた。となれば、どちらに吸収されたところで、良くて飼い殺し、悪ければ敵の矢弾除《よ》けとして便利使いされるだけの、捨て駒の部隊になる。そんな想像に、家臣を異常に可愛がっていた十兵衛が耐えられると思うか」

確かにそうだった。

巨大に膨れ上がった足元が、かえって十兵衛を身動きの出来ぬ立場に追い込んでいたのかも知れない。

しかし、と新九郎は言った。

「だからと言って、それがあの事変にすぐに結びつくのか」

「でも、あるまい」

うむ？

その否定とも肯定ともつかぬ微妙な言い回しに、新九郎は首を捻《ひね》った。

「何を、言いたい」

「おぬしは、あの最後の年に、十兵衛が言った言葉を覚えているか」

「なんだ」

「あやつが『空恐ろしい』と言った時のことよ」

……しばらく考え、ようやく思い出した。

あの天正十年の正月、たしか光秀はこう言った。

このまま上様に従って、この国が統一された後のことを、たまに考える、と。

すると、漠然とした不安に苛《さいな》まれ、しばしば眠れぬ夜もある、と。

上様はの――と光秀はさらに声を低くして言った。「かつて義昭様を上洛《じょうらく》のために利用なされたように、今は統一のために朝廷を利用なされておる。が、その価値がなくなれば、おそらくは内裏もお捨てになられるのではないか」

馬鹿な、とそのときの新九郎は一笑に付し、愚息は首を捻って、こう言ったものだ。

「仮に、そうなったとする。しかし、おぬしは何が怖いのだ。内裏など、今も昔もあって無きがごときもの。大勢に影響はあるまい」

「よくは分からん」光秀は素直に応じた。「分からんが、おそらく上様は、毛利や武田、北条など他の勢力を根絶やしにした後で、織田王朝の如きものをお作りになられるおつもりだ」

「……幕府ではなく、ということか」

光秀は憂鬱《ゆううつ》そうにうなずいた。

「そもそも『幕府』という言葉の謂《いわ》れはの、王に代わって軍と行政の指揮を執る将軍が、自分の居場所を皇帝にへりくだって自称したものだ。天幕、というほどの意味だ。しかしあの上様が、そんなお立場で満足されるはずもない。やがて、その御身は天子を超え、唐の皇帝の如きものにお成りになるご所存だろう」

「それが、空恐ろしいか」

光秀はうなずいた。

「かつ、息苦しくもある」

「しかし何故、右府はそうすると考えるのだ」

するど、光秀は少し陰のある笑い方をした。

「わしもかつては、内裏など有害無用の存在で、この乱世を治めるためには何の役にも立っておらぬと感じておったからだ。だから天子ではなく、最初に足利家を担ごうとした。わしでさえ感じたものを、あの苛烈《かれつ》な上様が思わぬはずがない」

じゃがの、と愚息はさらに首をかしげた。「その疑問を、わしは今も持つ。一向宗や叡山と同様、この国の公卿《くぎょう》や朝廷ほど愚劣で役に立たぬものはない。何故おぬしは、今ではそうは思わぬのか」

すると光秀はまた力なく笑った。

「よくは、分からん。なんとなくじゃ」

そう、先ほどと同じ言葉を繰り返した。

「ただ、完全に滅びぬものには滅びぬだけの理由があるのだろう……近頃よく、そう感じるのみだ」

それっきり光秀は、この話題に関しては口をつぐんだ——。

菜種油の灯明の向こうで、愚息がふたたび口を開いた。

「わしはの、あの時の十兵衛の言葉を、この十五年、折に触れて思い出していた」

新九郎は、つい結論を急《せ》いた。

「では、十兵衛は朝廷のためにあの乱を起こしたというのか」

「違う」愚息は断言した。「違うが、結果的にはそういうことにもなる。現に信長は滅び、朝廷は秀吉の庇護《ひご》の下、今も細々と生き延びている」

ますます愚息の言わんとすることが分からなくなる。

「どういう意味だ？」

するとと愚息は、うっすらと笑った。

「たとえばな、わしは釈尊の言われた原典しか信じぬ。法華宗も一向宗も、耶蘇《やそ》の教義にも、なにか馴染《なじ》めぬものを感じる。じゃがの、わしが信じる仏道以外は根絶やしになればいいとも思わん。わし自身が信じる釈尊の教えを、人に強《し》いようとも思わん。わしだけではなく、一向宗の堅門徒以外なら、この日の本の民はみなそう思っているのではあるまいか。だからこそ、この気楽な国に戻ってきた」

「何が、言いたい」

「じゃから、先ほどの物事の理《ことわり》よ」愚息は言った。「むしろ百花繚乱《りょうらん》、いろんな神や仏のあり方があってよい。現にこの日の本では、大昔から神と仏を一緒に拝むではないか」

「それは、そうだ」

その理屈は新九郎にも分かる。若き日に香取神宮で剣術修行を行った新九郎の生家は、現に臨済宗の熱心な檀家《だんか》であった。仏と神の両立。そのことに別段の疑問を持たぬ自分がいる。いや、新九郎だけではない。この宗教の両立を、この国の民の大多数は疑問にも思わぬだろう。

「さらに言えば、隣家同士で宗旨が違っても、殺し合いになったなどという話も聞いたことがない」

「うむ」

「ゆるいのじゃ」愚息はさらに言った。「これも然《しか》りなら、あれも然り。こちらが駄目でも、まだこちらもある。そういう意味で、抜け道を常に持っている気楽さとも言える。百人がいれば、百通りの正しさがある。この国の民はの、たとえそれを信じずとも、いくつもの尺度、相反する選択肢があって、初めて安心するのかも知れぬ」

「……」

「そう考えてみると、あの時の十兵衛の空恐ろしさや息苦しさもまた、分かるのかも知れぬ」

言いたいことが、少しずつ見えてきた。

しかし、この場合、もっとはっきりと分かりたかった。

「ようは、神や仏でさえそうなのだから、国を統べる者……いや、この国の体制もまた、そうであろうと言いたいのか」

愚息はうなずいた。

「その場合は、最低二つじゃ。神がもし朝廷なら、仏のような位置に幕府が来るのではないか。しかし朝廷は神主のように無力な存在で、幕府もまた一枚岩ではない。幕府など、源氏も足利もその封建領主の大なる者で、他の大名どもを束ねる連合体の盟主に過ぎぬ。中には本来は敵であった平氏の大名もいる。さらには大名も、一族郎党を束ねる盟主に過ぎぬ。そう考えれば、この島国は無数の支配者が群居し、それぞれが好き勝手に統治しているともいえる。統治者という神ごとに、無数の尺度があり、支配のやり方がある。そしてそこに、気楽な抜け穴も存在する。この国では絶対の神がおらぬように、絶対の支配者というものも、かつて現れたことがなかったのではないか」

そして、さらに言葉を紡いだ。

「十兵衛は、かつて言ったの。滅びぬものには滅びぬなりの理由がある、と。おそらくじゃが、みなが、意識せずともどこかでそれを望んでおるからだ。一人の神よりも、百人の神がいたほうが安心する。あるいは、相容《あいい》れぬ神が共に存在してこそ安心する。そんな国だと思えば、十兵衛の感じた息苦しさも空恐ろしさもまた、分かるというものだ」

思わず新九郎はうなずいた。

何故なら十兵衛もまた、この国にいた数多ある統治者（神）の小なる者だったからだ。そしてその主筋《しゅうすじ》である土岐氏に対しても——その覚悟さえ決めれば——嫌なことは嫌だと言える制度上の拒否権がある。土岐氏は所詮《しょせん》、美濃源氏の盟主でしかないからだ。逆に言えば、無数の郎党という小さな神があってこその盟主とも言える。

土岐氏もまた、室町幕府に対しては同様の関係だったたであろう。

しかし、この国に唐土《もろこし》のような絶対王権を持つ皇帝が出現したらどうなるのか……。

今にして思えば、信長は明らかにそれを目指していた。その場合、光秀は未来の盟主を仰ぐのではなく、やがては自らが作り上げた絶対君主を仰ぎ見るために、せっせと汗をかき、命を賭け物にして戦場を——。

直後、あっと悟った。

光秀は、信長を主君だとは思っていながらも、あくまでも土岐氏を盟主として押し立てているようなゆるい気分であったに違いない。そして、その信長に拾われた恩を返そうと思う気持ちもあり、懸命に働いた。言ってみれば、そこに身分の上下はあっても、下の者としての自主性は担保されている。つまりは、同じ人間対人間の気分でいたに違いない。

しかし信長は、自分の家臣たちを、身分の差以前の問題として、単なる使用人あるいは雇用人としてしか見ていなかったのではないか。

光秀のことも、単に使用人として路傍から拾ったに過ぎない。その道具が思いのほか優秀だったので、雇用人としての権限を大きく持たせてやったに過ぎない。そして信長にすれば、使用人に恩を返される謂れはない。それこそ笑止の沙汰《さた》であろう。いや、返してくれるのは嬉《うれ》しいが、しかし、それを自らの功として誇られては小面憎くなる。

信長の人間性云々《うんぬん》の問題ではない。

事実、信長は使用人に対する主人として、限りない愛情を光秀や秀吉に注いだ。権限を与え、莫大《ばくだい》な封土を貸与し、位階を与え、時には自らの命を懸けて、その雇用人の窮状を救った。

だが、いくら功績があったとしても、その雇用人に過ぎぬ者に、封土を永久に与える主人はいまい。

現に信長は本能寺の直前、光秀から丹後と近江を召し上げる代わりに、まだ得てもいない出雲と石見の支配権を与えた。

盟主における郎党と、絶対主君における家臣という、人間関係の捉《とら》え方の違いなのだ。

そこに、すべての齟齬《そご》がある。

そう考えれば、信長と光秀が折に触れて起こしたすべての諍《いさか》いの原因に、おおかたの見当が付く。

「おのれは、我が肩に並ぼうとするか」

信長の気持ちを一言で言えば、そうなるだろう。

だから光秀の忠言に対していちいち怒り、斎藤利三の人事を拒否したことに関しては、よりいっそうに激怒した。

だが光秀には、自分が良かれと思ってやっているにも拘《かかわ》らず、何故そのように苛烈な仕打ちを受けるのかが分からない……上下の差こそあれ、あくまで人対人の、対等の関係だと思っていたからだ。

しかし信長にとって、使用人は人であって人ではない。その主人が求める機能さえ果たしてくれれば、別に猿でも犬でも構わないのだ。

そして織田王朝というものが出現した後は、織田一族以外の人間は、すべてが使用人となり、その自主性は担保されない。信長の好悪・尺度のみで国中が埋め尽くされ、思想上、制度上の抜け道はまったくなくなる。

その未来図の息苦しさ、わが身やその子孫郎党が未来永劫《えいごう》、完全なる使用人として規定される空恐ろしさ……。

「――つまり、そういうことか」

焦って新九郎が言うと、愚息はうなずいた。

「ましてや、十兵衛が可愛がっていた郎党や家臣など、織田王朝からしてみれば家畜同然。小指一つで転がされるだろう。現に利三の一件が、その予兆でもあった」

「……」

「ある日、十兵衛は気づいたのだろう」愚息はさらに言った。「あるいは、あの正月の時点で、あやつはもう薄々は気づいておったのかも知れぬ」

「……」

「そして、座して独裁者が君臨する未来を待つより、たとえ勝算は低くとも、本能寺を襲うという賭《か》けに出た。しかし、じゃ。五師団長のうちのたった一人が、織田家を裏切る。残る四人は、よってたかってその非を打ち鳴らす。四対一。どう考えても負ける目がはるかに大きい。だから迷惑がかかることを恐れて、それっきりわしらのもとには姿を見せなんだ……そう考えれば、すべての説明が付く」

しかし、と新九郎は縋《すが》るように言った。

「信長の家臣は、それこそ十兵衛以外にもいたではないか、秀吉、勝家、滝川、丹羽。彼らはそうは感じていなかったのか」

「おそらくは気づいていたとしても、信長に付いて行くしかないと諦《あきら》めておったろう。また、丹羽、滝川あたりは、そんなことに気づく器でもなかったろう」

愚息は落ち着いた声で言葉を続けた。

「かろうじて気づいていたのは柴田、秀吉。この二人か……それでもこの二人には、信長から付けられた与力の他には、力量のある郎党がほとんどおらぬ。信長と刺し違えても我が主君を押し立てようとするような、そんな心ばえの家臣もおらなんだろう。彼らに信長を襲うなどとは、はなから出来ぬ相談よ」

「……うむ」

「しかし、十兵衛のみは違った。正統な美濃源氏の嫡流だったあやつには、生死を共にする腹心の郎党たちが、生まれる前から連綿と存在していた。また、家臣の将来への危《き》惧《ぐ》と棟梁《とうりょう》としての義務感が、十兵衛を本能寺へと駆り立てた。そういうことじゃろう。そこに、己一人のみの立場を思う邪心はない。我が一族、家臣たちの立場をなんとしても守り抜きたいという赤心があったのみじゃ。逆に、そういう十兵衛の気持ちが分かればこそ、利三、左馬助、笙左衛門ら腹心の郎党たちは、たとえ勝算は薄かろうとも最期まで十兵衛に付き従い、奮戦し、死を共にした――」

そこで不意に、愚息は絶句した。

下を向き、しばらく黙り込んでいた。

泣いているのかも知れぬ、と新九郎は思った。

だが、再び顔を上げたときには、その両目はすでに乾いていた。

「……十兵衛が自らの郎党を慈しんだ気持ちは、その志向を広げていけば、この国の民の行く末を危惧する気持ちと変わらぬ。だからこそ、見方によっては単なる主《あるじ》殺しにしか見えぬ出来事が、この国の歴史を大きく変えた」

それっきり、愚息は口をつぐんだ。

新九郎もまた、黙っていた。

灯明が二人の間で、時おり揺れ動くのみだった。

3

翌日、新九郎は愚息を京の西郊まで見送った。

本来は、洛中《らくちゅう》で別れるつもりだった。

事実、寺の小僧や懇意な村民とは、洛中で別れた。

が、これが愚息との今生の別れだと思うと、ついつい名残惜しく、新九郎の足は思いのほか遠方まで付き従っていた。

「もう、よいと言うのに」

網代笠《あじろがさ》を被《かぶ》った愚息も、さすがに苦笑した。

「おぬしは、このままじゃと西海までうかうか付いて来かねんぞ」

新九郎は、やや照れた。

「まあ、天気もいい。もう少し一緒に行こう」

西郊に広がる田畑は、見渡す限りの黄色に染まっている。菜の花だ。春の陽気に、一面が鮮やかに照り輝いている。近年では、灯明はすっかり菜種油へと変わっている。

ふと、愚息が懐かしげにつぶやく。

「わしの若い頃は、まだ灯明といえば荏胡麻《えごま》であったわい。故郷では、臭い鯨油であった」

「時世じゃのう」新九郎も軽く相槌《あいづち》を打つ。「何もかも、変わってゆく」

「変わらぬものもある」

「なんじゃ」

「夕べ、申した通りじゃ」愚息は目元だけで笑った。「人の気持ちよ。もしこの国に皇帝でも現れれば、民は息が詰まって、それこそ逃げ散らかすぞよ」

その言い方が滑稽《こっけい》で、新九郎も笑った。

そう考えれば、光秀の起こした本能寺の変は、あるいは時代の必然だったのかも知れない。光秀が決起しなくとも、やがては第二、第三の光秀が、続いて現れたのかも知れない。

だが、それは口に出さなかった。言わずとも、愚息には分かっている。

代わりに、単にうなずいた。

「かも、知れぬな」

すると愚息は、不意に青い空を見上げた。

「人間、気楽なのが一番じゃ」

「まったく」

と、これまた軽く同意した。

やがて、ゆっくりと陽が傾き始めた。

そのまま田畑の中を進んでゆき、老ノ坂に続く山裾《やますそ》まで、あと半里というところまで来たときだった。

一面の菜の花のはるか向こうに、きらりと何かが輝いた。

一瞬の光を見た直後には、もう新九郎は腰元を無意識に触っていた。そして思わず顔をしかめる。腰元には鉄扇しか差していない。光ったのは、長柄《ながえ》だ。ゆらゆらと躍る陽炎《かげろう》の中、次第にその隊伍《たいご》がはっきりと見えてくる。

四名の長柄兵を先頭に、旗指物を差した兵が六名ほど。さらにその後に騎乗の兵が五名ほど続いている。少人数のその軍列は、整然とした隊伍を組んだまま近づいてくる。

「九曜紋じゃの」

愚息が目を細めてぽつりとつぶやいた。

ああ、と新九郎も答える。確かにその旗指物には、大きな丸の周囲を小さな八つの丸が取り囲んでいる。

「丹後から、老ノ坂を越えてきたものと見えるな」

むろん、その時点で二人には、どこの大名の隊列かがはっきりと分かっていた。

愚息が皮肉げに笑う。

「以前は二つ引両の家紋であったが、いつぞの間に変心したのか」

「十五年前の一件を、汐《しお》にじゃろう」新九郎も負けずに吐き捨てた。「十兵衛を見捨てた褒美として、猿からでもありがたく貰うたのではないか」

事実は違う。本能寺の直前、丹後十二万石の新しい藩主となった細川忠興が、信長から拝領したものだ。

しかし、二人は知らない。光秀が織田家に仕えてからこのかた、一度として藤孝には会っていないからだ。その嫡男の忠興に関しては、さらに面識がない。

だが、分かることもある。

あの行列の中心にいるのは、忠興ではない。何故なら忠興は、慶長の役で今も朝鮮にいるからだ。

となると、あの隊伍の中心にいるのは、間違いなくかつて親しく行き交ったあの男でしかありえない。

だからこそ二人は、ついついそういう棘《とげ》を含んだ視線で見てしまう。

無理もない。

あの本能寺の直後、藤孝さえ光秀に味方してくれれば、畿内の大和の筒井順慶も摂津の中川瀬兵衛《なかがわせいべえ》も高山右近《たかやまうこん》も、それにつられて明智軍に靡《なび》いていただろう。

結果、秀吉のもとに馳《は》せ参じた畿内の兵力は激減する。そのぶんだけ光秀の兵は増え、双方の兵力はほぼ互角になったはずだ。

備中《びっちゅう》高松から昼夜を分かたず駆けに駆けてきて疲れ切った羽柴《はしば》軍に対して、明智軍は地の利を占め、畿内の地理にも通暁した部隊ばかりだ。そう考えれば、天下を分けた山崎の戦いも、結果はどう転んだか分からない。

愚息も新九郎も、今の太閤《たいこう》に恨みは持てない。

会ったこともない他人に恨みなど、持てるはずもない。第一、秀吉が掲げた誅伐《ちゅうばつ》の御《み》旗《はた》を持ち出されれば、一言もない。たとえそれが、秀吉が陰で周到に仕組んだ罠《わな》であったとしても、咎《とが》は、その気に乗じようとした光秀にもある。

だが藤孝は別だ。

光秀が目に入れても痛くないほど可愛がっていたお玉を忠興の嫁として迎え入れておきながら、あの裏切りざまはなんだと思う。

秀吉に加担したこと自体を、二人は怒っているのではない。謀略と裏切りは戦国武将の世の習いである。これまた仕方がないと思う。

許せないのは、その裏切りの過程で必要以上に光秀を貶《おとし》めたことだ。

ここに、一通の書状がある。

本能寺の直後、藤孝の参陣をなお諦《あきら》めきれない光秀が、ふたたび丹後の宮津《みやづ》城に差し向けた書状だ。以下、その書状の大意である。

『是非、お味方していただきたい。恩賞としては摂津、それにお望みであれば、若狭、但馬《たじま》も差し上げる。我の一事は、与一郎《よいちろう》(忠興)の御為を思えばこそであり、五十日、百日のうちに畿内を平定した暁には、与一郎と、我が嫡男の十五郎《じゅうごろう》に、ただちに政権を譲り渡すつもりである……』

この哀訴とも懇願ともつかぬ光秀の手紙を、藤孝は秀吉に恩義をさらに売るために、天下の衆目に晒《さら》した。

結果として光秀はその死後、ここまで未練がましく縋《すが》りついたにも拘《かかわ》らず、畏友《いゆう》の藤孝からも見捨てられた男として、天下万民の湿った同情を一身に集める存在として記憶されることとなった。

これでは死んだ光秀も、さらに立つ瀬がない。

敗者を、そこまで貶めずとも良いではないか――。

その公卿《くぎょう》の腐ったようなやり様が、新九郎と愚息にはどうしても許せなかった。

藤孝の行列は、なおも一面の菜の花畑の中を近づいてくる。

新九郎と愚息は突っ立ったまま、その行列が進んでくるのを黙って見ている。

だが、思い当たる節はある。

思えば、藤孝と光秀の仲は、光秀が織田家に仕えてから微妙なものになった。藤孝はそのまま義昭のもとに残り、光秀は織田家中でたちまち頭角を現し始めた。

さらにその五年後、信長は義昭を京から追放し、行き場のなくなった藤孝は、光秀の与力大名として織田家に迎え入れられる。

かつての主人が、その中間に仕えるという奇妙な格好になった。元幕臣の筆頭格でもあり、さらには十二代将軍の足利義晴の落胤《らくいん》だとも噂される家柄を誇る藤孝にしては、決して愉快な立場ではなかったに違いない。むしろ、自分の指揮を執る光秀に対して、徐々に暗い感情を持つようになっていたのではないか。

それでも、と新九郎は思う。

だからと言って、かつては笑い合った相手に対して、このような貶め方をしていいはずはない。

やはり、許せぬ――。

ふと、横の愚息を見る。

その右手に、杖《つえ》代わりの五尺棒が握られている。太さ一寸大ほどの樫《かし》材だ。道中、いざとなればそれで野盗どもを追い払うつもりなのだろう。

愚息よ、と気づけば新九郎は言っていた。「まだ腕は、確かか」

すると、意を察した愚息はにやりと笑った。

「まあ、一人や二人なら、この老いぼれにもなんとかなろう」

「そうか」

「しかし、おぬしは丸腰ではないか」

「鉄扇を振るい、まず相手方の一人から刀を奪う」新九郎はさらりと答えた。「さすればば、あとは牛蒡《ごぼう》も同然」

喝っ、と愚息は赤い咥内《こうない》を見せた。

「どうせわしは、国に帰って死を待つのみだ。が、ぬしもそれでいいのか」

「むろんじゃ」

「殺すか、藤孝を」

刺すように愚息が問いかけた。

一瞬考えて、新九郎は答えた。

「殺すも殺さぬも、出たとこ勝負でよい。打ち負かせれば、それでよい」

愚息は、さらに明るく笑った。

「酔狂に、命を張るか」

不意に、はるかな昔に愚息が吟じた唄《うた》が記憶に蘇《よみがえ》った。そう――あの晩に、初めて光秀と出会った。

「一期は夢よ、ただ狂え、じゃったの」

新九郎がそう諳《そら》んじると、愚息も軽くうなずいた。

「良い覚悟じゃ」


藤孝の軍勢が、ますます近づいてくる。

新九郎が見るところ、総勢十五人ほどの軍列だ。その全員が重武装している。

あと十間という距離まで迫ったとき、二人は畦《あぜ》にその身を寄せ、片膝《ひざ》を突いた。愚息が礼のふりをして、網代笠《あじろがさ》をゆっくりと解き、小脇に抱える。

先頭の槍《やり》隊が、五間足らずまで迫ってきた。

新九郎は鉄扇に手をかける。隣の愚息が脇に置いた五尺棒をさりげなく握り直すのを、横目で捉《とら》えていた。

馬上の藤孝が、隊列の中央を進んでくる。黒漆の陣笠の下の顔が、騎馬の上下に応じて、ゆらゆらと揺れている。三十年ぶりに見るその顔。老いている。視線は伏目がちで、どこを捉えているのかは分からない。思えば藤孝も、とうに六十を過ぎている。それでも見間違うはずもない。

目の前を、槍を持った四人が通りかかる。

軸足に体を乗せ、鉄扇を腰元から抜こうとした、その刹那《せつな》だった。

不意に、藤孝の顔がこちらを向いた。目が合った。さらに新九郎と愚息が踏み出すより一瞬早く、藤孝は二人に対して、かすかにうなずいて見せた。

馬の揺れに合わせた、分かるか分からないほどの、ほんの微かな会釈だった。おそらくは付き従う家臣の誰一人として、気づかなかっただろう。

だが、それでも新九郎と愚息は、その場から動けなくなった。束の間の拍子のようなものだ。会釈した相手を、到底斬れるものではない。

二人の殺気を、その覚悟を、藤孝は最小限の動き一つで封じ込めたのだ。

呆然《ぼうぜん》として、その一隊が通り過ぎるのを見送るしかなかった。


藤孝の隊列は、なおも菜の花畑の中を進んでいく。

その隊列が豆粒ほどに小さくなったとき、愚息が突っ立ったまま吐息を洩《も》らした。

「やはり、つくづく悪党よの」

まったくだ、と新九郎も力なく草の中に胡坐《あぐら》をかいた。「煮ても焼いても食えぬとは、まさしくあの男のことだ」

その通りだった。あのさりげない抜け目のなさ、予想外のいなされ方、寝技立ち技なんでもござれだ。一瞬で、すっかり毒気を抜かれてしまっていた。

気づけば、藤孝の隊列はその視界から完全に消えていた。

愚息が、ゆったりと網代笠を被《かぶ》る。新九郎もまた、立ち上がって鉄扇を腰元に収め直した。

遥《はる》か向こうに消えていった隊列に背を向け、黙って歩き始める。

しばらくして、愚息は首を傾げた。

「まあ、ああいう化け物しか生き残れぬのが、武将の道とあれば――」

だが、そこで束の間、ためらうように口をつぐんだ。

「あれば、どうした」

新九郎が聞くと、愚息はいかにも仕方なさそうに、あっさりと笑った。

「つくづく十兵衛には、不向きの渡世であったわい」

思わず失笑した。確かに光秀は、武将として生きていくにはあまりにも質朴で、直情に過ぎたのかも知れない。

「……かも、知れぬな」

そして、久しぶりに何故か気になった。

愚息よ、新九郎は改めて問いかけた。

「あの四つの椀《わん》の理《ことわり》は、本当は何を意味している？」

束の間黙って、愚息は答えた。

「十五代将軍の義昭然り、和田惟政然り、十兵衛然り……歴史の表舞台で、その生き様の初志を貫徹しようとする者は、多くの場合、滅ぶということよ。信長とて例外ではない。自分が蒔《ま》いた時代の変化に、自らが足をすくわれた。生き方を変えられぬ者は、生き残れぬ」

「何故じゃ」

「簡単なことじゃ。四つの椀が二つになったときに、その初手の選択が変わるように、世の中も変わっていく。ぬしが変わらなくても、ぬし以外の世の中は変わっていく。やがてその生き様は時代の条件に合わなくなり、ごく自然に消滅する」

「……」

「じゃから、変節した藤孝と秀吉は生き延びた。だからと言って、別に彼らの生き様がいいとも思わんがの」

いつの間にか、山の端に日が落ち始めていた。

愚息はその夕陽を、顎《あご》で指し示した。

「さ、先を急ごう。それとも、おぬしはそろそろ引き返すか」

いや、と新九郎は毅然《きぜん》として首を振った。「今夜の泊まりまで、わしは付き合う」

「何故じゃ」

「後味が悪い」新九郎は顔をしかめた。「今夜、飲み直したほうがいい」

「わしは、なにやらすっきりとしたわ」

「ふむ?」

「あの性質《たち》の悪さたるや、十兵衛やわしら程度では到底及ばぬ。負けるのも当然じゃ。今回ばかりは骨身に沁《し》みた」

「あれか。『足るを知る』ということじゃな」

「それは、意味が違う」

戯《ざ》れ言を言い合う二人の影が、足元からうっすらと伸び始めていた。


ちなみに信長の死体と同様、光秀の遺体も、未《いま》だに見つかってはいない。

正確には、光秀の首と称する物は三条河原に晒《さら》されたが、その顔の皮は見事に剝《は》がれていて、本人かどうかは誰にも判別がつかなかった。かつての光秀をよく知る人物は、その耳の形状が違うので、首は別人だと語ったともいう。

が、まあどちらでもよい話なのかも知れない。

光秀は、本能寺の変を起こし、山崎の合戦に敗れたときに、その武将としての生命は終わっている。苛烈《かれつ》だった美濃源氏としての使命も終わっている。

仮に生き延びていたとして、一族を失い、友垣からも行方をくらまし、利三の縁を頼って遠国の土佐あたりか、あるいは人里離れた美濃の山中でひっそりと暮らしていようとも、それは本稿の主題ではない。

ただ、その最晩年に、春の日を愛《め》でる心境に一度でもなれていれば、せめてもの救いだったのではないか。

咎《とが》は咎としても、だ。

了

解説

篠田《しのだ》節子《せつこ》

初めての出会いは『君たちに明日はない』という何とも人を食ったタイトルのサラリーマン小説だった。

リストラをアウトソーシングする、というこれまた人を食った設定は、本書に登場する明智光秀のような生真面目な管理職が聞いたら激怒しそうだが、そこに描かれる組織の論理と人物群像に実在感があり、切る側、切られる側双方が、苦境を切り抜けて行く様に応援したりほっと胸をなで下ろしたり深くうなずいたりしたものだった。その後、「借金取りの王子」「勝ち逃げの女王」等々シリーズ化されるが、設定、人物、展開のリアルさととぼけっぷりで、毎回楽しませてくれる。南の島を舞台にした『真夏の島に咲く花は』なども恋愛小説として読まれてはいるが、こちらの流れに入るだろう。

一方、垣根涼介《かきねりょうすけ》といえば「ヒートアイランド」シリーズで、犯罪小説、冒険活劇の書き手としての評価が高い。むしろこちらがこの作家の本領と捉《とら》えられてもいる。

大藪春彦《おおやぶはるひこ》賞、吉川英治《よしかわえいじ》文学新人賞、日本推理作家協会賞の三賞を受賞した『ワイルド・ソウル』は戦後の高度成長期に（明治期ではない）、国策として行われたブラジル移民（その実態はまさに棄民である）の二世が、日本国政府に仕掛ける報復の物語なのだが、「犯罪」「冒険」「活劇」の枠ではくくれない重厚な社会派作品でもある。サラリーマン小説と冒険小説。微妙に重なり合うこの二つの流れに、二〇一三年、さらにもう一つの流れが加わる。

歴史小説だ。

著者初の歴史小説で垣根が取り上げたのは、これまでも鶴屋南北の戯曲を始め、小説、ドラマ、ゲーム等で信長との確執を中心に、人望、信頼度ゼロのキャラクターとして登場させられてきた明智光秀だ。

いじめられた挙げ句にブチ切れ、クーデターを起こして三日天下（実際は十一日）。江戸期の論理と庶民感情を元に創作された逆臣光秀像を、資料を元に実在感のある人物像に作り替える。明智光秀に限らず、多くの歴史小説で行われてきたことだ。

だが、この小説ではそこに確率論を組み合わせたところがまず目を引く。

四つの椀《わん》のうち、一つに石を入れ、どの椀に入っているのか当てる。冒頭に、「愚息」と称する無頼の僧が親となって仕掛ける博打《ばくち》だ。愚息はこれで食っている。なぜならこの博打では親が最終的に必ず勝つことになっているから。

この必勝の論理が、その後愚息と関わることになる明智光秀の、長光寺城攻略の鍵《かぎ》となる。

歴史の流れを変える合戦であっても、その戦略には博打の要素が入り込むが、戦術レベルではなおさらだ。その博打の最終的な勝敗を決めるのは、愚息の用いる「定理」ということになる。実際には十八世紀のイギリス人、トーマス・ベイズによって発見された条件付き確率の定理であることを垣根涼介はインタビューの中で明かしている。

　この定理について信長が愚息を呼びつけ、説明を求めるくだりが見事だ。「ならば椀を百に増やしたらどうなる？」と信長は問いかけ、実際に検証する。このあたりは光秀の妻、煕子と同じだが、地道な実証主義に立つ煕子に対し、信長は愚息の仄《ほの》めかし程度の言葉から、直感的に結果を予測している。そして百の椀に対して同じ賭《か》け方をし、負ける。この際、問題は勝敗ではなく、そこで働く原理を知ることだからだ。

　天才的なひらめきと合理的精神。架空のエピソードで信長の性格と能力を的確に描き切る筆のさえに恐れ入る。

　作中でこの定理を駆使する愚息（この名前は作中の当人の語りとは別に、『具足戒』から取ったと私は推測する）は、もう一人のチームメイト、兵法者の新九郎と同様、創作上の人物で元は倭寇《わこう》、シャムで仏教を学んだ、という設定だ。

　ただしその仏教は、シャム、現在のタイで信仰されている上座部仏教とも厳密には異なる原始仏教で、神も来世もなく、いかに生き、悟りの境地に達するか、という宗教というよりは哲学だ。そしてまさにその仏典、スッタニパータの中にある「犀《さい》の角のごとく、ただ独り歩め」を実践しようとしている人物なのだろう、と私は読んだ。だが、愚息はそうした禁欲的で孤独な姿とはかけ離れた、愛嬌《あいきょう》ととぼけた味のある破戒僧として描かれる。そしてその仏教哲学を持って政治と宗教双方の権威権力を、ときに子供じみて見えるほどに拒絶して見せるが、重要なのはむしろ当時としては最先端の世界を見て来た者としての開かれた視点を持っているところだろう。

戦国の世の「天下統一」について愚息は語る。「坂東《ばんどう》からこの畿内《きない》にかけて土地を争う男どもなど、井の中の蛙《かわず》同然」「出来星の大名たちは、この狭い島国で『天下』だの何だの言い騒いでおる。が、『天下』とは本来、限りない地平を感じてこそ初めて使う言葉だ。この世のすべて、という意味だ」

この愚息の世界観と視点を通しているからこそ、光秀の物語は軍記物を根っこに持つ凡百の歴史ドラマとはひと味違う仕上がりになっている。

また古典的な無常観とも異なる「変わりゆく世界」の愚息のとらえ方も面白い。将軍足利義輝が三好三人衆と松永弾正の軍勢によって襲撃され殺害された、という事件について、光秀が愚息たちに報告する場面があるのだが、そのときに愚息は「時勢よ、の」と嘆息するだけだ。そして「許す、許さぬで判断してはならぬ。松永・三好の徒、ひいては人間を、人としてあるべきか、あるべきでないかで断罪してもならぬ」として戒め、それを「時代が生み出す必然の事変」とし、光秀に対し「この時代に生きる武人なら、その時代の必然を倫理で測っては判断を誤る」と告げる。

時代の必然を倫理で測った物語が、娯楽として消費されるのが、後世の芝居や文学ではあるのだが、それはともかくとして、この物語で光秀は、その後の半生を人倫の道と時代の必然の間で苦闘した挙げ句、暴挙に出て破滅する。

このあたりは不遇のエリートが一転、業界の再編成で頭角を現した若い経営者の下で十人抜きの昇格を果たしたと思いきや、汚れ仕事を押しつけられ、組織人としての重責と社会的な道徳の間で悩み、社長の追い落としに成功。だが翌週には身に覚えのない特別背任の罪で逮捕、みたいなサラリーマンの悲劇を思い浮かべる。それが汚職にも浮気にも無縁の、誠実な組織人であり家庭人であって、人心掌握術に長《た》けてはいない不器用男の末路となれば、悲哀感がつのる。対してその頭上と周辺をのし歩く怪物たち、信長、秀吉、松永弾正、そして細川藤孝の怪物ぶりはどうだろう。特に藤孝の、寛容さ、俠気《きょうき》、穏やかさの背後にちらりと覗《のぞ》く冷酷さが印象的だ。それを見切った愚息でさえ手出し無用の大物感。それらがいかにも現代小説的な描写で、さりげなく、だが彫り深く表現されている。

そう白塗り、隈《くま》取りで見得を切るヒーロー、ヒールではなく、数百年前にそこを確かに歩いていた人が、確かな重みを持って立ち現れる。

この作品は著者初の歴史小説だが、現代日本に生きる私たちにとって極めて身近で、切実ながらも希望を感じさせる作品に仕上がっている。

ちなみに二作目の歴史小説は『室町無頼』。

応仁の乱前夜の京都を舞台に、浮浪の首魁《しゅかい》、傭兵《ようへい》隊長、兵法者の少年らが、暴力革命による政権打倒を企てる話で、対峙《たいじ》する相手の大きさから言えば『ワイルド・ソウル』、群像劇といった点では「ヒートアイランド」に通じ、『光秀の定理』とはテイストは異なるが、こちらもまた垣根涼介の魅力満載の逸品である。

本書は二〇一三年八月に小社より刊行された
単行本を文庫化したものです。

光秀《みつひで》の定理《ていり》

垣根涼介《かきねりようすけ》

平成28年 12月25日　初版発行
令和5年 7月30日　11版発行

発行者●山下直久

発行●株式会社KADOKAWA
〒102-8177　東京都千代田区富士見2-13-3
電話　0570-002-301(ナビダイヤル)

角川文庫 20106

印刷所●株式会社KADOKAWA
製本所●株式会社KADOKAWA

表紙画●和田三造

ISBN978-4-04-102810-0　C0193

◆◇◇

角川文庫発刊に際して

角川源義

第二次世界大戦の敗北は、軍事力の敗北であった以上に、私たちの若い文化力の敗退であった。私たちの文化が戦争に対して如何に無力であり、単なるあだ花に過ぎなかったかを、私たちは身を以て体験し痛感した。西洋近代文化の摂取にとって、明治以後八十年の歳月は決して短かすぎたとは言えない。にもかかわらず、近代文化の伝統を確立し、自由な批判と柔軟な良識に富む文化層として自らを形成することに私たちは失敗して来た。そしてこれは、各層への文化の普及滲透を任務とする出版人の責任でもあった。

一九四五年以来、私たちは再び振出しに戻り、第一歩から踏み出すことを余儀なくされた。これは大きな不幸ではあるが、反面、これまでの混沌・未熟・歪曲の中にあった我が国の文化に秩序と確たる基礎を齎らすためには絶好の機会でもある。角川書店は、このような祖国の文化的危機にあたり、微力をも顧みず再建の礎石たるべき抱負と決意とをもって出発したが、ここに創立以来の念願を果すべく角川文庫を発刊する。これまで刊行されたあらゆる全集叢書文庫類の長所と短所とを検討し、古今東西の不朽の典籍を、良心的編集のもとに、廉価に、そして書架にふさわしい美本として、多くのひとびとに提供しようとする。しかし私たちは徒らに百科全書的な知識のジレッタントを作ることを目的とせず、あくまで祖国の文化に秩序と再建への道を示し、この文庫を角川書店の栄ある事業として、今後永久に継続発展せしめ、学芸と教養との殿堂として大成せんことを期したい。多くの読書子の愛情ある忠言と支持とによって、この希望と抱負とを完遂せしめられんことを願う。

一九四九年五月三日

角川文庫ベストセラー

角川文庫ベストセラー

花戦さ
鬼塚 忠

厚き友情と信頼で結ばれていた、花の名手・池坊専好と茶の名人・千利休。しかし秀吉の怒りを買い利休は非業の死を遂げた。専好の秀吉に対する怒りが募る。そんな専好に秀吉への復讐の機会が訪れる……。

沙羅沙羅越え
風野真知雄

戦国時代末期。越中の佐々成政は、家康に、秀吉への徹底抗戦を懇願するため、厳冬期の飛騨山脈越えを決意する。何度でも負けてやる——白い地獄に挑んだ生真面目な武将の生き様とは。中山義秀文学賞受賞作。

乾山晩愁
葉室 麟

天才絵師の名をほしいままにした兄・尾形光琳が没して以来、尾形乾山は陶工としての限界に悩む。在りし日の兄を思い、晩年の「花籠図」に苦悩を昇華させるまでを描く歴史文学賞受賞の表題作など、珠玉5篇。

実朝の首
葉室 麟

将軍・源実朝が鶴岡八幡宮で殺され、討った公暁も三浦義村に斬られた。実朝の首級を託された公暁の従者が一人逃れるが、消えた「首」奪還をめぐり、朝廷も巻き込んだ駆け引きが始まる。尼将軍・政子の深謀とは。

秋月記
葉室 麟

筑前の小藩、秋月藩で、専横を極める家老への不満が高まっていた。間小四郎は仲間の藩士たちと共に糾弾に立ち上がり、その排除に成功する。が、その背後には本藩・福岡藩の策謀が。武士の矜持を描く時代長編。

角川文庫ベストセラー

散り椿　葉室　麟

かつて一刀流道場四天王の一人と謳われた瓜生新兵衛が帰藩。おりしも扇野藩では藩主代替りを巡り側用人と家老の対立が先鋭化。新兵衛の帰郷は藩内の秘密を白日のもとに曝そうとしていた。感涙長編時代小説！

さわらびの譜　葉室　麟

扇野藩の重臣、有川家の長女・伊也は藩随一の弓上手・樋口清四郎と渡り合うほどの腕前。競い合ううち清四郎に惹かれてゆくが、妹の初音に清四郎との縁談が。くすぶる藩の派閥争いが彼女らを巻き込む。

業政駈ける　火坂雅志

西上野の地侍達から盟主と仰がれた箕輪城主・長野業政。河越夜戦で逝った息子への誓いと上州侍の誇りを胸に、義の戦いへおのれの最後を賭す。度重なる武田軍の侵攻に敢然と立ち向かった気骨の生涯を描く！

信長死すべし　山本兼一

甲斐の武田氏をついに滅ぼした織田信長は、正親町帝に大坂遷都を迫った。帝の不安と忍耐は限界に達し、ついに重大な勅命を下す。日本史上最大の謎を、明智光秀ら周囲の動きから克明に炙り出す歴史巨編。

戦国秘史
歴史小説アンソロジー
伊東　潤・風野真知雄・武内　涼・中路啓太・宮本昌孝・矢野　隆・吉川永青

甲斐宗運、鳥居元忠、茶屋四郎次郎、北条氏康、片桐且元……知られざる武将たちの凄絶な生きざま。大注目の作家陣がまったく新しい戦国史を描く、書き下ろし&オリジナル歴史小説アンソロジー！